唐宋八大家

唐宋时期八大散文代表作家的合称

竭宝峰 / 主编

辽海出版社

贰

童区寄传

柳先生曰：越人少恩，生男女，必货视之⁽¹⁾。自毁齿以上，父兄鬻卖，以觊其利。不足，则盗取他室，束缚钳梏之⁽²⁾。至有须鬣者，力不胜，皆屈为僮。当道相贼以为俗，幸得壮大，则缚取幺弱者⁽³⁾。汉官因以为己利，苟得僮，恣所为，不问。以是越中户口滋耗⁽⁴⁾。少得自脱，惟童区寄以十一岁胜，斯亦奇矣⁽⁵⁾。桂部从事杜周士为余言之。

童寄者，柳州荛牧儿也⁽⁶⁾。行牧且荛，二豪贼劫持，反接，布囊其口，去逾四十里之墟所卖之⁽⁷⁾。寄伪儿啼，恐栗为儿恒状。贼易之，对饮，酒醉。一人去为市，一人卧，植刃道上⁽⁸⁾。童微伺其睡，以缚背刃，力下上，得绝，因取刃杀之。逃未及远，市者还，得童，大骇，将杀童。遽曰："为两郎僮，孰若为一郎僮耶？彼不我恩也。郎诚见完与恩，无所不可。"市者良久计，曰："与其杀是僮，孰若卖之？与其卖而分，孰若吾得专焉？幸而杀彼，甚善。"即藏其尸，持童抵主人所，愈束缚牢甚⁽⁹⁾。夜半，童自转，以缚即炉火烧绝之，虽疮手勿惮，复取刃杀市者。因大号，一墟皆惊⁽¹⁰⁾。童曰："我区氏儿也，不当为僮。贼二人得我，我幸皆杀之矣！愿以闻于官。"

墟吏白州，州白大府。大府召视儿，幼愿耳⁽¹¹⁾。刺史颜证奇之，留为小吏,不肯。与衣裳,吏护还之乡。乡之行劫缚者,侧目莫敢过其门,皆曰:"是儿少秦武阳二岁,而计杀二豪,岂可近耶(12)!"

【注释】

(1)"越人"句:东南沿海地区的人,缺乏恩爱之情,生下儿女,必定视作商品看待。 越:泛指浙江、福建、两广地区。

(2)"不足"句:如还不满足,便偷盗别人的孩子,捆绑他们,套上铁箍,戴上手铐。 他室:指别人家的孩子。 钳:金属夹具,这里指以铁箍束颈。

(3)"当道"句:强盗们在大道上相互砍杀,已经成为习惯的事情;侥幸未被劫掠的孩子长到强壮的时候,就去绑架那些体弱的孩子。 幸:侥幸。 幺弱:弱小。

(4)滋耗:越来越减少。滋,更加。

(5)"少得"句:很少有孩子能逃脱这种悲惨遭遇,只有十一岁的幼童区寄战胜了强盗,这也是稀奇的了。

(6)柳州:治所在今广西柳州市。 荛牧:砍柴放牛。

(7)"行牧"数句:某日,他正一边放牛,一边砍柴,有两个强盗劫持了他,反绑双手,用布塞住他的口,带到四十里以外的集市出卖。 反接:将双手反扭背后捆绑起来。 墟所:集市所在地。

(8)"贼易"数句:强盗很轻视他,于是对饮,竟喝醉了。一人去找买主,一人躺下睡觉,把刀竖插在路边。 易:轻视。 为市:寻求买卖人口的买主。 植:插。

(9)"即藏"句:立即埋藏了那个强盗的尸体,把小孩押到买主家里，捆绑得更加牢固。　持：挟持。　主人所：买主的住处。

（10）"夜半"数句：半夜，区寄转动身体，把绑手的绳子靠近火炉烧断，虽烧伤了手也不怕；又拿起刀杀了这个强盗。接着，大声呼叫，把整个集市上的人都惊动了。　即：靠近。　疮：伤。　惮：怕。　号：喊叫。

（11）"墟吏"数句：管理市场的官吏报告了州府，州府又报告了大府，大府的长官召来区寄一看，原来是个幼小老实的孩子。　墟吏：管理集市的官吏。　白：报告。　州：指州的长官。　大府：州的上级，指桂管经略使衙门。

（12）"乡之"数句：乡里干抢劫绑架勾当的那些人，从区家门口路过都害怕得不敢正视，都说："这孩子比战国小英雄秦武阳还小两岁，却用计杀了两个强盗，谁敢去招惹他呢？"　侧目：畏惧不敢正视。　秦武阳：战国时燕国人，十三岁就杀人。燕太子丹谋杀秦始皇，秦武阳做荆轲的助手。

梓人传

裴封叔之第，在光德里⁽¹⁾。有梓人款其门，愿佣隙宇而处焉⁽²⁾。所职寻引、规矩、绳墨，家不居砻斫之器。问其能，曰："吾善度材，视栋宇之制，高深、圆方、短长之宜，吾指使而群工役焉⁽³⁾。舍我，众莫能就一宇。故食于官府，吾受禄三倍；作于私家，吾收其直太半焉。"他日，入其室，其床缺足而不能理(4)，曰："将求他工。"余甚笑之，谓其无能而贪禄嗜货者(5)。

其后，京兆尹将饰官署，余往过焉。委群材，会众工，或执斧斤，或执刀锯，皆环立向之(6)。梓人左持引、右执杖，而中处焉。量栋宇之任，视木之能，举挥其杖曰："斧！"彼执斧者奔而右；顾而指曰："锯！"彼执锯者趋而左(7)。俄而，斤者斫，刀者削，皆视其色，俟其言，莫敢自断者。其不胜任者，怒而退之，亦莫敢愠焉(8)。画宫于堵，盈尺而曲尽其制，计其毫厘而构大厦，无进退焉(9)。既成，书于上栋曰："某年某月某日某建"，则其姓字也，凡执用之工不在列。余圜视大骇，然后知其术之工大矣(10)。

继而叹曰：彼将舍其手艺，专其心智，而能知体要者欤(11)？吾闻劳心者役人，劳力者役于人，彼其劳心者欤？能者用而智者谋，彼其智者欤(12)？是足为佐天子、相天下法矣(13)！物莫近乎此也。彼为天下者，本于人(14)。其执役者，为徒隶，为乡师、里胥(15)；其上为下士；又其上为中士、为上士；又其上为大夫、为卿，为公。离而为六职，判而为百役(16)。外薄四海，有方伯、连率。郡有守，邑有宰，皆有佐政。其下有胥吏，又其下皆有啬夫、版尹，以就役焉，犹众工之各有执技以食力也(17)。彼佐天子、相天下者，举而加焉，指而使焉，条其纲纪而盈缩焉，齐其法制而整顿焉，犹梓人之有规矩、绳墨以定制也。择天下之士，使称其职；居天下之人，使安其业。视都知野，视野知国，视国知天下(18)。其远迩细大，可手据其图而究焉，犹梓人画宫于堵而绩于成也。能者进而由之，使无所德；不能者退而休之，亦莫敢愠(19)。不衒能，不矜名，不亲小劳，不侵众官，日与天下之英才讨论其大经，犹梓人之善运众工而不伐艺也(20)。夫然后相道得而万国理矣。

相道既得，万国既理，天下举首而望曰："吾相之功也！"后之人循迹而慕曰："彼相之才也(21)。"士或谈殷、周之理者，曰伊：傅、周、召，其百执事之勤劳而不得纪焉，犹梓人自名其功而执用者不列也(22)。大哉相乎！通是道者，所谓相而已矣(23)。

其不知体要者反此。以恪勤为公，以簿书为尊(24)；衒能矜名，亲小劳，侵众官，窃取六职百役之事；听听于府廷，而遗其大者远者焉，所谓不通是道者也(25)。犹梓人而不知绳墨之曲直，规矩之方圆，寻引之短长，姑夺众工之斧斤刀锯以佐其艺，又不能备其工，以至败绩用而无所成也(26)。不亦谬欤？

或曰："彼主为室者，倘或发其私智，牵制梓人之虑，夺其世守而道谋是用，虽不能成功，岂其罪耶？亦在任之而已。"余曰不然。夫绳墨诚陈，规矩诚设，高者不可抑而下也，狭者不可张而广也(27)。由我则固，不由我则圮(28)。彼将乐去固而就圮也，则卷其术，默其智，悠尔而去，不屈吾道。是诚良梓人耳！其或嗜其货利，忍而不能舍也(29)；丧其制量，屈而不能守也，栋挠屋坏，则曰："非吾罪也。"可乎哉！可乎哉(30)！

余谓梓人之道类于相，故书而藏之。梓人，盖古之审曲面势者，今谓之"都料匠"云。余所遇者，杨氏；潜，人其名也。

【注释】

(1)"裴封"二句：裴封叔的公馆，在长安光德里。　裴封叔：名瑾，柳宗元的姐夫，曾任长安县令。　第：府第。　光德里：在今西安市西南郊。

(2)"有梓"二句：有个建筑师敲他的门，想要租一间空房子住。梓人：指土木工程的建筑师。 隙宇：空房子。

(3)"吾善"数句：我擅长测量木材，依据房屋的规模大小，使它的高深、方圆、长短完全适宜，由我来指挥，工匠们具体操作。 度：计量。 制：规模。 宜：适宜。 役：劳作，操作。

(4)"其床"句：他的床腿坏了，自己却不会修理。

(5)"谓其"句：认为他是个没有本领，却贪图钱财的人。 嗜货：贪财。

(6)"委群"数句：官邸里堆积着许多木材，会集了很多工匠，有手提斧头的，有拿着刀锯的，都面朝建筑师，在他周围站立着。 委：累积，堆积。 环立：在周围站立着。

(7)"量栋"数句：他估量房屋的负荷，察看木材的功用，高高挥舞手杖说："砍！"那些拿斧头的人便向右边跑过去；他回头指着说："锯！"那些拿锯子的人就向左边跑去。 任：负担，负荷。 顾：回首，回视。

(8)愠：怨恨。

(9)"画宫"数句：他把房屋的图样画在墙上，不过一尺大小，却详尽地画出房屋的结构，按照图样的比例营建大厦，没有任何差错。 宫：古房屋通称。 堵：

墙壁。　制：指房屋结构。

（10）"余圜"二句：我围绕新房屋看了一遍，非常惊讶，这才知道他的建筑技艺是很高明的。　圜：通"环"，环绕，围绕。

（11）"彼将"三句：他恐怕是放弃手工劳动，专心从事脑力劳动，进而能掌握住技术要领的人吧？

（12）"能者"二句：有劳动本领的人施展他的本领，有智慧的人调动他的智谋，他大概是有智慧的人吧？

（13）"是足"句：这足以被辅佐天子、治理天下的人效法啊！相：治理，统治。　法：效法。

（14）"彼为"二句：那些治理天下的人，把用人作为根本大事。

（15）"其执"句：那些具体干活的人，是下层吏卒，是乡长、里长。　徒隶：服劳役的罪犯。此指下层吏卒。　乡师：官名，乡长。里胥：乡吏，里吏。

（16）"离而"二句：分成六个职能部门，再细分为诸多职务。六职：吏、户、礼、兵、刑、工六个部门。

（17）"其下"数句：他们下边有办理事务的里胥，再往下也都有啬夫、版尹，来承担各种差事，就像工匠们各有技能自食其力一样。胥吏：官府中办理文书的小吏。　啬夫：掌管听讼、收取赋税的乡官。　版尹：掌户籍的小官。　就役：承担各种具体事务。

（18）"视都"三句：考察了都城的情况，能推知郊区的情况，了解了郊区的情况，能推断一个大地区的情况，知道了一个大地区的情况，就能推想全国的情况。　视：考察。

（19）"能者"数句：有能力的人，要重用，使之充分发挥才能，不要让他们感激自己；没有能力的人，要辞退，使之回家休息，也没有谁敢抱怨。　由之：指充分发挥其才能。

（20）"不衒"数句：不炫耀自己的才能，不夸大自己的名望，不计较琐碎小事，不侵夺百官的权利，每天都和天下有杰出才能的人商讨治国大道，就像建筑师善于调动工匠而不炫耀自己的本领一样。

（21）"后之"二句：后世的人们追循其事迹，敬慕地说："这是那宰相的才能啊！"

（22）"士或"数句：读书人有时谈到商周治理国家的人，只提到伊尹、傅说、周公、召公，而那些百官的勤劳业绩却得不到记载，就像建筑师题名记载自己的功劳，而工匠们的姓名并未列上。　殷：商朝，约在公元前14世纪中叶，盘庚迁都于殷（今河南安阳市西北）。　周：西周。　伊：伊尹，曾辅佐商汤灭夏桀。　傅：傅说，原为奴隶，后被商王任命为大臣。　周：周公，姬旦，周武王的弟弟。　召：召公，曾与周公一起辅佐武王、成王，因封地在召，故称召公。

（23）"大哉"二句：伟大啊，宰相！精通这番道理的人，就是所谓宰相了。

（24）"其不"三句：那些不懂得做宰相的要领的人却与此相反。他们把谨慎行事、勤恳劳作视为一心为公，把签署公文之类看作身份高贵。　恪勤：谨小慎微，勤勤恳恳。

（25）"听听"数句：在朝廷上争辩不已，却把重大的意义深远的事情遗忘了，这就是所谓不懂得做宰相的道理的人。

（26）"犹梓"数句：这好比作为建筑师却不懂得绳墨的曲直，规矩的方圆，尺子的长短，姑且夺过工匠们手中的斧头、刀、锯，来帮助他们干活儿，又不具备他们各自的工艺技术，以致失败，什么也没干成。

(27)"余曰"数句：我说不对。直线的确画好，方圆确实定妥，那么高的不能把它压低，窄的不能给它加宽。

(28)"由我"二句：按我的主意办，建成的房屋就牢固，不按我的主意办，房屋就要坍塌。

(29)"其或"二句：有的人贪图财利，容忍房主的错误主张，不肯放弃此项工程。

(30)"丧其"数句：丢开自己的符合实际的设计，屈从房主的主张而不能坚持自己的见解，因而房梁压弯了，房屋塌了，却说："这不是我的过错！"这样行吗？这样行吗？

李赤传

李赤，江湖浪人也(1)。尝曰："吾善为歌诗，类李白。"故自号曰李赤。游宣州，州人馆之(2)。其友与俱游者有姻焉，间累日，乃从之馆(3)。赤方与妇人言，其友戏之。赤曰："是媒我也，吾将娶乎是(4)。"友大骇，曰："足下妻无恙，太夫人在堂，安得有是？岂狂易病惑耶？"取绛雪饵之，赤不肯(5)。有间，妇人至，又与赤言(6)。即取巾经其脰，赤两手助之，舌尽出(7)。其友号而救之，妇人解其巾走去(8)。赤怒曰："汝无道！吾将从吾妻，汝何为者？"赤乃就牖间为书，辗而圆封之(9)。又为书，博封之(10)。讫，如厕。久，其友从之，见赤轩厕抱瓮诡笑而侧视,势且下[11]。人,乃倒曳得之[12]。又大怒,曰:"吾已升堂面吾妻。吾妻之容,世固无有;堂之饰,宏大富丽;椒兰之气,油然而起。顾视汝之世犹溷厕也,而吾妻之居,与帝居钧天、清都无以异,若何苦余至此哉?"然后其友知赤之所遭,乃厕鬼也[13]。聚仆谋曰:"亟去是厕[14]。"遂行宿三十里。夜,赤又如厕。久,从之,且复入矣[15]。持出,洗其污,众环之以至旦。去抵他县,县之吏方宴,赤拜揖跪起无异者[16]。酒行,友未及言,已饮而顾赤,则已去矣[17]。走从之。赤入厕,举其床捍门,门坚不可入,其友叫且言之[18]。众发墙以入,赤之面陷不洁者半矣,又出洗之[19]。县之吏更召巫师善咒术者守赤,赤自若也[20]。夜半,守者怠,皆睡[21]。及觉,更呼而求之,见其足于厕外,赤死久矣,独得尸归其家。取其所为书读之,盖与其母、妻诀,其言辞犹人也[22]。

柳先生曰:李赤之传不诬矣。是其病心而为是耶?抑固有厕鬼耶[23]?赤之名闻江湖间,其始为士,无以异于人也。一惑于怪,而所为若是,乃反以世为溷,溷为帝居清都,其属意明白。今世皆知笑赤之惑也,及至是非、取与、向背决不为赤者,几何人耶[24]?反修而身,无以欲利好恶迁其神而不返,则幸矣,又何暇赤之笑哉[25]?

【注释】

(1)"李赤"句:李赤是一个江湖之间的流浪者。

(2)"游宣州"二句:游历宣州时,当地人留他住宿。 馆之:让他留宿下来。

(3)"其友"三句:李赤的朋友和另一位一同游历的人有亲戚关

系，间隔了几天，就跟随着来到李赤的寓所。

（4）"是媒"二句：这人是给我保媒说亲的，我要在这里娶妻了。　媒我：给我保媒说亲。

（5）"取绛"二句：取来绛雪丹喂他，李赤执意不肯服用。

（6）"有间"三句：过了不大一会儿，妇人又来了，又继续和李赤交谈。

（7）"即取"三句：随即取出手巾勒住李赤的脖子，李赤还用两手帮她的忙，结果舌头都被勒出来了。

（8）"其友"二句：李赤的朋友呼喊着去抢救他，那妇人解开手巾逃离了。　号：呼叫。　走去：逃离开。

（9）"赤乃"二句：李赤于是到窗户跟前写信，写完信，卷成圆筒，将其封好。　就：走向，走近。　牖：窗户。　为书：写信。

（10）"又为"二句：又写了一封信，严严实实地封好。

（11）"其友"三句：朋友随后到厕所，看见李赤在厕所里抱着粪缸，诡秘地笑着，匕斜着眼睛往里看，几乎马上要栽下去了。　瓮：粪缸。

（12）倒曳：倒拽上来。

（13）"然后"二句：这以后，李赤的朋友知道他所遇到的原来是厕鬼。

（14）"聚仆"二句：召集仆人商议说："赶快让他离开这厕所。"　谋：商议。　亟：赶紧。

（15）"从之"二句：朋友跟随着去看他，他又将要栽进厕所。　且：将要。　入：栽进厕所。

（16）"去抵"三句：离开这里，到了另一个县，县里的官吏们正举行宴会，李赤的见面礼节磕头、打躬、跪下、起立，没有不正常的表现。

(17)"酒行"数句：举杯行酒时，朋友未来得及说话，喝了一杯酒，回头看李赤，李赤已离去不见了。

(18)"赤入"数句：李赤进了厕所，用床顶住门，门关得牢固，没法子进去，朋友急得呼叫着，劝说着。　坚：牢固。

(19)"众发"三句：众人打通墙壁进了厕所，李赤的头部已陷进粪坑里去，又把他拉出来清洗一遍。

(20)"县之"二句：县里的官员又召来擅长驱鬼咒语的巫师看守李赤，李赤神态自然。

(21)惫：疲倦。

(22)"取其"三句：把他所写的信拿出来念，原来是和他母亲、妻子永诀的，那信上的话跟正常人一样。

(23)"李赤"三句：李赤的这些传说并非骗人的假话。这是因为他得了精神病才做出这些事的呢？还是确实有所谓厕鬼作怪呢？

(24)"今世"数句：现在社会上人们都知道讥笑李赤糊涂，至于在分辨正确与错误、索取与给予、拥护与反对时，决不做李赤那类糊涂事的，究竟能有几个人呢？　取与：索取、给予。　向背：拥护、反对。

(25)"反修"数句：反过来加强你自己的思想修养，不要为满足个人的欲望、利禄、喜欢、憎恶而精神错乱，迷途忘返，那就是幸运了，又哪里有闲功夫去讥笑李赤呢？　迁其神：使自己精神错乱。

蝜蝂传

蝜蝂者，善负小虫也⁽¹⁾。行遇物，辄持取，卬其首负之⁽²⁾。背愈重，虽困剧不止也。其背甚涩，物积因不散，卒踬仆不能起⁽³⁾。人或怜之，为去其负。苟能行，又持取如故⁽⁴⁾。又好上高，极其力不已，至坠地死⁽⁵⁾。

今世之嗜取者，遇货不避，以厚其室⁽⁶⁾，不知为己累也，唯恐其不积⁽⁷⁾。及其怠而踬也，黜弃之，迁徙之，亦已病矣⁽⁸⁾。苟能起，又不艾⁽⁹⁾，日思高其位，大其禄，而贪取滋甚，以近于危坠，观前之死亡不知戒⁽¹⁰⁾。虽其形魁然大者也⁽¹¹⁾，其名，人也，而智则小虫也⁽¹²⁾，亦足哀夫！

【注释】

（1）"蝜蝂"句：蝜蝂是一种善背负东西的小虫。 负：背着，承负。

（2）"行遇"二句：爬行中一碰到东西，总是弄过来，抬着头背负着它。

（3）"卒踬"句：终于跌倒起不来了。 踬仆：跌倒。

（4）"苟能"二句：如果还能爬行的话，就又和先前那样，遇见东西就抓取过来背上。　如故：像从前一样。

(5)"极其"二句：用尽全部力气也不停止，一直到跌到地上摔死为止。　已：止。

(6)"遇货"二句：遇上任何财物都不肯放过，以此来增加自己的家产。

(7)"不知"二句：他们不明白那些财物已成为自己的累赘，还惟恐财富积聚得不多。

(8)"黜弃"三句：被罢官，被贬谪，也够痛苦的了。　黜：罢免。　迁徙：贬谪。

(9)"苟能"二句：假如一旦得势，还是不肯就此罢休。

(10)"观前"句：看到前人贪财而丧命却不知引为鉴戒。　戒：鉴戒。

(11)"虽其"句：虽然他们躯体魁伟高大。　魁然：魁梧高大的样子。

(12)"其名"二句：他们在名义上叫做人，可他们的智力见识却同小虫子一样。

始得西山宴游记

自余为僇人⁽¹⁾，居是州，恒惴栗。其隙也⁽²⁾，则施施而行，漫漫而游⁽³⁾。日与其徒上高山，入深林，穷回溪⁽⁴⁾，幽泉怪石，无远不到。

到则披草而坐，倾壶而醉。醉则更相枕以卧，卧而梦。意有所极，梦亦同趣⁽⁵⁾。觉而起，起而归。以为凡是州之山水有异态者，皆我有也，而未始知西山之怪特。

今年九月二十八日，因坐法华西亭⁽⁶⁾，望西山，始指异之⁽⁷⁾。遂命仆人过湘江，缘染溪⁽⁸⁾，斫榛莽⁽⁹⁾，焚茅茷，穷山之高而止。攀援而登，箕踞而遨⁽¹⁰⁾，则凡数州之土壤，皆在衽席之下⁽¹¹⁾。其高下之势，岈然洼然，若垤若穴；尺寸千里，攒蹙累积，莫得遁隐⁽¹²⁾；萦青缭白，外与天际，四望如一。然后知是山之特立，不与培塿为类⁽¹³⁾。悠悠乎与颢气俱，而莫得其涯⁽¹⁴⁾；洋洋乎与造物者游，而不知其所穷。引觞满酌，颓然就醉，不知日之入。苍然暮色，自远而至，至无所见，而犹不欲归。心凝形释，与万化冥合⁽¹⁵⁾。然后知吾向之未始游，游于是乎始。故为之文以志。

是岁，元和四年也⁽¹⁶⁾。

【注释】

(1) 僇人：蒙受耻辱的人。作者因参与王叔文革新集团，被贬谪永州，故自称"僇人"。僇，通"戮"。

(2) 隙：空闲的时间。

(3) 施施而行：慢慢地行走。施施，慢慢走的样子。 漫漫而游：漫不经心，无拘束地游逛。漫漫，无拘束的样子。

(4) 日与其徒：每天与我的伙伴。徒，同行的伙伴。 穷回溪：沿着曲折的溪水走到尽头。回溪，盘曲的溪水。

(5) "意有"二句：意思是，心里想去游逛的地方，在梦中真地到那里去了。 极：至。

(6) 法华西亭：法华寺的西亭。西亭，为作者所建，在法华寺的西面，称西亭。

(7) 始指异之：意思是，才指点着西山，感到它的奇异。

(8) 缘：沿着。 染溪：即冉溪，在湖南永州市西南。柳宗元贬谪永州后，改名冉溪为愚溪，以抒愤懑。

(9) 斫：砍。 榛莽：芜杂丛生的草木。

(10) 箕踞：两腿伸开，形同簸箕似的坐着。箕，簸箕。踞，坐。 遨：游。这里指目光游动，放眼望去。

(11) 土壤：土地。这里借代为数州全部的景物。 衽席：卧席。

(12) "尺寸"三句：意思是，景物相去千里，却似咫尺之间，聚集、紧缩、重叠、堆积在一起，尽收眼底，没有能够逃避隐去的。

(13) 特立：超群卓立。 培塿：小土丘。

(14) 悠悠：高远的样子。　颢气：即浩气，大自然之气。　莫得其涯：无法寻索到它的边际。

(15) "心凝"二句：意思是，我的心神仿佛凝结，形体似乎消散，同自然万物浑然融合为一。　万化：万物变化。　冥合：暗合。

(16) 元和四年：公元809年。元和，唐宪宗的年号。

钴鉧潭记

钴鉧潭在西山西(1)。其始盖冉水自南奔注，抵山石，屈折东流(2)，其颠委势峻(3)，荡击益暴，啮其涯，故旁广而中深，毕至石乃止(4)。流沫成轮(5)，然后徐行。其清而平者且十亩余(6)，有树环焉，有泉悬焉。

其上有居者，以予之亟游也(7)，一旦款门来告曰(8)："不胜官租私券之委积，既芟山而更居(9)，愿以潭上田贸财以缓祸(10)。"予乐而如其言。则崇其台，延其槛(11)，行其泉于高者而坠之潭(12)，有声潀然(13)。尤与中秋观月为宜，于以见天之高，气之迥。孰使予乐居夷而忘故土者(14)？非兹潭也欤(15)？

【注释】

(1) 钴鉧潭：形状似熨斗的小潭。钴鉧：熨斗。

(2) 其始：钴鉧潭当初的形成。始：当初，最初。

(3) 颠：顶部，这里指冉水上游的地势。　委：末尾，这里指冉水下游的地势。　势峻：地势陡峭，指上下游地势极为悬殊，落差很大。

(4) 毕至石乃止：最终到山脚下才停止。　毕：最终。　止：终止，这里指不再扩大潭的面积。

(5) 流沫成轮：激流飞溅，形成像车轮一样转动的旋涡。

(6) "其清"句：那清澈平坦的水面将有十亩多地的样子。

(7) 以：因为，由于。　亟：多次。

(8) 一旦：某一天。　款门：敲门。款，敲、叩。

(9) "既芟"句：意思是说，我在山里平整了一块地方，并且已经迁居那里。　芟：除草。

(10) 贸财：换取钱财。　缓祸：缓解灾祸，这里指用换取的钱财抵交"官租私券"。

(11) 崇：用作使动，加高。　延：用作使动，加长。　槛：栏杆。

(12) "行其泉"句：意思是说，引导泉水到高处，使它垂直倾注到钴鉧潭里。　行：用作使动，引导、疏导。　高者：高的地方，这里指钴鉧潭正上方的高处。

(13) 㴩然：流水的声音，这里形容泉水倾注到潭中的声音。

(14) 居夷：居住在蛮夷地区。

(15) 非兹潭也欤：不是这钴鉧潭么？

钴鉧潭西小丘记

得西山后八日[1]，寻山口西北道二百步[2]，又得钴鉧潭。潭西二十五步，当湍而浚者为鱼梁[3]。梁之上有丘焉[4]，生竹树。其石之突怒偃蹇，负土而出，争为奇状者，殆不可数。其嵚然相累而下者[5]，若牛马之饮于溪；其冲然角列而上者，若熊罴之登于山。

丘之小不能一亩，可以笼而有之[6]。问其主，曰："唐氏之弃地，货而不售[7]。"问其价，曰："止四百。"余怜而售之[8]。李深源、元克己时同游，皆大喜，出自意外[9]。即更取器用，铲刈秽草，伐去恶木[10]，烈火而焚之。嘉木立，美竹露，奇石显。由其中以望，则山之高，云之浮，溪之流，鸟兽之遨游，举熙熙然回巧献技，以效兹丘之下[11]。枕席而卧[12]，则清泠之状与目谋[13]，瀯瀯之声与耳谋，悠悠而虚者与神谋[14]，渊然而静者与心谋[15]。不匝旬而得异地者二[16]，虽古好事之士，或未能至焉。

噫！以兹丘之胜，致之沣、镐、鄠、杜，则贵游之士争买者，日增千金而愈不可得。今弃是州也，农夫渔父过而陋之[17]，贾四百，连岁不能售，而我与深源、克己独喜得之，是其果有遭乎[18]？书于石，所以贺兹丘之遭也[19]。

【注释】

（1）得：得到；这里有"发现"的意思。

(2) 寻：沿着。 道：行走。 步：古代六尺为一步。

(3) "当湍"句：正对着急流深水的是一道鱼梁。 当：对着，面对。 湍：急流。 浚：深。 鱼梁：阻水的堰，土石垒成，中间部位留有缺口，以便用竹制的渔具捕鱼。

(4) "梁之上"句：意思是，与鱼梁相连的岸上有一座小山。

(5) "其嵌然"句：那相互倾倚、彼此叠加、倾斜向下的。 嵌然：倾倚的样子。 相累：互相挤压，重叠堆积。

(6) "丘之小"句：小丘小到不足一亩地，可以把它收到笼子里。

(7) 问其主：指打听有关小丘主人的事。 货而不售：想卖掉却卖不出去。货，出卖。售，卖出去。

(8) 售之：买下它。售，使动用法。

(9) 李深源、元克己：作者的朋友，时同贬居永州。出自意外：谓得到这个小丘，谁也没有想到。

(10) 铲刈：铲掉割除。刈，割。 秽草：杂草。 恶木：杂乱丛生无价值的树。

(11) "举熙熙"二句：全都欢快地炫耀美妙的姿态，显露面超的表演技艺，呈献在这小丘的下面。 熙熙然：和乐的样子。 回：运转。 献：表现。 巧、技：同义互文。 效：呈献、奉献。

(12) 枕席：用作动词，铺上

枕席。

(13)"则清泠"句：清凉明净的景色和视觉相交接。 泠：凉。谋：谋划，商量，这里引申为"接触"。

(14)"悠悠"句：悠远空阔的境界和灵觉相交接。 悠悠：深远的样子。

(15)"渊然"句：幽深宁静的境界和心觉相交接。 渊然：深沉的样子。

(16)不匝旬：不满十天。 异地者二：指钴鉧潭和潭西小丘两处胜地。

(17)"农夫"句：种田人和捕鱼人来来往往也看不起它。 陋之：意动用法，轻视它。

(18)"是其"句：这小丘大概真的交好运了吧！ 其：句中语气词，表示推测。 遭：际遇，这里指好运。

(19)"书于石"二句：把以上的话书写在大石上，以祝贺这座小丘交了好运。

至小丘西小石潭记

从小丘西行百二十步，隔篁竹⁽¹⁾，闻水声，如鸣珮环⁽²⁾，心乐之。伐竹取道，下见小潭，水尤清冽⁽³⁾。全石以为底，近岸卷石底以出，为坻，为屿，为嵁，为岩。青树翠蔓⁽⁴⁾，蒙络摇缀，参差披拂⁽⁵⁾。

潭中鱼可百许头[6]，皆若空游无所依。日光下澈，影布石上[7]，怡然不动，俶尔远逝[8]，往来翕忽，似与游者相乐。

潭西南而望，斗折蛇行[9]，明灭可见[10]。其岸势犬牙差互，不可知其源。坐潭上，四面竹树环合，寂寥无人，凄神寒骨[11]，悄怆幽邃[12]。以其境过清，不可久居，乃记之而去。

同游者吴武陵、龚古，余弟宗玄。隶而从者崔氏二小生[13]：曰恕己，曰奉壹。

【注释】

(1) 篁竹：成林的竹子。

(2) 珮环：古人系在衣带上的玉器。

(3) 清冽：清澈寒冷。

(4) 翠蔓：翠绿色的藤。蔓，蔓生植物的枝茎，草本的叫蔓，木本的叫藤。

(5) 参差：长短不齐，高低不一致。 披拂：随风飘荡。

(6) 可百许头：大约一百多条。 可：大约。 许：左右。

(7) 影：鱼影。

(8) 怡然：呆立不动的样子。

(9) 斗折蛇行：曲曲折折的样子像北斗七星，又像长蛇在

爬行。

（10）明灭：若明若暗，或隐或显。

（11）凄神寒骨：寒气刺骨，使人内心感到凄凉。

（12）悄怆：忧愁悲伤。　幽邃：幽静深远。

（13）"隶而从"句：随从我们来的是崔家两个后辈年轻人。　隶：依附。　崔氏：指作者的姐夫崔简。

小石城山记

自西山道口径北⁽¹⁾，逾黄茅岭而下，有二道：其一西出⁽²⁾，寻之无所得；其一少北而东⁽³⁾，不过四十丈，土断而川分⁽⁴⁾，有积石横当其垠。其上为睥睨梁欐之形⁽⁵⁾，其旁出堡坞⁽⁶⁾，有若门焉，窥之正黑，投以小石，洞然有水声，其响之激越，良久乃已。环之可上，望甚远⁽⁷⁾。无土壤而生嘉树美箭⁽⁸⁾，益奇而坚，其疏数偃仰，类智者所施设也⁽⁹⁾。

噫！吾疑造物者之有无久矣。及是，愈以为诚有。又怪其不为之中州，而列是夷狄，更千百年不得一售其伎，是固劳而无用⁽¹⁰⁾，神者倘不宜如是，则其果无乎？或曰："以慰夫贤而辱于此者⁽¹¹⁾。"或曰："其气之灵，不为伟人而独为是物；故楚之南少人而多石。"是二者，余未信之。

【注释】

(1) 径北：一直往北。

(2) 西出：路向西伸去。

(3) 少北而东：稍向北又向东去。

(4) 土断而川分：土路中断，出现分流的河水。

(5) 睥睨：城墙上如齿状的矮墙。 梁㰕：栋梁，这里指架支着的梁栋。㰕，栋，正梁。

(6) 堡坞：小城堡，此处是指由山石天然形成的。因此作者称其"小石城山"。

(7) 环：绕道而行。

(8) 箭：指竹子。

(9) "其疏数"二句：意思是，那些嘉树美箭，疏密相宜，起伏有致，好像是聪明人精心设置的。 数：密。 偃：倒伏。

(10) "又怪其"四句：意思是说，又奇怪"造物者"不把小石城山安排在中原，反而陈设在这偏僻的蛮夷地区，经历千百年也不能够一层它的风采，这当然是徒劳而无功用的。

(11) "以慰"句：意思是，小石城山是用来慰藉那些贤明却被贬谪到这里的人们的。此句是指有人辩"无用"为"有用"的说法。

全义县复北门记⁽¹⁾

贤者之兴，而愚者之废⁽²⁾。废而复之为是，循而习之为非。恒人犹且知之，不足乎列也，然而复其事必由乎贤者⁽³⁾。推是类以从于政，其事可少哉？

贤莫大于成功，愚莫大于吝且诬⁽⁴⁾。桂之中岭而邑者曰全义。卫公城之，南越以平⁽⁵⁾。卢遵为全义，视其城，塞北门，凿他雉以出⁽⁶⁾。问之其门人，曰："余百年矣。或曰，巫言是不利于今，故塞之，或曰，以宾旅之多，有惧竭其饩馈者，欲回其途，故塞之⁽⁷⁾。"遵曰："是非吝且诬欤？贤者之作，思利乎人；反是，罪也。余其复之。"询于群吏，吏叶厥谋；上于大府，大府以俞⁽⁸⁾。邑人便焉，欢舞里间。居者思正其家，行者乐出其途⁽⁹⁾。

由道废邪，用贤弃愚⁽¹⁰⁾，推以革物，宜民之苏⁽¹¹⁾。若是而不列，殆非孔子徒也。为之记云⁽¹²⁾。

【注释】

（1）全义县：在今广西省兴安县西。　复：修复，恢复。

（2）"贤者"二句：意思是说，贤能的人兴办的事业，就是愚蠢的人所败坏的。　兴：兴办；这里指创办某种事业。　废：废弃，败坏。

（3）"恒人"三句：意思是说，平常的人都能懂得这个道理，用不着再说了，但是，恢复已被败坏的事业一定经由贤能的人。 恒人：平常的人。 犹且：尚且。 不足：不值得。 由：经由。

（4）"贤莫"二句：意思是说，贤能莫过于成就一番事业，愚昧莫过于自私加迷信。 成功：成就功业。 吝：吝啬，犹言自私。 诬：诬罔，犹言迷信。

（5）卫公：李靖，唐初名将，被封为卫国公。 城：名词作动词，"筑城"的意思。 之：代全义县。 南越以平：凭借这座城平定安抚了南越。唐高祖时，李靖为桂州总管，负责平定安抚岭南一带。南越，今广东、广西一带。

（6）"卢遵"四句：意思是说，卢遵当了全义县县令，巡视这座城，发现北门被堵死，却在另一个地方挖开城墙做出口。 卢遵：作者的表弟。 为全义：管理全义，即担任全义县令。 视：巡视，视察。 他雉：城墙的另一部位。雉，古代计算城墙面积的单位，长三丈高一丈。这里用以指城墙。

（7）"余百年"数句：意思是说，堵塞此门已有一百多年了。有的人说，因为巫人说这座门对今世不吉利，所以把它堵塞了；有的人说，因为过往旅客太多，附近的住户有人害怕馈赠旅客，竭尽食物，想让旅客绕道走开，所以把这座门堵塞了。 余百年：一百余年。 巫：以装神弄鬼替人祈祷为职业的人。 宾旅：过往旅客。 惧：害怕。 饩馈：赠送食物。 欲回其途：想要转移旅客来往的路途。回，掉转。

（8）"询于"四句：意思是说，卢遵征求县府官吏们的意见，官吏们都赞同他的想法，上报到州府，州府也表示同意。 大府：上级官府，此指州府。 俞：叹词，表示许可，这里引申为同意。

(9)"邑人"四句：意思是说，修通北门，全县的人都感到便利，乡里处处歌舞，定居城里的人由此想到端正家风，来往的旅客则乐意经过这里。　里闾：古代的居民组织单位。居者：指城里的居民。行者：来往旅客。

(10)"由道"二句：意思是说，遵行正道，废止邪道；采用贤人的主张，摒弃愚人的作法。

(11)"推以"二句：意思是说，用这样的原则去变革事物，以适宜人民的生息。　革：变革。　物：事物。

(12)之：指修复全义县城北门事。

永州龙兴寺息壤记

永州龙兴寺东北陬有堂[1]，堂之地隆然负砖甓而起者[2]，广四步，高一尺五寸。始之为堂也[3]，夷之而又高[4]，凡持锸者尽死。永州居楚越间[5]，其人鬼且禨[6]。由是寺之人皆神之[7]，人莫敢夷。

《史记·天官书》及《汉志》有地长之占，而亡其说[8]。甘茂盟息壤[9]，盖其地有是类也。昔之异书，有记洪水滔天，鲧窃帝之息壤，以堙洪水，帝乃令祝融杀鲧于羽郊[10]。其言不经见[11]。

今是土也，夷之者不幸而死，岂帝之所爱耶？南方多疫[12]，劳者先死。则彼持锸者，其死于劳且疫也，土乌能神[13]？余恐学者之至于斯，征是言[14]，而唯异书之信，故记于堂上。

【注释】

(1) 龙兴寺：在湖南永州市东南。　东北陬：东北角。陬：角落。堂：指佛堂。

(2) 堂之地：堂内的地面。　隆然：高起的样子。　负：托负。甓：砖。

(3) 始：当初。

(4) 夷：铲平。　高：长高。

(5) 居：处。

(6) 鬼且禨：相信有鬼存在，还祈求鬼神保祐。禨，祈求鬼神以致福。

(7) 神之：觉得那块地方很神奇。神，作动词，意动用法。

(8) 而亡其说：却没有关于地长的解释。说，解释，说明。

(9) 甘茂：战国时秦武王的丞相。

(10) "昔之异书"数句：异书：记载奇闻怪事的书。　鲧：传说为夏禹的父亲，其时负责治水。　帝：传说中的帝尧。　堙：堵塞。　祝融：传说为尧臣，主管火。　羽郊：羽山的郊野。

(11) 不经见：在经典著作中看不到。经，指与"昔之异书"完全不同的经典著作。

(12) 疫：瘟疫，疫病。

(13) 乌：怎么，哪里。 神：指超自然力的不可名状的奇异力量。

(14) 征：证明，验证。 是言：指关于神土不可夷、夷之者尽死的传言。

永州铁炉步志

江之浒，凡舟可縻而上下者曰"步"[1]。永州北郭有步，曰"铁炉步"。余乘舟来，居九年，往来求其所以为铁炉者，无有。问之人，曰："盖尝有锻者居，其人去而炉毁者不知年矣，独有其名冒而存[2]。"

余曰："嘻！世固有事去名存而冒焉若是耶[3]？"

步之人曰："子何独怪是？今世有负其姓而立于天下者，曰：'吾门大，他不我敌也。'问其位与德，曰：'久矣，其先也。'然而彼犹曰'我大'，世亦曰'某氏大[4]'。其冒于号有以异于兹步者乎[5]？向使有闻兹步之号，而不足釜、锜、钱、镈、刀、铗者，怀价而来，能有得其欲乎？则求位与德于彼，其不可得亦犹是也。位存焉而德无有，犹不足大其门，然世且乐为之下[6]。子胡不怪彼而独怪于是？大者桀冒禹，纣冒汤，幽、厉冒文、武，以傲天下。由不知推其本而姑大其故号，以至于败，为世笑僇，斯可以甚惧⁽⁷⁾。若求兹步之实，而不得釜、锜、钱、镈、刀、铁者，则去而之他，又何害乎？子之惊于是，末矣。"

余以为古有太史，观民风，采民言。若是者，则有得矣⁽⁸⁾！嘉其言可采，书以为志⁽⁹⁾。

【注释】

（1）"江之浒"句：江边凡是可拴住船只，以便人们上下的渡口叫作"步"。　浒：水边。　縻：系，拴。　步：通"埠"，即码头。

（2）"尝有"三句：曾经有个铁匠在这里居住过，那人离开此地，炉子被毁坏不知多少年了，只是"铁炉步"这个名字还徒有其名地保留着。　尝：曾经。　独：只，仅。　冒：徒有其名。

（3）"世固有"句：世间确实有事实已不存在而名号还虚假保留着，就像铁炉步这样吗？　固：的确，确实。

（4）"问其"数句：如问及他的官位和功德，他就说："很久以前的事，那是我的祖先。"然而他还要说："我的门第高"，世上的人也说："某某人门第高"。

（5）"其冒"句：这种假冒虚名的事情和这铁炉步有区别吗？　异：不同，区别。

（6）"则求"数句：那么，追究自称门第高的人的名位和功德，就像来铁炉步买铁器一样，不可能得到什么。只有官位而没有实际功德，还不能光大他的门第，然而世人还是甘愿屈居在他的门第之下。

（7）"由不知"数句：由于不懂得推究祖先德高望重的根本原因，

却借助祖先的名望炫耀自己，以至于身败名裂，被世人耻笑，这是值得引为鉴戒的。　笑僇：耻笑侮辱。

（8）"余以为"数句：我认为古代设有太史官，用来考察民间风尚，收集民间言论。像渡口上人这类言论，就是很有教益的！

（9）嘉：赞许，赞美。

贞　　符(1)

负罪臣宗元惶恐言(2)：臣所贬州流人吴武陵为臣言："董仲舒对三代受命之符，诚然，非耶(3)？"臣曰："非也。何独仲舒尔！自司马相如、刘向、扬雄、班彪、彪子固，皆沿袭嗤嗤，推古瑞物以配受命(4)。其言类淫巫瞽史(5)，诳乱后代，不足以知圣人立极之本(6)，显至德，扬大功，甚失厥趣。"臣为尚书郎时，尝著《贞符》，言唐家正德受命于生人之意，累积厚久，宜享年无极之义，本末闳阔(7)。会贬逐中辍，不克备究。武陵即叩头邀臣："此大事，不宜以辱故休缺(8)，使圣王之典不立，无以抑诡类，拔正道，表核万代。"臣不胜奋激，即具为书。念终泯没蛮夷，不闻于时，犹不为也。苟一明大道，施于人代，死无所憾，用是自决。臣宗元稽首拜手以闻。曰：

孰称古初朴蒙悾侗而无争(9)，厥流以讹(10)，越乃奋夺斗怒震动，专肆为淫威？曰：是不知道。惟人之初，总总而生，林林而群。雪霜风雨雷雹暴其外，于是乃知架巢空穴，挽草木，取皮革；饥渴牝牡之欲驱其内$^{(11)}$，于是乃知噬禽兽，咀果谷，合偶而居。交焉而争，睽焉而斗$^{(12)}$，力大者搏，齿利者啮，爪刚者决，群众者轧，兵良者杀。披披藉藉$^{(13)}$，草野涂血。然后强有力者出而治之。往往为曹于险阻$^{(14)}$，用号令起，而君臣什伍之法立。德绍者嗣，道怠者夺$^{(15)}$。于是有圣人焉曰黄帝，游其兵车，交贯乎其内，一统类，齐制量，然犹大公之道不克建。于是有圣人焉曰尧，置州牧四岳持而纲之$^{(16)}$，立有德有功有能者参而维之，运臂率指，屈伸把握，莫不统率。尧年老，举圣人而禅焉，大公乃克建。由是观之，厥初罔匪极乱$^{(17)}$，而后稍可为也。非德不树。故仲尼叙《书》，于尧曰"克明俊德$^{(18)}$"；于舜曰"濬哲文明$^{(19)}$"；于禹曰"文命祗承于帝"；于汤曰"克宽克仁，彰信兆民$^{(20)}$"；于武王曰"有道曾孙$^{(21)}$"。稽揆典誓$^{(22)}$，贞哉！惟兹德实受命之符，以奠永祀。

后之妖淫嚚昏好怪之徒，乃始陈大电、大虹、玄鸟、巨迹、白狼、白鱼、流火之乌以为符，斯为诡谲阔诞，其可羞也，而莫知本于厥贞。汉用大度，克怀于有氓，登能庸贤，濯瘵煦寒，以瘳以熙，兹其为符也$^{(23)}$。而其妄臣，乃下取虺蛇，上引天光，推类号休，用夸诬于无知之氓$^{(24)}$。增以驺虞神鼎，胁驱纵臾，俾东之泰山石闲，作大号，谓之封禅，皆《尚书》所无有。莽述承效，卒奋鷔逆$^{(25)}$。其后有贤帝曰光武，克绥天下，复承旧物，犹崇赤伏，以玷厥德。魏晋而下$^{(26)}$，龙乱钩裂$^{(27)}$，厥符不贞$^{(28)}$，邦用不靖，亦罔克久，驳乎无以议为也$^{(29)}$。积大乱至于隋氏，环四海以为鼎，跨九埏以为炉，爨以毒燎，煽以虐焰。其人沸涌灼烂，号呼腾蹈，莫有救止$^{(30)}$。

于是大圣乃起，丕降霖雨，浚涤荡沃，蒸为清氛，疏为泠风。人乃溔然休然，相睎以生，相持以成，相弥以宁$^{(31)}$。琢斮屠剔，膏流节离之祸不作，而人乃克完平舒愉，尸其肌肤，以达于夷途[32]。焚圻抵掎，奔走转死之害不起，而人乃克鸠类集族，歌舞悦怿，用祗于元德[33]。徒奋祖呼，犒迎义旅，欢动六合，至于麾下。大盗豪据[34]，阻命遏德[35]；义威珍戮，咸坠厥绪，无刘于虐[36]。人乃并受休嘉，去隋氏，克归于唐。踯躅讴歌，灏灏和宁[37]。帝庸威栗，惟人之为。敬奠厥赋，积藏于下，是谓丰国[38]。乡为义廪，敛发谨饬，岁丁大侵，人以有年。简于厥刑，不残而惩，是谓严威[39]。小属而支，大生而孥，恺悌祗敬，用厎于理[40]。凡其所欲，不谒而获；凡其所恶，不祈而息。四夷稽服，不作兵革，不竭货力。丕扬于后嗣，用垂于帝式。十圣济厥理，孝仁平宽，惟祖之则。泽久而愈深，仁增而益高。人之戴唐，永永无穷。

是故受命不于天，于其人；休符不于祥[41]，于其仁。惟人之仁，匪祥于天；匪祥于天，兹惟贞符哉！未有丧仁而久者也，未有恃祥而寿者也。商之王以桑谷昌，以雉雏大，宋之君以法星寿；郑以龙衰[42]，鲁以麟弱[43]；白雉亡汉[44]，黄犀死莽[45]；恶在其为符也[46]？不胜唐德之代[47]，光绍明潜，深鸿庬大，保人斯无疆[48]。宜荐于郊庙，文之雅诗，祗告于德之休[49]。帝曰："湛哉[50]！"乃黜休祥之奏，究贞符之奥，思德之所未大，求仁之所未备，以极于邦理，以敬于人事[51]。

其诗曰：於穆敬德，黎人皇之。惟贞厥符，浩浩将之[52]。仁函于肤，刃莫毕屠[53]。泽燫于爟，沸炎以浣[54]。珍厥凶德，乃驱乃夷。懿其休风，是煦是吹。父子熙熙，相宁以嬉。赋彻而藏，厚我糗粻[55]。刑轻以清，我肌靡伤。贻我子孙，百代是康。十圣嗣于理，仁后之子。子思孝父，易患于已。拱之戴之，神具尔宜。载扬于雅，承天之嘏[56]。天之诚神，宜鉴于仁。神之曷依？宜仁之归。濮铅于北，祝栗于南。

幅员西东，衿一乃心⁽⁵⁷⁾。祝唐之纪，后天罔坠⁽⁵⁸⁾；祝皇之寿，与地咸久。曷徒祝之，心诚笃之。户协人同，道以告之⁽⁵⁹⁾。俾尔亿万年，不震不危，我代之延，永永毗之。仁增以崇，曷不尔思？有号于天，佥曰呜呼⁽⁶⁰⁾！咨尔皇灵，无替厥符⁽⁶¹⁾！

【注释】

（1）贞符：中正之符；与传统的"符命"说相对，乃"正德受命于生人之意"。　贞：正，无偏。　符：凭证。古代传达命令时所用，双方各执一半，合而验真假。封建统治者宣扬君权"受命于天"，便不择手段地搜寻天降之符，即所谓符瑞、祥瑞，这种"受命之符"，谓之曰"符命"。

（2）负罪臣：唐永贞元年（805）冬，柳宗元因参加以王叔文为首的政治改革集团，被贬为永州司马，故有此说。

（3）流人：流放的人。吴武陵于唐元和三年贬官而流放永州。　董仲舒：公元前179年—前104年，西汉广川人，多有著述。倡"罢黜百家，独尊儒术"，开中国儒家正统之先河。武帝时，以贤良对策称旨见重，拜江都相。　对：应对，回答。董仲舒在贤良文学的策试中，回答说：天降祥瑞，"此盖受命之符也。"

（4）蚩蚩：蛊蛊，纷乱。　古瑞物：古代已炒过的祥瑞之物。　受命：指汉朝受命于天。

（5）巫瞽史：指巫、瞽、史搞占卜迷信时的念念之辞。

（6）诞：欺骗。　乱：惑乱。　立极：犹言立国。

（7）唐家：指唐王朝。　闳阔：广博；谓内容丰富。

(8) 以辱：因辱，指作者贬官受辱。　休：停止。　缺：残缺，指不完整的《贞符》。

(9) 朴：质朴。　蒙：愚昧。　佺侗：蒙昧无知。

(10) 流：指后代。　讹：错误，这里是"变坏"的意思。

(11) 牝牡之欲：性欲。牝牡，这里谓男女。

(12) 交：接触。　睽：不合，分开。

(13) 披披藉藉：谓尸体遍野，上下交错。披，盖，指上面的尸体盖着下面的。藉，垫，指下面的尸体垫着上面的。

(14) 为曹：结成群伙。曹，群。

(15) 用：同"以"，因此，由此。　绍：继续。　夺：丧失，被剥夺。

(16) 州牧：相传尧分中国为九州，州长称州牧。　四岳：尧臣，分管四方的诸侯。

(17) 厥初：人类之初，原始阶段。　罔：无。　匪：非，不是。

(18) 非德不树：无德就不能立足。　明：显明。　俊德：美德。

(19) 濬哲：卓越的智慧。　文明：彩泽光耀。

(20) 宽：宽厚。　仁：仁慈。　彰：明，显。　信：信用。　兆民：亿万民众。兆，数词，指"百万"或"万亿"，常用来表示极多。

(21) 曾孙：孙之子。周武王是太王的曾孙。

(22) 稽：考核。　揆：考察。

(23) 汉：指汉高祖刘邦。　氓：老百姓。　痍：创伤。　煦：温暖。　瘳：病愈。

(24) 虺蛇：据《史记·高祖本纪》载，秦末，刘邦斩杀一条当道白蛇。一个老婆婆哭道："我儿子是白帝子，今天被赤帝子杀了。"汉儒用五行说解释汉代秦。秦为金，白色，白帝子即秦统治者；汉为火，红色，刘邦即赤帝子；火克金，秦必亡，汉必兴。　天光：传说刘邦母睡于野外，梦遇神，时雷电闪耀，怀孕而生刘邦。班彪《王命论》认为此乃刘邦"受命之符"。　推类：推演此类虺蛇天光一类的怪说。

号休：冠以吉祥的名号。休，喜庆；这里犹言吉祥。

（25）莽：王莽，汉平帝时官大司马，号安汉公。《汉书·王莽传》载，武功县挖井得石，上圆下方，上书红字"告安汉公莽为皇帝"。述：公孙述，王莽时为蜀郡导江卒正。　承效：承袭、效仿。　鸷逆：忘乎所以，叛逆朝廷。平帝死，王莽立孺子婴为帝，三年后自立为帝，改国号曰"新"。公孙述乘农民起义之机，起兵反叛，称帝，号成家，建元龙兴。

（26）魏晋而下：指魏晋之后的南北朝时期。

（27）尨乱：杂乱，谓历史混乱。　钩裂：钩取分裂局面；谓国家

分裂，不思统一，相互倾轧，乐此不疲。

（28）符不贞：符命不正，谓以天下为私，乱中夺权，不施德政。

（29）驳：混杂，乱作一团。　无以议：没有什么值得一议的。

（30）沸涌：水沸人涌。　腾蹈：蹦高顿足。

（31）漻然：清静的样子。　休然：美善的样子。　睎：望。持：扶。　弥：补。

（32）琢斲：宫刑割势。琢，当为"椓"，宫刑。斲，斩、削。屠剔：宰杀；含有分解、剥皮、剔骨的意思。　膏：指血。　节离：截肢。节，肢体。　尸：主，司。　达于夷途：在平坦的道路上通行。夷，平坦。

（33）鸠类：家人团圆。鸠，聚集。　集族：族人合居。　祗：恭敬。　元德：大德，指唐太宗。

（34）大盗：指隋末战乱中李唐之外的军事力量。

（35）阻命：对抗命令。　遏德：拒绝德化。

（36）无刘于虐：意谓不是等到"大盗"肆虐起来之后再去征服他们。刘，杀。

（37）踯躅：徘徊。　灏灏：浩浩。

（38）敬：严肃，慎重。　奠：定。　下：民间。　丰国：使国家富足。

（39）简：精简。　不残：不使人残缺，谓废除了致残的刑罚。惩：引起警戒，谓起到了惩戒的作用。

（40）小属而支：属支，宗族的分支。　大生而孥："近而生孥"的意思。生孥，未成年的兄弟。　恺悌：和乐。　底于理：至于治。

（41）休符：美好的征兆。　祥：祥瑞，吉兆。

（42）郑以龙衰：《左传·昭公十九年》载，郑国发大水，洧水里出现龙，所谓祥瑞之物，但郑国毫无起色，继续衰落。

（43）鲁以麟弱：《史记·孔子世家》载，鲁哀公十四年春，在城西狩猎，获一只麒麟，亦所谓吉祥之物，鲁国却更加衰弱。

（44）白雉亡汉：《汉书·平帝纪》载，汉平帝元始元年，远方的赵棠国进献一只白野鸡，这是受王莽之意所搞的祥瑞，后几年，王莽篡位，西汉亡。

（45）黄犀死莽：《汉书·王莽传》载，汉平帝元始二年，黄支国献一头犀牛，王莽篡位后说这是他受命的祥瑞，但，王莽只当了十四年皇帝，就被农民起义军杀死。

（46）恶：疑问代词，哪里。 为符：出现的征兆。

（47）不胜：不如。胜，胜过、超过。 唐德之代：唐朝的代以德政。

（48）保：安抚，安定。 疆：极限，尽头。

（49）荐：进献祭品。 郊庙：郊祀和庙祀，主要指郊祀，于郊外祭天。 文：为文，写文章。

（50）帝：指其时皇帝唐宪宗。 谌：诚然。

（51）奏：奏章。 极：顶点，使动用法，"达到尽美"的意思。 邦理：国家的治理。

（52）浩浩：广大的样子，这里用来形容"黎人"。 将：扶，持；这里犹言支持、辅助。

（53）函：包含，容纳。 肤：肌肤。 刃莫毕屠：语出《管子·制分》"毕屠刃莫"，毕屠之后而刀刃犹新。这里是说，仁政得施，人民安居，刀刃遂失毕屠之用，必如新发。

（54）泽：润泽，这里指肌肤的膏泽。　煤：烘干。　沸炎：沸汤又加火。　浣：洗涤，犹言用热水煮。

（55）赋：作动词，缴纳赋税。　彻：周代的田税制度，十分之一税率。这里借以说明唐初税赋不重。　藏：储藏。　粮糇：米粮。

（56）载：语首助词。　扬：颂扬。　雅：诗六义之一，这里指颂德之诗。

（57）濮铅、祝栗：代表极远的地方。　幅员：疆域。　广狭称"幅"，周围称"员"。

（58）纪：十二年为一纪。　后天：后于天，比天还要悠久。

（59）"户协"二句：家家协力，人人同心，借此诗报告天灵。道：由，经过。通行本"户"作"神"，此处据《唐文粹》校改。

（60）号于天：向天呼喊。　呜呼：这里用以表示"号于天"的慷慨之词。

（61）咨：感叹词。　皇灵：皇天。　替：废。

封建论

天地果无初乎？吾不得而知之也；生人果有初乎⁽¹⁾？吾不得而知之也。然则孰为近⁽²⁾？曰：有初为近。孰明之？由封建而明之也⁽³⁾。彼封建者，更古圣王尧、舜、禹、汤、文、武而莫能去之⁽⁴⁾。盖非不欲去之也，势不可也。势之来，其生人之初乎⁽⁵⁾！不初，无以有封建⁽⁶⁾。封建,非圣人意也。

彼其初与万物皆生,草木榛榛,鹿豕狉狉⁽⁷⁾,人不能搏噬,而且无羽毛,莫克自奉自卫⁽⁸⁾,荀卿有言,必将假物以为用者也。夫假物者必争,争而不已,必就其能断曲直者而听命焉⁽⁹⁾。其智而明者,所伏必众;告之以直而不改,必痛之而后畏,由是君长刑政生焉。故近者聚而为群,群之分,其争必大,大而后有兵有德⁽¹⁰⁾。又有大者,众群之长又就而听命焉,以安其属⁽¹¹⁾。于是有诸侯之列,则其争又有大者焉。德又大者,诸侯之列又就而听命焉,以安其封⁽¹²⁾。于是有方伯、连帅之类⁽¹³⁾,则其争又有大者焉。德又大者,方伯、连帅之类又就而听命焉,以安其人,然后天下会于一。是故有里胥而后有县大夫,有县大夫而后有诸侯,有诸侯而后有方伯、连帅,有方伯、连帅而后有天子。自天子至于里胥,其德在人者死,必求其嗣而奉之⁽¹⁴⁾。故封建非圣人意也,势也⁽¹⁵⁾。

夫尧、舜、禹、汤之事远矣,及有周而甚详⁽¹⁶⁾。周有天下,裂土田而瓜分之,设五等,邦群后;布履星罗,四周于天下⁽¹⁷⁾;轮运而辐集,合为朝觐会同,离为守臣扞城⁽¹⁸⁾。然而降于夷王,害礼伤尊,下堂而迎觐者⁽¹⁹⁾。历于宣王,挟中兴复古之德,雄南征北伐之威⁽²⁰⁾,卒不能定鲁侯之嗣。陵夷迄于幽、厉⁽²¹⁾,王室东徙,而自列为诸侯矣。厥后,问鼎之轻重者有之⁽²²⁾,射王中肩者有之⁽²³⁾,伐凡伯、诛苌弘者有之⁽²⁴⁾,天下乖戾,无君君之心⁽²⁵⁾。余以为周之丧久矣,徒建空名于公侯之上耳!得非诸侯之强盛,末大不掉之咎欤?遂判为十二⁽²⁶⁾,合为七国⁽²⁷⁾,威分于陪臣之邦,国殄于后封之秦⁽²⁸⁾,则周之败端,其在乎此矣⁽²⁹⁾。

秦有天下,裂都会而为之郡邑,废侯卫而为之守宰,据天下之雄图,都六合之上游⁽³⁰⁾,摄制四海,运于掌握之内⁽³¹⁾,此其所以为得也⁽³²⁾。不数载而天下大坏,其有由矣。亟役万人⁽³³⁾,暴其威刑,竭其货贿囤;负锄梃谪戍之徒⁽³⁴⁾,圜视而合从⁽³⁵⁾,大呼而成群。时则有叛人而无叛吏,人怨于下而吏畏于上;天下相合,杀守劫令而并起,咎在人怨,非郡邑之制失也。

汉有天下,矫秦之枉,徇周之制,剖海内而立宗子,封功臣。数年之间,奔命扶伤之不暇⁽³⁶⁾,困平城⁽³⁷⁾,病流矢⁽³⁸⁾,陵迟不救者三代。后乃谋臣献画⁽³⁹⁾,而离削自守矣⁽⁴⁰⁾。然而封建之始,郡国居半,时则有叛国而无叛郡,秦制之得亦以明矣⁽⁴¹⁾。继汉而帝者,虽百代可知也。

唐兴,制州邑,立守宰,此其所以为宜也。然犹桀猾时起,虐害方域者⁽⁴²⁾,失不在于州而在于兵,时则有叛将而无叛州。州县之设,固不可革也。

或者曰:"封建者,必私其土,子其人⁽⁴³⁾,适其俗,修其理,施化易也。守宰者,苟其心,思迁其秩而已,何能理乎?"余又非之。

周之事迹,断可见矣。列侯骄盈,黩货事戎⁽⁴⁴⁾,大凡乱国多,理国寡。侯伯不得变其政,天子不得变其君⁽⁴⁵⁾,私土子人者,百不有一,失在于制,不在于政,周事然也。

秦之事迹,亦断可见矣。有理人之制,而不委郡邑,是矣⁽⁴⁶⁾。有理人之臣,而不使守宰,是矣。郡邑不得正其制,守宰不得行其理⁽⁴⁷⁾。酷刑苦役,而万人侧目,失在于政,不在于制,秦事然也。

汉兴,天子之政行于郡,不行于国,制其守宰,不制其侯王。侯王虽乱,不可变也;国人虽病,不可除也;及夫大逆不道⁽⁴⁸⁾,然后掩捕而迁之,勒兵而夷之耳。大逆未彰,奸利浚财,怙势作威,大刻于民者，无如之何。及夫郡邑，可谓理且安矣。何以言之？且汉知孟舒于田叔，得魏尚于冯唐，闻黄霸之明审，睹汲黯之简靖，拜之可也，复其位可也，卧而委之以辑一方可也⁽⁴⁹⁾。有罪得以黜，有能得以赏。朝拜而不道，夕斥之矣；夕受而不法，朝斥之矣。设使汉室尽城邑而侯王之⁽⁵⁰⁾，纵令其乱人，戚之而已。孟舒、魏尚之术莫得而施，黄霸、汲黯之化莫得而行。明谴而导之，拜受而退已违矣⁽⁵¹⁾。下令而削之，缔交合从之谋周于同列，则相顾裂眦，勃然而起。幸而不起，则削其半。削其半，民犹瘁矣。曷若举而移之以全其人乎？汉事然也。

今国家尽制州邑，连置守宰，其不可变也固矣。善制兵，谨择守，则理平矣。

或者又曰："夏、商、周、汉封建而延，秦郡邑而促。"尤非所谓知理者也。魏之承汉也，封爵犹建；晋之承魏也，因循不革；而二姓陵替，不闻延祚⁽⁵²⁾。今矫而变之，垂二百祀，大业弥固，何系于诸侯哉⁽⁵³⁾？

或者又以为："殷、周圣王也，而不革其制，固不当复议也。"是大不然。夫殷、周之不革者，是不得已也。盖以诸侯归殷者三千焉，资以黜夏，汤不得而废；归周者八百焉，资以胜殷，武王不得而易。徇之以为安，仍之以为俗，汤、武之所不得已也⁽⁵⁴⁾。夫不得已，非公之大者也⁽⁵⁵⁾，私其力于己也，私其卫于子孙也。秦之所以革之者，其为制，公之大者也；其情，私也⁽⁵⁶⁾，私其一己之威也，私其尽臣畜于我也。然而公天下之端自秦始。

夫天下之道，理安斯得人者也。使贤者居上，不肖者居下，而后可以理安。今夫封建者，继世而理⁽⁵⁷⁾。继世而理者，上果贤乎？下果不肖乎？则生人之理乱未可知也。将欲利其社稷，以一其人之视听⁽⁵⁸⁾，则又有世大夫世食禄邑，以尽其封略，圣贤生于其时，亦无以立于天下。封建者为之也，岂圣人之制使至于是乎？吾固曰⁽⁵⁹⁾："非圣人之意也，势也。"

【注释】

（1）"生人"句：人类果真存在原始阶段吗？ 生人：即"生民"，指人类。 初：名词；初始，原始阶段。

（2）孰为近：哪一种说法（"有初"和"无初"）接近事实呢？ 孰：疑问代词，这里用于比较；哪一个，哪一样。

（3）由：通过。 封建：指"封国土，建诸侯"的贵族领主制。

（4）更：经历。 莫能去之：没有人能够废除它。莫，表示否定的无定代词；没有什么人，没有什么东西。

（5）"势之来"二句：这种客观形势的产生，大概就在人类的原始阶段吧？ 其：句首语气词，表示推测，有"大概"、"可能"的意思。

（6）"不初"二句：不存在原始阶段，也就没有根据产生封建制。无以：凝固结构，"没有什么可以拿来"的意思。

（7）榛榛：杂乱丛生的样子。 鹿豕：野鹿和野猪，这里借代为兽类。 狉狉：野兽成群奔走的样子。

（8）"莫克"句：不能够自我供养和自我保护。 莫：副词，不。克：能够。

（9）"必就"句：一定去找那能够判断是非的人，听从他的命令。 就：走近；走向。 其：指示代词，那、那个。

（10）"故近者"四句：因此，相近的人们聚合起来组成群伙，群伙与群伙分立，他们之间的争夺必然要扩大，扩大之后就产生了或用武力或用德望的征服方式。　兵：武力，军队。　德：恩德，德望。

（11）又有大者：又产生出威望高的人。　以安其属：以此来安定他的部属。

（12）德又大者：出现威望更高的人。　以安其封：以此来稳住他的地盘。封，封疆。

（13）方伯：一方诸侯的领袖。　连帅：十国诸侯的领袖。

（14）"其德"二句：那些恩泽于百姓的人死了，人民必然请求并拥戴他的子孙承袭职位。　奉：尊奉，拥戴。

（15）"故封建"二句：因此，封建制并不是圣人的意愿，而是由客观形势决定的。

（16）"及有周"句：到了周朝，知道的就很详尽了。　及：到，到达。　有周：周朝。

（17）"布履"二句：意思是，大大小小的诸侯国像足迹的流布，像繁星的罗列，遍及天下的四方大地。　布履：分布足迹。　四：东西南北四方。

（18）轮运而辐集：像车轮围绕轴心运转，像辐条集中在毂上。朝觐：定期的朝见天子。　会同：不定期的朝见天子。　扞城：捍卫如城然，意为捍卫者。

（19）"下堂"句：走下堂来迎接朝见的诸侯。

（20）宜王：名静，周朝第十一代君主，公元前827—前782年在位。　中兴：重新振兴。

（21）陵夷：衰落。　幽：周幽王，名宫涅，周朝第十二代君主，公元前781—前771年在位。 厉：周厉王，名胡，周朝第十代君主，公元前857—前842年在位。

（22）"问鼎"句：公元前606年楚庄王率领军队路过周都洛邑，周定王派王满孙去劳军，楚庄王借此向他询问周王室宗庙所陈鼎的轻重大小。

（23）"射王"句：公元前707年，周桓王带领军队讨伐郑国，反遭失败，郑军射中了桓王的肩膀。

（24）诛苌弘：晋国大臣赵鞅与范吉射争权，周大夫苌弘支持范氏。公元前492年，赵氏责问周朝，周敬王被迫杀苌弘。

（25）"天下"二句：意思是，天下大乱，背离王室，没有视天子为天子的想法了。 乖戾：违背，反常。

（26）判为十二：意思是，周朝的权势在春秋时代被鲁、齐、秦、晋、楚、宋、卫、陈、蔡、曹、郑、燕十二个主要诸侯国瓜分。

（27）合为七国：意思是到了战国时代，经过长期的战争，大国吞并小国，合并为秦、齐、楚、燕、韩、赵、魏七个强大诸侯国。

（28）殄：绝、灭亡。 后封之秦：秦原是西周的附庸小国，周平王东迁，秦襄公护送有功，才受封诸侯。

（29）败端：败亡的根源。 此：指代"设五等，邦群后"，即封建制。

（30）雄图：形势险要的地方。 都：作动词，建都。 六合：上、下和东南西北四方，意为全国。 上游：秦都咸阳，位西北方，处居高临下之地势，所以称上游。

（31）"运于"句：意思是说，运作起来既灵便又容易，仿佛在手中掌握着一般。

(32)"此其"句：这是它（秦）做得正确的地方。　得：合宜。

(33)亟役万人：指秦始皇和秦二世大肆征发人民从事筑长城、造坟墓、修宫殿等劳役。

(34)锄梃：锄头和木棍。　谪戍：责罚守边。

(35)圜视：相互视看。　合从：即合纵，意为联合起来。

(36)"奔命"句：意思是，听到叛乱的消息，赶忙应付，接连不断，救治伤员都来不及。

(37)困平城：公元前201年韩王信勾结匈奴，背叛朝廷；第二年，刘邦率军讨伐，在平城被匈奴围困七天。

(38)病流矢：公元前196年，淮南王英布谋反，刘邦前往镇压，被无目标的飞箭射中。

(39)谋臣：善用计谋的臣子。　献画：提供计策。

(40)离削：离析和削减。指分散诸侯的势力，削减诸侯的封地。　自守：指由朝廷派官吏管理诸侯国政务。

(41)"秦制"句：秦郡县制的正确性也由此得到证明。

(42)桀猾：凶恶狡猾的人。指中唐割据一方的藩镇势力。　虐害：残害。

(43)"私其土"二句：意思是，把封地当作私产，倍加爱护；把百姓当作子女，倍加关怀。

(44)骄盈：骄傲自满。　黩货：贪污财物。　事戎：从事战争。

(45)侯伯：诸侯国君中的霸主。　其政：指乱国的政治措施。　变其君：指撤换不守法的诸侯国君。

(46)"有理人"三句：意思是，治国治民的权力集中在朝廷而不交给地方，这个制度是正确的。

(47)"郡邑"二句：意思是，作为郡县的地方不准更改中央建立的制度，地方官不能施行自己的政治主张。

(48)大逆不道：指拥兵作乱，反叛朝廷。

(49)卧而委之：汉武帝让汲黯去做淮阳郡太守，汲黯借病推辞。武帝对他说："淮阳的官民关系不好，让你去，只是借重你的威望，有病不要紧，躺在床上也可以治理那个地方。"

(50)"设使"句：假使汉朝廷把全国的郡县全都设侯立王。　城邑：借代为郡县。　侯王：用作动词，设立侯王。

(51)"明谯"二句：意思是，明面上谯责他，劝导他；他跪拜了，接受了，可是刚退下朝去，就已经违反了。

(52)二姓：指魏、晋。　祚：君主的位置。

(53)"垂二百"三句：延续了二百年，国家基业愈发巩固，这同分封诸侯有什么关系呀？　垂：往后流传。　祀：年。　何系：有什么关系。

(54)徇：沿用。　仍：因袭。　不得已：意思是，得不到别的办法，只好顺水推舟那么做了。

(55)"夫不得已"二句：这个"不得已"，不是出于最大的公心。

(56)"秦之"数句：意思是说，秦废除封建制的情况，从结果看，实行郡县制是大公的；从动机看，内心的想法则是为私的。

(57)继世而理：父子相承，一代接一代地统治下去。

(58)"将欲"句：即使有的诸侯想要造福他的封国并以此来统一人民的认识。　视听：指认识、思想。

(59)吾固曰：我坚决认为。

天爵论

柳子曰：仁义忠信，先儒名以为天爵，未之尽也⁽¹⁾。夫天之贵斯人也，则付刚健、纯粹于其躬，倬为至灵，大者圣神，其次贤能⁽²⁾。所谓贵也，刚健之气钟于人也为志，得之者，运行而可大，悠久而不息，拳拳于得善，孜孜于嗜学，则志者其一端耳；纯粹之气注于人也为明，得之者，爽达而先觉，鉴照而无隐，盹盹于独见，渊渊于默识，则明者又其一端耳⁽³⁾。明离为天之用，恒久为天之道，举斯二者，人伦之要尽是焉。是故善言天爵者，不必在道德忠信，明与志而已矣⁽⁴⁾。

道德之于人，犹阴阳之于天也；仁义忠信，犹春秋冬夏也⁽⁵⁾。举明离之用，运恒久之道，所以成四时而行阴阳也⁽⁶⁾。宣无隐之明，著不息之志，所以备四美而富道德也。故人有好学不倦而迷其道挠其志者，明之不至耳；有照物无遗而荡其性脱其守者，志之不至耳⁽⁷⁾。明以鉴之，志以取之，役用其道德之本，舒布其五常之质，充之而弥六合，播之而奋百代，圣贤之事也。然而圣贤之异愚也，职此而已⁽⁸⁾。使仲尼之志之明，可得而夺，则庸夫矣；授之于庸夫，则仲尼矣⁽⁹⁾。

若乃明之远迩，志之恒久，庸非天爵之有级哉？故圣人曰："敏以求之"，明之谓也；"为之不厌"，志之谓也⁽¹⁰⁾。道德与五常，存乎人者也；克明而有恒，受于天者也⁽¹¹⁾。呜呼，后之学者尽力于所及焉！

或曰："子所谓天付之者，若开府库焉，量而与之耶⁽¹²⁾？"曰：

否,其各合乎气者也$^{(13)}$。庄周言天曰自然,吾取之。

【注释】

(1)"仁义"三句:意思是说,仁义忠信这些不同的道德,先代的儒者冠以名叫"天爵",这样说,并没有把"天爵"问题讲透彻。 先儒:先代的儒者;这里指孟子。 名:冠名,号称。 天爵:天然的爵位,天赋予的等级。

(2)"夫天之"数句:意思是说,自然的天使此人高贵,就把刚健、纯粹二气付与其身,使他出类拔萃,绝顶聪慧,高等的是圣人神人,次一等的是贤人能人。 天:此指自然界。 贵:高贵。 斯人:此人;泛指。 刚健、纯粹:指二种气体,见下文。 躬:身体。 倬:显著。 至灵:绝顶聪慧。 圣神:圣人、神人。神,这里也是指智慧高。

(3)"纯粹"数句:意思是说,纯粹之气附集在人身上就变为"明",得到"明"的人,对事物的认识,默然通晓,比别人先觉省,对事物的观察,细致入微,无所遗漏,诚诚恳恳地求得独特的见解,聚精会神地以心领悟。那么"明"是促成"高贵"的另一个方面。 爽达:默然通晓。爽,默然。 鉴照:犹言观察细微。 无隐:犹言无所遗漏,无不明察。 眕眕:恳诚的样子。 独见:独特见识。 渊渊:深深沉入的样子。

(4)"是故善"三句:意思是说,所以善于讲天爵的人,不必讲什么忠信道德,只要讲清"明"与"志"就够了。

(5)"道德"四句:意思是说,道德与人的关系,如同阴阳与天的关系一样；仁义忠信，如同春夏秋冬。

（6）"举明离"三句：意思是说，天发挥日月照耀的功用，按照永久不息的法则运动，是形成春夏秋冬和阴阳变化的原因。

（7）"故人有"四句：意思是说，因此，有的人好学不倦，但路数不对，方法不当，志气受挫，意志屈服，这是由于聪明的程度还未达到；有的人洞察力很强，毫无遗露，可是放纵性情、不受约束，操守不贞、有失准则，这是由于缺少志气，意志不坚。　迷：迷惑。　荡：放纵。　脱：脱离。　守：操守，常规。

（8）"然则圣"二句：意思是说，既然如此，那么圣人贤人不同于愚人蠢人的地方，只在这里罢了。

（9）"使仲尼"数句：意思是说，假使孔子的聪明与志气可以被夺走，那么孔子就变成一个普通人了；把夺来的聪明和志气给予一个普通人，那么普通人也就变成孔子了。

（10）"故圣人"数句：意思是说，所以圣人说过："机敏地探求"，这是讲"明"的；"不满足地学习"，这是讲"志"的。　敏：机敏。　不厌：不满足。

（11）"道德与"四句：意思是说，道德及其"五常"，是出于人的本身，能够聪明和具有志气，是从自然的天接受来的。

（12）"子所谓"三句：意思是说，你说的天赋予人"明"和"志"，就像打开仓库，衡量以后给他的吗？

（13）"其各"句：意思是说，各人有各人的情况，大概由各个人容纳刚健、纯粹之气的多寡而定。

时令论⁽¹⁾ 上

《吕氏春秋·十二纪》，汉儒论以为《月令》，措诸《礼》以为大法焉⁽²⁾。其言有十二月七十有二候，迎日步气，以追寒暑之序，类其物宜而逆为之备，圣人之作也。然而圣人之道，不穷异以为神，不引天以为高，利于人，备于事，如斯而已矣⁽³⁾！观《月令》之说，苟以合五事配五行而施其政令，离圣人之道，不亦远乎！

凡政令之作，有俟时而行之者，有不俟时而行之者⁽⁴⁾。是故孟春修封疆，端径术，相土宜，无聚大众⁽⁵⁾。季春利堤防，达沟渎，止田猎，备蚕器，合牛马，百工无悖于时⁽⁶⁾。孟夏无起土功，无发大众，劝农勉人。仲夏班马政，聚百药⁽⁷⁾。季夏行水杀草，粪田畴，美土疆，土功兵事不作⁽⁸⁾。孟秋纳材苇⁽⁹⁾。仲秋劝人种麦。季秋休百工，人皆入室，具衣裘⁽¹⁰⁾；举五谷之要，合秩刍，养牺牲⁽¹¹⁾；趋人收敛，务蓄菜，伐薪为炭。孟冬筑城郭，穿窦窖，修囷仓，谨盖藏，劳农以休息之，收水泽之赋⁽¹²⁾。仲冬伐木，取竹箭⁽¹³⁾。季冬讲武，习射御，出五谷种，计耦耕，具田器⁽¹⁴⁾；合诸侯，制百县轻重之法、贡职之数。斯固俟时而行之，所谓"敬授人时"者也⁽¹⁵⁾。其余郊庙百祀，亦古之遗典，不可以废。

诚使古之为政者⁽¹⁶⁾，非春无以布德和令，行庆施惠，养幼少，省囹圄，赐贫穷，礼贤者⁽¹⁷⁾；非夏无以赞杰俊，遂贤良，举长大，行爵出禄，断薄刑，决小罪，节嗜欲，静百官；非秋无以选士砺兵，任有功，诛暴慢，明好恶，修法制，养衰老，中严百刑，斩杀必当[18]；非冬无以赏死事，恤孤寡，举阿党，易关市，来商旅，审门闾，正贵戚近习，罢官之无事者，去器之无用者[19]；则其阙政亦以繁矣。斯固不俟时而行之者也[20]。变天之道，绝地之理，乱人之纪，舍孟春则可以有事乎[21]？作淫巧以荡上心，舍季春则可以为之者乎？夫如是，内不可以纳于君心，外不可以施于人事，勿书之可也[22]。

又曰田：反时令则有飘风、暴雨、霜雪、水潦、大旱、沉阴、氛雾、寒暖之气；大疫、风咳、鼽嚏、疟寒、疥疠之疾[23]；螟蝗、五谷瓜瓠果实不成、蓬蒿藜莠并兴之异[24]；女灾、胎夭伤、水火之讹[25]；寇戎来入相掠、兵革并起、道路不通、边境不宁、土地分裂、四鄙入堡、流亡迁徙之变。若是者，特瞽史之语，非出于圣人者也[26]。然则夏后、周公之典逸矣。

【注释】

（1）时令：按时节的不同而施行政令。

（2）"吕氏"三句：《吕氏春秋》里的《十二纪》，由汉代的儒生编次为《月令》，列入《礼记》中，当作不可违背的根本大法。 论：通"伦"，加以次序。 措：置、列。

（3）"然而"数句：圣人做事的思想原则，不是穷究怪异的东西，把这当作神奇；不是搬出什么天命，把这当作高明；只是考虑有利于民众，使民众办事在事先有个准备，如此而已，别无他求。 不穷：不穷究。 异：怪异。 神：神奇。 不引天：不拉出天来。

(4)"凡政令"三句：意思是说，总的看，政令有的需要等待一定的时节才可施行，有的不需要等待一定的时节就可施行。

(5)是故：因此。 孟春：春季的第一个月，即农历一月。春夏秋冬四季的第一个月谓孟，第二个月谓仲，第三个月谓季。 修封疆：修整土地。封疆，疆界；此指所辖疆界内的土地。 端径术：端正田间小路。径、术，二字同义，路。 相土宜：察看土地适合栽种何作物。 无聚大众：意指不要征集很多人于孟春季节从事别的事情。

(6)利堤防：加固堤防。利，使动用法，使……产生功用。 达沟渎：疏通沟渠。 止田猎：停止打猎。 备蚕器：准备养蚕工具。 合牛马：使牛马各配种。 百工：各种工匠。

(7)班马政：公布关于养马的规章。 聚百药：采集各种药材。

(8)行水：往田间灌水。 杀草：铲除农田杂草。 粪田畴：给田地施肥。畴，已耕作的土地。 美土疆：进一步修整土地。

(9)纳材苇：收集木材、蒲苇。纳，收进。

(10)"季秋"三句：九月份，停止各种工匠的工作，人们都回乡归家，准备过冬的衣服。

(11)举五谷之要：确定五谷的赋税。要，簿书，账簿。 合秩刍：汇拢常需的草料。秩，常，日常。 养牺牲：喂养祭祀用的牲畜。

(12)筑城郭：修筑城墙。郭，外城，即在城的外围加筑的一道城墙。 穿窦窖：挖掘地窖。椭圆形的谓窦，方形的谓窖。 囷仓：粮仓。圆形的谓囷，方形的谓仓。 谨盖藏：精心地覆盖收藏。 水泽之赋：利用河流湖泊养殖、捕捞水产品的赋税。

(13)取竹箭：伐取竹子。箭，一种可做箭杆的竹子。

(14)讲武：研磨演练武艺。 习射御：学习射箭驾车。 出五谷种：挑选五谷的种子。

(15)"斯固"二句：上述所列的《月令》的部分内容，当然是要等待一定的时节才能施行的，也就是所谓"敬授人时"的东西。 斯：指示代词，这些。 固：本来，当然。 敬授人时：把各个时节应该做的事情郑重地告诉于民。

(16)诚使：确使，真使。

(17)非春：不在春季。 布德：布施恩德。 和令：宽和政令。 行庆：行赏。 施惠：给予实惠。 省囹圄：检查监狱。 赐贫穷：救济穷苦人。 礼贤者：优厚贤德的人。

(18)选士砺兵：挑选将士，准备武器。砺，磨。兵，兵器。 任有功：任用有功人员。 诛暴慢：惩罚凶暴傲慢的官员。 明好恶：辨明善恶好坏。 申严百刑：再三严明刑罚。申，再三，重复。

(19)赏死事：奖赏为国捐躯者。死事，为国事而死亡。 恤孤寡：抚恤孤儿寡妇。 举阿党：举报朋比为奸的人。 易关市：整治关卡、市井。 来商旅：招徕搞贩运的客商。 审门闾：审察居民组织情况。门闾，户闾；二十五户为闾。 正贵戚近习：整顿诸侯国君主的亲戚、亲信的坏作风。贵戚，君主的亲戚。近习，君主的亲信。

(20)"斯固不"句：上述所

列的《月令》的部分内容，本来是不需要等待一定的时节就可施行的。

（21）"变天"数句：违背天行的规律，不顾地理的条件，破坏人伦关系，不是在孟春时节就可以为所欲为吗？

（22）"夫如是"四句：意思是说，像这样一类的政令配时节的事情，对内不应灌输到君主的心里，对外又不能应用于人们的社会生活，可以不去写它。

（23）大疫：瘟疫。 风咳：伤风咳嗽。 鼽嚏：伤风打喷嚏。 疟寒：疟疾。 疥疠：皮肤疾疮。

（24）螟蝗：螟虫和蝗虫，泛指虫灾。 瓜瓠：瓜类植物。瓠，葫芦。 蓬蒿藜莠：泛指各种田间野草。 异：农灾怪异。

（25）女灾：妇女不孕。 胎夭伤：胎儿夭折。 水火：降生莫明的水火灾害。 讹：谬误，违反常规常理的怪现象。

（26）"若是"三句：《月令》中像上述的这些话，都只是"瞽史"的胡言，决不是出自圣人的东西。 瞽史：周代的两种官名。瞽，管音乐的太师，以盲人充任；史，掌礼的太史。这两种人都搞占卜吉凶。

时令论下

或者曰[1]：《月令》之作，所以为君人者法也[2]。盖非为聪明睿知者为之，将虑后代有昏昧傲诞而肆于人上，忽先王之典，举而废之[3]。近而取之，若陈、隋之季是也[4]。故取仁义礼智信之事，附于时令，俾时至而有以发之也。不为之时，将因循放荡，而皆无其意焉尔[5]；于是又为之言五行之反戾，相荡相摩，妖灾之说，以震动于厥心，古之所以防昏乱之术也[6]。今子发而扬之，使前人之奥秘布露显明，则后之人而又何惮耶？

曰：圣人之为教，立中道以示于后，曰仁、曰义、曰礼、曰智、曰信，谓之"五常"，言可以常行者也[7]。防昏乱之术，为之勤勤然书于方册，兴亡治乱之致，永守是而不去也[8]。未闻其威之以怪而使之时而为善，所以滋其怠，傲而忘理也；语怪而威之，所以炽其昏邪淫惑而为祷禳厌胜鬼怪之事，以大乱于人也。且吾子以为畏册书之多孰与畏人之言[9]？使谔谔者言仁义利害，焯乎列于其前而犹不悟，奚暇顾《月令》哉[10]！是故圣人为大经以存其直道，将以遗后世之君臣，必言其中正而去其奇邪。其有嚚然而不顾者，虽圣人复生，无如之何，又何册书之有[11]！若陈、隋之季，暴戾淫放，则无不为也[12]。求之二史，岂复有行《月令》之事者乎？然而其臣有劲悍者，争而与之言先王之道，犹十百而一遂焉。然则《月令》之无益于陈、隋亦固矣[13]。立大中，去大惑，舍是而曰"圣人之道"，吾未信也。用吾子之说罪我者，虽穷万世，吾无憾焉尔。

【注释】

（1）或者：有的人。

（2）"月令"二句：《月令》的编订，目的是给君主立法规。

（3）"盖非为"数句：《月令》并不是为那些聪明有才智的君主制作的，而是担心后代产生昏庸愚昧、傲慢狂妄的君主，压在人民头上为非作歹，对先王的典章制度视而不见，全部抛弃。

（4）"近而"二句：举最近期的例子，像陈、隋两朝的末代皇帝就是这样的君主。　陈隋之季：指陈、隋两个朝代的末代皇帝陈叔宝、杨广。

（5）"不为"三句：如果不给他们规定时令，他们就会继续放纵，以至于全然不把仁义礼智信放在心上。　因循：依旧，继续。　放荡：放纵。　无其意：没有心思。　焉："于之"的意思；之，指仁义礼智信五事。

（6）"于是又"数句：因为这，又给他们讲政令反向五行顺序，就互相碰撞摩擦，引起奇灾大祸的说法，用这个说法使他们的内心受到震动，这也就是古代用来防止君主昏乱的办法。　相荡相摩：互相碰撞摩擦。　妖灾：奇特反常，莫明其妙的灾祸。　术：招法，办法。

（7）"圣人"数句：圣人施教，树立中正之道来标示后人，他们为此而提出仁义礼智信，称作"五常"，就是说是可以经常实行的东西。　为教：施教。教，教人向善。　中道：与"大中之道"同义。中，"中正"的意思。

（8）"防昏"数句：圣人把防止君主昏乱的办法，辛辛苦苦地书写在典籍上，无论国家兴亡还是社会治乱，都让他们永远遵守而不违背。　勤勤然：辛辛苦苦，不间断的样子。　书：书写。　方册：指方策典籍。

（9）"且吾子"句：进一步讲，你认为君主害怕册书之多与害怕人言之众，两者相比，哪一样更厉害呢？　孰与：表示比较。

（10）"使谔谔"三句：向君主直言相告"仁义"五常的利害得失，明明白白地摆列在他的面前，他仍不醒悟，他哪里还有闲功夫去顾及什么《月令》？ 谔谔：直言相告的样子。

（11）"其有"数句：在后世君主中，如有愚蠢顽固、不顾正道的人，即使圣人复活于世，对他也不起作用，还谈什么圣人的册书呢！

（12）"若陈"三句：像陈、隋两朝末期的君主，残暴荒淫，是无所不为的。 暴戾：残暴，暴虐。

（13）"然则"句：这样看来，《月令》的"为君人者法"，对陈、隋两朝末代这样的君主，原本就是无用处的。

断刑论⁽¹⁾ 下

余既为《断刑论》，或者以"释刑"复于余，其辞云云，余不得已而为之一言焉。

夫圣人之为赏罚者非他，所以惩劝者也⁽²⁾。赏务速而后有劝，罚务速而后有惩⁽³⁾。必曰"赏以春夏而刑以秋冬"，而谓之至理者，伪也⁽⁴⁾。使秋冬为善者，必俟春夏而后赏，则为善者必怠；春夏为不善者，必俟秋冬而后惩，则为不善者必懈⁽⁵⁾。为善者怠，为不善者懈，是驱天下之人而入于罪也。驱天下之人而入于罪，又缓而慢之，以滋其怠懈，此刑之所以不措也⁽⁶⁾。必使为善者不越月逾时而得其赏，则人勇而有劝焉；为不善者不越月逾时而得其罚，则人惧而有惩焉⁽⁷⁾。为善者日以有劝，为不善者月以有惩，是驱天下之人而从善远罪也。驱天下之人而从善远罪，是刑之所以措，而化之所以成也⁽⁸⁾。

或者务言天而不言人，是惑于道者也！胡不谋之人心以熟吾道？吾道之尽而人化矣⁽⁹⁾。是知苍苍者焉能与吾事而暇知之哉！果以为天时之可得顺，大和之可得致，则全吾道而得之矣⁽¹⁰⁾。全吾道而不得者，非所谓天也，非所谓大和也，是亦必无而已矣，又何必枉吾之道，曲顺其时，以谄是物哉？

吾固知顺时之得天，不如顺人顺道之得天也⁽¹¹⁾。何也？使犯死者自春而穷其辞，欲死不可得，贯三木，加连锁，而致之狱⁽¹²⁾；更大暑者数月，痒不得搔，痹不得摇，痛不得摩，饥不得时而食，渴不得时而饮，目不得瞑，支不得舒，怨号之声，闻于里人⁽¹³⁾；如是而大和之不伤，天时之不逆，是亦必无而已矣⁽¹⁴⁾。彼其所宜得者，死而已也，又若是焉何哉？

或者乃以为："雪霜者天之经也，雷霆者天之权也⁽¹⁵⁾。非常之罪不时可以杀，人之权也；当刑者必顺时而杀，人之经也"。是又不然。夫雷霆雪霜者，特一气耳，非有心于物者，圣人有心于物者⁽¹⁶⁾。春夏之有雷霆也，或发而震，破巨石，裂大木，木石岂为非常之罪也哉⁽¹⁷⁾？秋冬之有霜雪也，举草木而残之，草木岂有常之罪也哉？彼岂有惩于物也哉？彼无所惩，则效之者惑也⁽¹⁸⁾。

果以为仁必知经，智必知权，是又未尽于经权之道也。何也？经也者，常也；权也者，达经者也；皆仁智之事也，离之，滋惑矣⁽¹⁹⁾。经非权则泥，权非经则悖；是二者强名也，曰"当"，斯尽之矣⁽²⁰⁾。当也者，大中之道也。离而为名者，大中之器用也。知经而不知权，不知经者也；知权而不知经，不知权者也⁽²¹⁾。偏知而谓之智，不智者也；偏守而谓之仁，不仁者也。知经者不以异物害吾道，知权者不以常人怫吾虑，合之于一而不疑者，信乎道而已者也⁽²²⁾。

且古之所以言天者，盖以愚蚩蚩者耳，非为聪明睿智者设也[23]。或者之未达，不思之甚也[24]。

【注释】

(1) 断刑：决断刑罚。

(2) "夫圣人"二句：意思是说，圣人定下赏罚制度，目的不是别的，而是要惩恶劝善。

(3) "赏务"二句：意思是说，奖赏必须迅速及时然后才能产生劝善的作用，处罚必须迅速及时然后才能收到惩恶的效果。

(4) "必曰"三句：意思是说，说什么赏要在春夏而罚要在秋冬，把这称之为最根本的道理，那是骗人的。　至理：最根本的道理。

(5) "春夏为"三句：意思是说，在春夏做了恶事的人，必须等到秋冬然后才受到处罚，那么做恶事的人必然满不在乎。

(6) "驱天下"四句：意思是说，驱使天下人走向犯罪，而赏罚依然迟钝，从而助长消极情绪，助长满不在乎的态度，这就是犯罪不断、刑罚不能不施的原因。　滋：滋生，助长。　不措：不能措置，不能不用。

(7) "必使"四句：是说必须使做善事的人及时得到奖赏，那么人们才会义勇而起到鼓励的作用；做恶事的人及时受到处罚，那么人们才会畏惧而收到警戒的效果。　越月逾时：跨月超季。

(8) "驱天下"三句：是说促使天下人去做善事而不去犯罪，这就是刑罚能够不用、教化得到成功的原因。

(9) "胡不"二句：是说为什么不去研究人们的思想意愿，从而熟悉我们的治国之道呢？我们的治国之道贯彻到底了，人们也就教化得变好了。　吾道：我们的治国之道。　尽：达到顶点。　化：因教化而变化。

（10）"果以为"三句：是说果真认为天时可顺、太和可致的话，那么，完善我们的治国之道就可以做到了。　果：真的。　天时：指季节、气候的变化。　顺：顺应。　大和：太和。指天下太平的景象。

（11）"吾固"二句：意思是说，我们本应知道，顺应天时的得天助，不如顺应民心、顺应治国之道，这才是得天助。

（12）犯死者：犯了死罪的人。　穷其辞：意为无话可说，无可申辩。　贯三木：颈、手、足三处加刑具。贯，穿。　连锁：铐犯人的锁链。

（13）更：经历。　痹：麻木。　摇：摇动。　摩：按摩。　时而食：按时进食。　瞑：闭目睡眠。　里人：指监狱附近街巷的居民。里，古代一种居民组织单位。

（14）"如是"三句：是说如此这般还不伤"太和"，不违"天时"。那么，这样的"太和"、"天时"也就肯定不会存在了，如此而已。

（15）"雪霜"二句：意思是说，下霜雪是天的常规之事，而打雷霆是天的权变之术。　经：常规，常理。　权：权变，即指因势而宜的灵活应变。

（16）"夫雷霆"四句：是说雷霆也好，霜雪也好，只是一种物质性的气罢了，它不会心思人间的事物，如同圣人心思人间的事物那样。　物：事物，此指人间的社会事物。

（17）"春夏之"数句：是说春夏过程中的雷霆，有时大作、轰击，击破大石,轰裂大树,难道大树大石也犯了"非常之罪"吗?

(18) "彼岂有"三句:是说雷霆霜雪,难道它们是有意识地在惩罚哪个物吗?它们无意识要惩罚什么东西,那么,仿效它们的那些作法就是很糊涂的。 无所惩:不惩罚什么东西。 效:效法,仿效。

(19) "经也者"数句:是说所谓"经",就是常理;所谓"权",就是实现"经"的手段;经、权都是仁、智的具体表现,把经、权同仁、智截然割裂开来,更是糊涂人糊涂事了。

(20) "经非权"数句:是说"经"不通过"权"就泥滞,缺少灵活应变性;"权"不参照"经"就悖谬,失去正确原则性;"经"又不泥滞,"权"又不悖谬,给这二者硬起个名字,叫"当",做到了"当","经"和"权"就分别发挥了各自的作用。

(21) "知经"四句:是说只知道守常理,而不明白通权达变,不是真正懂得常理;只知道权变而不明白守常理,不是真正懂得权变。

(22) "知经者"四句:是说真正懂得守常理的人,不因为发生不合常理的事物就放弃我们的维护常理的正确主张;真正懂得用权变的人,不因为存在坚持奉行常理的人就改变我们的能够适应新情况的权变谋略。能够把守常理和用权变这两者统一起来,不左右摇摆的,是只坚信大中之道的人。

(23) "且古"三句:是说古代的人讲天意,那用意大概是为了愚弄老百姓,并不是对明智的人说的。 愚:愚弄,蒙骗。 蚩蚩者:无知的老百姓。

(24) "或者"二句:是说有的人对这一点不明白,不用脑也过分了。

六逆论

《春秋左氏》言卫州吁之事[1]，因载"六逆"之说曰："贱妨贵[2]，少陵长[3]，远间亲，新间旧[4]，小加大[5]，淫破义[6]，六者，乱之本也。"余谓"少陵长，小加大，淫破义"，是三者，固诚为乱矣。然其所谓"贱妨贵，远间亲，新间旧"，虽为理之本可也，何必曰乱？

夫所谓"贱妨贵"者，盖斥言择嗣之道，子以母贵者也[7]。若贵而愚，贱而圣且贤，以是而妨之，其为理本大矣，而可舍之以从斯言乎？此其不可固也。夫所谓"远间亲，新间旧"者，盖言任用之道也。使亲而旧者愚，远而新者圣且贤，以是而间之，其为理本亦大矣，又可舍之以从斯言乎？必从斯言而乱天下，谓之师古训可乎[8]？此又不可者也。

呜呼！是三者，择君置臣之道，天下理乱之大本也。为书者[9]，执斯言，著一定之论，以遗后代。上智之人固不惑于是矣[10]；自中人而降，守是为大据，而以致败乱者，固不乏焉。晋厉死而悼公入[11]，乃理；宋襄嗣而子鱼退[12]，乃乱；贵不足尚也[13]。秦用张禄而黜穰侯[14]，乃安；魏相成、璜而疏吴起[15]，乃危；亲不足与也。苻氏进王猛而杀樊世[16]，乃兴；胡亥任赵高而族李斯，乃灭；旧不足恃也[17]。顾所信何如耳[18]！然则斯言殆可以废矣。

噫！古之言理者，罕能尽其说。建一言，立一辞[19]，则臬兀而不安[20];谓之是可也,谓之非亦可也,混然而已[21],教于后世,莫知其所以去就[22]。明者慨然将定其是非,则拘儒瞽生相与群而咻之[23],以为狂为怪,而欲世之多有知者可乎?夫中人可以及化者[24],天下为不少矣,然而罕有知圣人之道,则固为书者之罪也!

【注释】

(1)《春秋左氏》:《春秋左氏传》,相传为春秋时鲁国史官左丘明所作,是对《春秋》经文所作的解释。 州吁之事:卫庄公喜爱庶子州吁,大夫石碏担心庄公废嫡立庶,招致祸乱,提出"六逆"之说,加以告戒。

(2)贱妨贵:出身卑贱的妨害出身高贵的。这里指庶子同嫡长子的关系。

(3)少陵长:年纪小的凌驾年纪大的。

(4)新间旧:资历浅的取代资历深的。

(5)小加大:势力小的欺凌势力大的。

(6)淫破义:越轨的言行,败坏规范的言行。

(7)"盖斥言"句:是说大概指的是选择继承人的原则,嫡子因母而高贵。

(8)师古训:师承古代的遗训。

(9)为书者:写书的人,这里指左丘明。

(10)上智之人:上等智力的人。

(11)"晋厉死"句:晋厉公骄傲自大,执政中"欲尽去群大夫,而立其左右"贵戚,政治极为混乱。大臣栾书、中行偃杀厉公,迎他的远房侄子姬周回国，立为君，是为晋悼公。

（12）"宋襄嗣"句：宋桓公病危，嫡子兹父要求立庶兄子鱼继位，子鱼因非嫡而推辞。兹父继位，是为宋襄公。他在与楚国的战争中不听子鱼的劝告，一味实行蠢猪式的仁义道德，致使良机错过，战败身亡。

（13）贵不足尚：高贵的不一定值得尊崇。

（14）"秦用张禄"句：范雎因得罪魏王，化名张禄逃到秦国。时秦国穰侯与宣太后专断朝政，张禄向秦昭王进言，废太后，罢穰侯，被昭王任为相。

（15）"魏相成"句：成，魏成子，魏文侯的弟弟；璜，翟璜，魏国的贵族。魏文侯曾在成、璜二人中选择国相，而未考虑吴起。魏武侯时，吴起受排挤、猜疑，离魏去楚。

（16）"苻氏"句：苻坚，东晋时北方十六国中前秦的第三代国君，氐族人，任汉人王猛为相，实行政治革新，遭到氐族保守势力的反对，樊世大骂王猛。苻坚杀樊世，使革新措施得以推行。

（17）旧不足恃：资历深的旧臣不一定值得依赖。

（18）"顾所"句：只在于所信用的是一个怎样的人物罢了。顾：只，仅。

（19）建一言，立一辞："建"与"立"、"言"与"辞"为互文，意即提出有关治国的某种观点。

（20）臬兀而不安：指观点含糊，模棱两可。臬兀：动摇不定的样子。

（21）混然：杂乱不清的样子。

（22）"莫知"句：没有人知道他肯定或否定的依据是什么。 去就：取舍，是指肯定某种东西和否定某种东西。

（23）拘儒瞽生："儒"与"生"为互文，意即固执陈说、盲从古训的儒生。瞽：眼瞎。 哄：吵闹，起哄。

（24）可以及化者：通过教育能够明白事理的人。 及化：接受教育。

晋文公问守原议

晋文公既受原于王，难其守。问寺人勃鞮，以畀赵衰(1)。

余谓守原，政之大者也。所以承天子，树霸功，致命诸侯。不宜谋及媟近，以忝王命(2)。而晋君择大任，不公议于朝，而私议于宫；不博谋于卿相，而独谋于寺人(3)。虽或衰之贤足以守，国之政不为败，而贼贤失政之端，由是滋矣(4)。况当其时不乏言议之臣乎(5)！狐偃为谋臣，先轸将中军，晋君疏而不咨，外而不求，乃卒定于内竖，其可以为法乎(6)？

且晋君将袭齐桓之业，以翼天子，乃大志也(7)。然而齐桓任管仲以兴，进竖刁以败(8)。则获原启疆，适其始政，所以观视诸侯也；而乃背其所以兴，迹其所以败。然而能霸诸侯者，以土则大，以力则强，以义则天子之册也(9)。诚畏之矣，乌能得其心服哉(10)？其后景监得以相卫鞅，弘、石得以杀望之，误之者，晋文公也(11)。

呜呼！得贤臣以守大邑，则问非失举也，盖失问也，然犹羞当时，陷后代若此⁽¹²⁾；况于问与举又两失者，其可以救之哉⁽¹³⁾？余故著晋君之罪，以附春秋许世子止、赵盾之义⁽¹⁴⁾。

【注释】

（1）"晋文公"数句：晋文公从周襄王那里接受原地以后，对于派谁去原地当长官感到为难。晋文公征询身边的宦官教鞞的意见，之后，把原地长官这个职位授给了赵衰。

（2）"所以承"数句：是借以事奉天子，创建霸业，向诸侯传达王命的，不应当同贴身宦官商量，以致玷污周天子的赏赐。

（3）"而晋君"数句：可是晋文公挑选担负重任的官员，不在朝廷公开论议，却在后宫私下商讨；不广泛听取大臣的意见，却单独同宦官谋划。　晋君：此指晋文公。

择大任：选择担负重任的人。

（4）"虽或"四句：虽然赵衰的贤能完全能够治理好原地，国家的政治不会因此而败坏，但是残害贤良、荒淫政务的祸端，却从这里开始滋生了。

（5）况：何况。　其时：指晋文公挑选原守之时。　不乏：不缺少。　言议之臣：有能力讨论政事的臣子。

（6）"狐偃"数句："当其

时"，狐偃是得力的谋臣，先轸是中军的统帅，晋文公却疏远他们，不商议，置之度外，不征询，竟然仓促地决于宦官的意见，这种作法可以成为榜样吗？

(7)"且晋君"三句：晋文公想要继承齐桓公的霸业，用来辅助天子，这本是大志向。　齐桓之业：齐桓公的霸业。齐桓公是春秋时期的第一个霸主，晋文公在其后。

(8)齐桓：齐桓公。　任：任用。　管仲：名夷吾，齐桓公的宰相，辅佐桓公成霸业。　进：引进，使参政。　竖刁：齐桓公的宦官。管仲死后，竖刁专权，滥杀群臣，齐国大乱。

(9)"然而能"数句：晋文公最终成为诸侯的霸主，凭借的是晋国的疆土很大，军事力量很强，又有周天子册封的名义。

(10)"诚畏"二句：各国诸侯实在是惧怕晋国，晋文公哪能够得到诸侯的心悦诚服呢？

(11)"其后"四句：那以后的历史，战国时期秦国的宦官景监能够荐举商鞅做丞相，西汉元帝时的宦官弘恭、石显能够杀害萧望之，误导他们的人就是晋文公。　景监：战国时秦孝公亲近的宦官。

(12)"得贤臣"数句：晋文公问守原，得到了赵衰这个贤良臣子治理原这个重要地方，晋文公的失误不在于举荐的对象，而是失误于询问的对象，即或如此还是在当时留下羞愧，遗患后代竟到这种地步。

(13)"况于"二句：何况在询问的对象和荐举的对象两个方面都失误了的，那还能挽救么？

(14)"余故"二句：我因此而揭示晋文公的过错，并以此来附和《春秋》指斥许世子止和赵盾的正义之举。　许世子止：春秋时许国悼公的嫡长子，名止。悼公患疟疾，太子止没有请医生，而是自己进药与悼公，悼公死亡。　赵盾：晋国的执政大臣。晋灵公无道，赵盾为避害而逃走，尚未出国界，听说赵穿杀了灵公，便转了回来。回来之后，也未治罪赵穿。

驳复仇议

臣伏见天后时，有同州下邽人徐元庆者，父爽为县吏赵师韫所杀，卒能手刃父仇，束身归罪[1]。当时谏臣陈子昂建议诛之而旌其闾，且请编之于令，永为国典，臣窃独过之[2]。

臣闻礼之大本，以防乱也，若曰无为贼虐，凡为子者杀无赦[3]；刑之大本，亦防乱也，若曰无为贼虐，凡为理者杀无赦[4]。其本则合，其用则异，旌与诛莫得而并焉[5]。诛其可旌，兹谓滥，黩刑甚矣；旌其可诛，兹谓僭，坏礼甚矣[6]。果以是示于天下，传于后代，趋义者不知所向，违害者不知所立，以是为典可乎？

盖圣人之制，穷理以定赏罚，本情以正褒贬，统于一而已矣[7]。向使刺谳其诚伪，考正其曲直，原始而求其端，则刑礼之用，判然离矣[8]。何者？若元庆之父，不陷于公罪，师韫之诛，独以其私怨，奋其吏气，虐于非辜[9]；州牧不知罪，刑官不知问，上下蒙冒，吁号不闻[10]；而元庆能以戴天为大耻，枕戈为得礼，处心积虑，以冲仇人之胸，介然自克，即死无憾，是守礼而行义也[11]。执事者宜有惭色，将谢之不暇，而又何诛焉[12]？其或元庆之父，不免于罪，师韫之诛，不憝于法，是非死于吏也，是死于法也⁽¹³⁾。法其可仇乎？仇天子之法，而戕奉法之吏，是悖骜而凌上也⁽¹⁴⁾。执而诛之，所以正邦典，而又何旌焉⁽¹⁵⁾？

且其议曰："人必有子，子必有亲，亲亲相仇，其乱谁救⁽¹⁶⁾？"是惑于礼也甚矣。礼之所谓仇者，盖以冤抑沉痛而吁号无告也，非谓抵罪触法，陷于大戮⁽¹⁷⁾。而曰"彼杀之，我乃杀之"，不议曲直，暴寡胁弱而已。其非经背圣，不以甚哉⁽¹⁸⁾！《周礼》"调人掌司万人之仇"⁽¹⁹⁾；"凡杀人而义者，令勿仇，仇之则死⁽²⁰⁾"；"有反杀者，邦国交仇之"，又安得亲亲相仇也？《春秋·公羊传》曰⁽²¹⁾："父不受诛，子复仇可也。父受诛，子复仇，此推刃之道；复仇不除害⁽²²⁾。"今若取此以断两下相杀，则合于礼矣⁽²³⁾。

且夫不忘仇，孝也；不爱死，义也⁽²⁴⁾。元庆能不越于礼，服孝死义，是必达理而闻道者也⁽²⁵⁾。夫达理闻道之人，岂其以王法为敌仇者哉⁽²⁶⁾？议者反以为戮，黜刑坏礼，其不可以为典，明矣⁽²⁷⁾！

请下臣议，附于令，有断斯狱者，不宜以前议从事⁽²⁸⁾。谨议。

【注释】

（1）"臣伏"数句：我伏案读书，看到书上记载，武后执政期间，同州下邽有个叫徐元庆的人，父亲徐爽被县吏赵师韫杀了，终于伺机亲手刺杀父亲的仇人，自缚投案。

（2）"当时"数句：当时任右拾遗的陈子昂提出建议，既处死徐元庆，又在他的家乡立牌坊予以表彰，还请求将此案例编进法令，作为永久的国家法则，我个人认为这是不对的。 谏臣：专管向皇帝提批评建议的官员。　旌：表彰。此指用立牌坊、赐匾额等方式表彰。闾：里巷。　国典：国家的法则。

（3）"臣闻"数句：我听说礼的根本作用，是要防止作乱的，要是无端杀人，被害者的儿子可以复仇，杀而不赦免。　大本：根本，根本作用。　无为：无由，无端。　贼虐：杀害。　无赦：不赦免。

（4）"刑之"数句：刑的根本作用也是要防止作乱的，要是无端杀人，执法的官员定要处罚，杀而不赦免。　为理者：指维护治安的执法官吏。

（5）"其本"三句：礼与刑在根本上是相符的，它们的具体运用则不一致，褒奖与诛罚不能够同于一人之身。　合：符合。　用：具体的实际的运用。　得而并焉：同时得到，并用于一人。

（6）"诛其"数句：旌与诛并用于一人，那么，诛，就是诛杀了应该褒奖者，这叫做滥杀，是严重的废弃刑法；旌，就是褒奖了应该诛杀者，这叫乱表彰，是严重的破坏礼制。　滥：失真，失实。　黜：废。使动用法。　僭：僭越，越礼。

（7）"盖圣人"数句：圣人关于礼与刑的制度，是根据实际的事理来决定或赏或罚，根据实际的情况来决定或褒或贬，把二者统于一个方面。　制：规章，制度。

（8）"向使"数句：假使调查、议罪能够根据事情的真假，考核、治罪能够根据事情的是非，推究事情的本末，那么刑与礼的具体运用，就明显地区分开了。　向使：假使。　刺：刺探。　谳：议罪。　正：治罪。　原始：推究根源。

（9）"若元庆"数句：假若徐元庆的父亲并没有违反国法而犯罪，赵师韫杀了他，仅仅因为个人的私怨，大要当官的霸气，残害无辜，公罪：违反国法而犯罪。　非辜：无罪的人。

(10)"州牧"数句：州的最高长官不去治罪，执法官员不去追究责任，上下勾结，掩饰真相，对冤屈的叫声装作听不见。蒙冒：覆盖，犹言掩饰、隐瞒。　吁号：喊冤的哭叫声。

(11)"而元庆"数句：在赴诉无门的情况下，徐元庆能够把与仇人共存于世视为奇耻大辱，把枕戈等待复仇时机视为合于礼，经过处心积虑的谋划，将利刃刺进仇人的胸膛，然后坚定不移地自我克制，投案自首，赴死无怨，这是守礼行义的行为。　枕戈：头枕武器而睡。

(12)"执事"三句：执政的官吏应该为此而感到惭愧，向徐元庆道歉还来不及，又怎么能诛杀他呢？　执事者：有关的执政官吏。

(13)"其或"数句：或许，徐元庆的父亲确实犯了死罪，赵师韫杀了他，没有违反法律，这不叫被官吏所杀，而叫做被法律所杀。

(14)"法其"数句：国家的法律难道可以仇恨吗？仇视天子的法律，又杀害执法的官吏，这是狂悖傲慢、犯上作乱的行为。　仇：仇恨，仇视。　戕：杀害。　奉法：奉行法律。　悖骜：狂悖傲慢。

(15)"执而"三句：捉拿归案，处以死刑，是为了端正国家的法则，那么又怎么表彰他呢？　执：捉拿，拘捕。　邦典：即国典。

(16)"人必"四句：做父母的有儿子，做儿子的有父母，如果各爱自己的父母而互相报仇，这种混乱局面谁能挽救呢？

(17)"礼之"数句：礼书上所讲的即合礼的仇恨，是指有含冤悲痛呼号却无处申诉的背景，不是指犯了罪违了法应该处死这种情况。冤抑：冤屈。　无告：无处申诉。　大戮：指因罪被处死。

(18)非经：不经，不合经典。　背圣：背离圣人的礼教。

(19)周礼：书名。原名《周官》，西汉末列为经而属于礼，故称。

调人：官名。　掌司：主管。

（20）"凡杀人"三句：凡是符合义的杀人，调人的职责是不能让被杀者的亲人报仇；报了仇，就把报仇者处死。　勿仇：不要报仇。

（21）公羊传：相传为孔子的再传弟子公羊高所著，解释《春秋》经义的传注，与《春秋·左氏传》、《春秋·谷梁传》合称"春秋三传"。

（22）"父不"数句：父亲不应该被杀，儿子复仇是可以的；父亲应该被杀，儿子复仇，这是扩大残杀的作法，虽然报了私仇却不能除去公害。

（23）"今若"二句：如果拿这些原则来判断徐、赵两家的相互杀人的是非，就符合礼了。

（24）且夫：表示更进一层，"再说"的意思。　不爱死：不吝惜死。

（25）"元庆"三句：徐元庆能够不越礼行事，尽孝道，死大义，一定是通晓事理和懂得原则的人。

（26）"夫达"二句：一个通晓事理、懂得原则的人，难道会以国家大法为仇敌的吗？

（27）"议者"四句：陈子昂反倒认为徐元庆该杀，这样做是废弃刑、破坏礼，不能作为国家的法则，是明显的。

(28)"请下"四句：请求向下颁布我的建议，附在国家法令的后面，使有关的司法官员，在裁决这类案件时，不应该照陈子昂的建议办。

桐叶封弟辩

古之传者有言：成王以桐叶与小弱弟，戏曰："以封汝。"(1)周公入贺。王曰："戏也。"周公曰："天子不可戏。"乃封小弱弟于唐(2)。

吾意不然(3)。王之弟当封耶？周公宜以时言于王，不待其戏而贺以成之也(4)；不当封耶？周公乃成其不中之戏，以地以人与小弱者为之主，其得为圣乎(5)？且周公以王之言，不可苟焉而已。必从而成之耶？设有不幸，王以桐叶戏妇寺，亦将举而从之乎(6)？

凡王者之德，在行之何若(7)。设未得其当，虽十易之不为病；要于其当，不可使易也(8)，而况以其戏乎？若戏而必行之，是周公教王遂过也。

吾意周公辅成王，宜以道，从容优乐，要归之大中而已(9)，必不逢其失而为之辞；又不当束缚之，驰骤之，使若牛马然，急则败矣(10)。且家人父子尚不能以此自克，况号为君臣者邪？是直小丈夫缺缺者之事(11)，非周公所宜用，故不可信。或曰：封唐叔，史佚成之(12)。

【注释】

(1)"古之传者"三句：古代编写史书的人说过这样的话：周成王

将桐叶送给年幼的弟弟,开玩笑说:"把这个封给你。" 传者:编写史书的人。这里指《吕氏春秋》编者吕不韦和《说苑》作者刘向。二书载有"桐叶封弟"事。 小弱弟:年幼的弟弟,指叔虞。 戏:开玩笑。

(2)乃封小弱弟于唐:于是把唐地封给了年幼的弟弟。 乃:于是,就。 唐。古代的一个小国,在今山西翼城县一带,被周成王所灭。

(3)吾意不然:我认为不会是这样。 然:这样,指上述"传者"之言。

(4)"王之弟"三句:成王的弟弟应当受封么?周公应该及时地向成王说明,不要等到开那个玩笑时,才以祝贺的方式促成这件事。

(5)"周公"三句:周公竟使那不妥当的玩笑话成为事实,将土地和人民封给年幼的孩子,让他做那里的君主,周公能算圣人吗?

(6)"设有"三句:如果不幸,成王拿桐叶跟妻妾、宦官开玩笑,难道周公也全部顺从吗? 设:如果。 妇:妇人,指成王身边的妻妾。 寺:寺人,即宦官。 举:全部。

(7)"凡王者"二句:大凡君主的威德主要体现在实际行动怎么样。 德:威德,威望。

(8)"要于"二句:关键在于适当,如果适当就不能轻率改变。 要:要领,关键。

(9)"吾意"四句:我认为周公辅佐成王,应该用正确的原则,使成王的举止行动从容和悦,总的说来符合大中之道。 大中:即"大中之道",也称"中道",这是柳宗元提倡和实行的一种哲学思想。

(10)"又不当"数句:又不应该束缚他,驱赶他,使他像牛马一样,过急就要坏事。

(11) 小丈夫缺缺者:指不懂得大中之道的凡人。

(12) 唐叔:即叔虞,因封于唐,也叫唐叔。 史佚:周朝的太史尹佚。

辩《晏子春秋》(1)

司马迁读《晏子春秋》,高之,而莫知其所以为书(2)。或曰:晏子为之,而人接焉;或曰:晏子之后为之。皆非也。

吾疑其墨子之徒有齐人者为之(3)。墨好俭,晏子以俭名于世,故墨子之徒尊著其事,以增高为己术者(4)。且其旨多尚同、兼爱、非乐、节用、非厚葬久丧者,是皆出墨子。又非孔子,好言鬼事,非儒、明鬼,又出墨子(5)。其言问枣及古冶子等尤怪诞。又往往言墨子闻其道而称之,此甚显白者(6)。自刘向、歆班彪、固父子,皆录之儒家中。甚矣!数子之不详也(7)。盖非齐人不能具其事,非墨子之徒则其言不若是(8)。

后之录诸子书者,宜列之墨家。非晏子为墨也,为是书者墨之道也(9)。

【注释】

(1)《晏子春秋》:是记载了春秋后期齐国政治家晏子的一些事迹

和言论的一部书。晏子，晏婴，字平仲，齐国灵公、庄公、景公时期的大夫。

（2）"司马迁"三句：是说司马迁读了《晏子春秋》这本书，给晏子的评价很高，但是司马迁不知道这本书是怎样写出来的。高之：以之为高，即对晏子的评价高。

（3）"吾疑"句：是说我怀疑是墨子门徒中的某个齐国人写的这本书。 疑：怀疑。 齐人者：齐国籍的门徒。

（4）"墨好俭"四句：是说墨子喜好节俭，晏子以节俭闻名于世，因此墨子的门徒尊敬地记录了晏子的事迹，用来抬高自己这个学派的地位。 著：记录，记述。 为己术者：奉行自己一派学说的人。

（5）非孔子：《墨子》有《非儒》篇，非儒非孔子。 明鬼：《墨子》有《明鬼》篇，鼓吹鬼神迷信。

（6）"又往往"二句：是说《晏子春秋》又往往谈到墨子听到晏子的学说就称赞晏子，这一点更明白显示《晏子春秋》为墨子之徒所作。 称：称赞。 显白：明白无误地显示。

（7）数子：指刘氏父子和班氏父子。 详：详审，仔细考查。

（8）"盖非"二句：是说《晏子春秋》的作者，不是齐国籍的人就不能如此详备地记述晏子的事迹，不是墨子的门徒就不能

在书中如此宣传墨家学说。 具：具备，尽有。 其事：指晏子的事迹。 其言：指《晏子春秋》的观点。

(9)"非晏子"二句：是说不是说晏子属于墨家，而是因为这本书所宣传的都是墨家的思想观点。

设渔者对智伯⁽¹⁾

智氏既灭范、中行，志益大，合韩魏围赵，水晋阳⁽²⁾。智伯瑶乘舟以临赵，且又往来观水之所自，务速取焉⁽³⁾。群渔者有一人坐渔，智伯怪之⁽⁴⁾，问焉，曰："若渔几何？"曰："臣始渔于河，中渔于海，今主大兹水，臣是以来⁽⁵⁾。"曰："若之渔何如？"曰："臣幼而好渔。始臣之渔于河，有鲂鲋鳏者，不能自食，以好臣之饵，日收者百焉⁽⁶⁾。臣以为小，去而之龙门之下，伺大鲔焉⁽⁷⁾。大鲔之来也，从鲂鲤数万，垂涎流沫，后者得食焉。然其饥也，亦返吞其后⁽⁸⁾。愈肆其力，逆流而上，慕为螭龙。及夫抵大石，乱飞涛，折鳍秃翼，颠倒顿踣，顺流而下，宛委冒懵，环坻涊而不能出⁽⁹⁾。向之从鱼之大者，幸而啄食之，臣亦徒手得焉。犹以为小，闻古之渔有任公子者，其得益大⁽¹⁰⁾。于是去而之海上，北浮于碣石，求大鲸焉。臣之具未及施，见大鲸驱群鲛逐肥鱼于渤澥之尾，震动大海，簸掉巨岛，一啜而食若舟者数十，勇而未已，贪而不能止，北蹙于碣石，槁焉⁽¹¹⁾。向之以为食者，反相与食之，臣亦徒手得焉。犹以为小，闻古之渔有太公者，其得益大，钓而得文王，于是舍而来⁽¹²⁾。"

智伯曰："今若遇我也如何？"渔者曰："向者臣已言其端矣。始晋之侈家，若栾氏、祁氏、羊舌氏以十数，不能自保，以贪晋国之利，而不见其害。主之家与五卿，尝裂而食之矣，是无异鲹鮥鳝鰋也⁽¹³⁾。脑流骨腐于主之故鼎，可以惩矣，然而犹不肯痛。又有大者焉，若范氏、中行氏，贪人之土田，侵人之势力，慕为诸侯，而不见其害⁽¹⁴⁾。主与三卿又裂而食之矣，脱其鳞，鲙其肉，刳其肠，断其首而弃之，鲲鲕遗胤，莫不备俎豆，是无异夫大鲔也。可以惩矣，然而犹不肯痛。又有大者焉，吞范、中行以益其肥，犹以为不足。力愈大而求食愈无厌，驱韩魏以为群鲛，以逐赵之肥鱼，而不见其害⁽¹⁵⁾。贪肥之势，将不止于赵。臣见韩魏惧其将及也，亦幸主之蹙于晋阳。其目动矣，而主乃憪然，以为咸在机俎之上，方磨其舌。抑臣有恐焉，今辅果舍族而退，不肯同祸；段规深怨而造谋，主之不痛⁽¹⁶⁾。臣恐主为大鲸，首解于邯郸，鬣摧于安邑，胸披于上党，尾断于中山之外，而肠流于大陆，为蠡蟇，以充三家子孙之腹。臣所以大惧。不然，主之勇力强大，于文王何有⁽¹⁷⁾？"

智伯不悦，然终以不痛⁽¹⁸⁾。于是韩魏与赵合灭智氏，其地三分⁽¹⁹⁾。

【注释】

（1）设：假设。　渔者：钓鱼的人。　对：回答。　智伯：也作"知伯"，又叫智襄子，名瑶。春秋末战国初，晋国六家世卿即世袭的执政大臣，智氏最强。

(2)"智氏"四句：是智氏已经灭亡了范氏、中行氏，志向更大了，联合韩氏、魏氏围攻赵氏，引汾河水冲淹晋阳。 既：已经。 范、中行：六卿中的两家。中行氏也称荀氏。 水：这里作动词。 晋阳：地名，在今山西太原一带，当时为赵氏的重要领地。公元前453年，智伯约韩、魏二家在晋阳包围了赵氏，并掘开汾水冲淹晋阳。

(3)"智伯"三句：是智伯瑶乘着船来到赵氏领地，并且反复察看大水的来势，决心要迅速攻取晋阳。 临：到。 往来：来回，反复。 观：观察。

(4)渔：捕鱼。 坐渔：坐着钓鱼。 怪：意动用法，感到奇怪。

(5)"臣始"四句：是我开始的时候在黄河钓鱼，中间在海上钓鱼，现在您掘开汾河，使这里发大水，因此来到这里。 主：对智伯的尊称。 是以：以是，因此。

(6)"臣幼"数句：是我从小就喜欢钓鱼。开始的时候，我在黄河钓鱼，河里有鲂鲋鳣鳈等种类的鱼，不能自己觅食，而喜欢吞吃我下的钓饵，每天钓的鱼有一百条。 好：爱好，喜欢。 鲂鲋鳣鳈：四种鱼名，这里泛指黄河里的小鱼。

(7)"臣以为"三句：意思是说，我觉得这些鱼太小，就离开那里来到龙门山下，等待时机钓大的鲔鱼。 去：离开。 之：往。 龙门：山名，在山西河津县。此指龙门山下的黄河处。

(8)"然其"二句：意思是说，小鱼群拣拾大鲔鱼的唾余，但是，大鲔鱼饥饿的时候。也回过头去吞食紧随其后的小鱼。

(9)"及夫"数句：意思是说，等到鲔鱼触上了水中的大石头，溅起浪涛，折断了鳍和翅，翻倒跌落，顺流滚下，直至水边沙洲，曲曲折折，转来转去，冒冒失失，迷迷糊糊，再也出不来了。 抵：触，碰。　折鳍：脊上的硬刺被撞断。　秃翼：两边的翅被撞秃。　颠倒：跌倒。　顿踣：倒下去。　宛委：曲折。　冒：冒失。　憒：糊涂。　环：围绕。　坻溆：水边沙洲。　溆，水边。

（10）"犹以为"三句：意思是说，觉得鲔鱼还是太小，听说古代的钓鱼者中有个任公子，他钓的鱼比鲔鱼更大。　任公子：人名。《庄子·外物篇》载，任公子钓鱼，用帛做成钓鱼绳，用五十头牛做成钓饵，蹲在会稽山上，钓竿伸到东海。

（11）"臣之具"数句：意思是说，我的钓具还没有来得及陈设，就看见一条大鲸鱼在渤海边驱赶群鲛去追逐肥鱼，使海水震荡，大岛颠簸，一张口就吃掉船一般大的鱼几十条，勇猛的劲头正盛，贪婪得不能自止前进，终于搁浅在北面的碣石山下，枯干而死。

（12）太公：西周的姜太公，又称吕尚，字子牙。　文王：周文王。《史记·齐太公世家》载，姜太公在渭水边钓鱼，相遇外出打猎的周文王，被赏识。文王请太公上车同归，立为国师。

（13）"主之家"三句：是说您的智氏同五卿联合，曾经把他们瓜分吞并了，他们就像鲦鲔鳣鳏这些小鱼一样。　五卿：指范、中行、韩、魏、赵。　裂：撕开，分割。

（14）"贪人"四句：是说贪图别人的领土田地，侵犯别人的势力范围，想要成为诸侯国君，却看不到其中包藏着的危害。

（15）"力愈大"四句：是力量愈强大吞并别人的欲望愈不能满足，驱赶韩魏，把他们当作群鲛，去追逐赵氏这条肥鱼，却看不到其中包藏着的危害。

（16）抑：连词，表示深一层说明。　辅果：人名。原名智果，晋国大夫。

(17) "不然"三句：是说如果不是现在这种状态，依你的勇力强大，哪一样都优于周文王。

(18) 不悦：不高兴。　终：最终。

(19) 三分：分为三，意指被韩魏赵三家瓜分。

愚溪对⁽¹⁾

柳子名愚溪而居⁽²⁾。五日，溪之神夜见梦曰："子何辱予，使予为愚耶？有其实者，名固从之，今予固若是耶⁽³⁾？予闻闽有水，生毒雾厉气，中之者，温屯呕泄；藏石走濑，连舻糜解；有鱼焉，锯齿锋尾而兽蹄，是食人，必断而跃之，乃仰噬焉，故其名曰恶溪⁽⁴⁾。西海有水，散涣而无力，不能负芥，投之，则委靡垫没，及底而后止，故其名曰弱水⁽⁵⁾。秦有水，掎汩泥淖，挠混沙砾，视之分寸，眙若睨壁⁽⁶⁾，浅深险易，昧昧不觌，乃合泾渭，以自彰秽迹，故其名曰浊泾⁽⁷⁾。雍之西有水，幽险若漆，不知其所出，故其名曰黑水⁽⁸⁾。夫恶、弱，六极也；浊、黑，贱名也。彼得之而不辞，穷万世而不变者，有其实也⁽⁹⁾。今予甚清与美，为子所喜，而又功可以及圃畦，力可以载方舟，朝夕者济焉。子幸择而居予，而辱以无实之名以为愚，卒不见德而肆其诬，岂终不可革耶⁽¹⁰⁾？"

柳子对曰："汝诚无其实。然以吾之愚而独好汝，汝恶得避是名耶⁽¹¹⁾！且汝不见贪泉乎？有饮而南者，见交趾宝货之多，光溢于目，思以两手左右攫而怀之,岂泉之实耶[12]?过而往贪焉犹以为名。今汝独招愚者居焉,久留而不去,虽欲革其名不可得矣。夫明王之时,智者用,愚者伏。用者宜迩,伏者宜远[13]。今汝之托也,远王都三千余里,侧僻回隐,蒸郁之与曹,螺蚌之与居[14],唯触罪摈辱、愚陋黜伏者,日侵侵以游汝,闯闯以守汝[15]。汝欲为智乎?胡不呼今之聪明、皎厉、握天子有司之柄以生育天下者,使一经于汝,而唯我独处[16]?汝既不能得彼而见获于我,是则汝之实也。当汝为愚,而犹以为诬,宁有说耶[17]?"

曰:"是则然矣,敢问子之愚何如,而可以及我?"

柳子曰:"汝欲穷我之愚说耶?虽极汝之所往,不足以申吾喙;涸汝之所流,不足以濡吾翰[18]。姑示子其略[19]:吾茫洋乎无知。冰雪之交,众裘我绤。溽暑之铄,众从之风,而我从之火[20]。吾荡而趋,不知太行之异乎九衢,以败吾车。吾放而游,不知吕梁之异乎安流,以没吾舟。吾足蹈坎井,头抵木石,冲冒榛棘,僵仆虺蜴,而不知怵惕[21]。何丧何得?进不为盈,退不为抑。荒凉昏默,卒不自克。此其大凡者也,愿以是污汝可乎[22]?"

于是溪神深思而叹曰:"嘻!有余矣,是及我也!"因俯而羞,仰而吁,涕泣交流,举手而辞[23]。一晦一明,觉而莫知所之,遂书其对。

【注释】

(1) 愚溪对:关于愚溪的对话。对,对话。

(2) 名:起名,命名。 愚溪:原名冉溪,柳宗元改其名为愚溪,在今湖南零陵县城附近。

(3)"子何"数句：是说你为什么侮辱我，让我得个"愚"名呢？有"愚"的事实，名称当然要符合它，我本来是这样的吗？

(4)"有鱼"数句：是河里有一种鱼，锯齿一样的牙齿，锋刃一般的尾巴，还长着四只兽蹄，这鱼吃人的时候，必定先支解他，然后抛起来，仰头咬着吃。因此这河的名字叫恶溪。

(5)"投之"四句：是把芥草扔进河里，在水面上没有反应，一直往下沉，沉到底完事。因此这河的名字叫弱水。　委靡：不振作，意指芥草在水面上没有反应，见水就下沉。　垫没：沉没。

(6)"秦有"数句：是说在秦那个地方有一条河，河水扰乱烂泥，搅混沙石，靠近去看它，宛如视墙壁。　秦：指今陕西地带。　猗泪：扰乱。　泥淖：烂泥。　挠混：搅混。　沙砾：沙石。　分寸：意指看的距离很近。　眙：直视。　睨：斜视。

(7)"浅深"数句：是究竟河水是深是浅，河道是险是坦，昏暗看不清。竟然同渭水合流，因而自露其混浊，所以这河的名字叫浊泾。　险：地势不平。　易：平坦。　昧昧：昏暗的样子。　泾渭：两水名。泾，即浊泾，发源于甘肃笄头山，渭水发源于甘肃鸟鼠山，二水于陕西境内汇合。古人常有渭清泾浊的说法，实际上是泾清渭浊。

(8)"雍之西"四句：是说在雍西那个地方有一条河，昏暗漆黑，不知道它的发源地，所以它的名字叫黑水。　雍：古时九州之一，包括陕西、甘肃及青海部分地区。

(9)"夫恶"数句：是恶和弱是六极里的两个，浊和黑是卑贱的名称，四条河各得其名而不推辞，经历万世也不改变，其原因就是符合它们的实际。　六极：六种恶事，即：疾、忧、贫、恶、弱、短命。

(10)"子幸"四句：是说你有幸选择并居住我这里，却用没有根据的"愚"名来侮辱我,你最终不感恩于我反而肆意诬蔑我,难道永远不能够变更了吗? 见德:感恩于我。见,放在动词前,表示对自己怎么样。

(11)"汝诚"三句:是说你确实没有"愚"的实际。但是像我这样愚的人却偏偏喜爱你,你怎么能够避讳这个名称呢!

(12)"且汝"数句:是说你没见贪泉的得名吗?有人喝了泉水向南行,看见交趾的许许多多的珍宝,光彩满目,心想用两手抓取,藏在怀里,这难道是泉的"贪"实吗? 贪泉:相传广州郊外石门地方有泉,人饮而贪婪。 交趾:古县名,治所在今越南河内西北,西汉时交趾郡曾治于此,因以为名。 攫:抓取。

(13)"夫明"数句:是说英明的君主当政时期,聪明的人进用,愚蠢的人退隐。进用的人应当靠近皇帝,退隐的人应当远离京城。明王:英明的君主。 用:任用。

(14)"今汝"数句:是说现在你寄身的地方,远在京都三千里之外,偏僻封闭,同热气为伍,与蚌螺同居。 侧僻:偏僻。 回隐:封闭,闭塞。 蒸郁:蒸腾热气。

(15)"唯触"三句:是说只有犯了罪被贬黜排斥侮辱的愚人藏身在此,才一天天、一步步地把你游览,无所约束地伴守着你。 辱:侮辱。 黜:贬谪。 侵侵:逐渐地,一点一点地。 闯闯:无所顾忌,无所阻拦。

(16)"汝欲"四句:是说你想变"愚"为"智"吗?为什么不呼唤当今的聪明、高贵、掌握皇朝大权、主宰天下的人,让他们经过你这里一次,却让我独守着你? 皎厉:犹言高贵。 独处:独自居处。

(17)"汝既"数句:是说你已经不能得到聪明人的青睐,却获得我这个愚人的喜爱，这就是你现在的实际。如此，恰当地名你为"愚"，你仍然认为这是诬妄吗？难道还有什么可说的吗？　见获：被获。获，得到。　当：恰当，合适。　犹：还，仍然。　诬：欺骗，不真实的话。

（18）"汝欲"数句：是说你想彻底知道关于我的愚的情况吗？就是算尽你所经过的里程，也没有我要说的话长，就是干涸你的流水为墨汁，也不能自始至终湿润我的笔尖。　穿：追究到底。　申：陈述，说明。　吾喙：犹言我的话。

（19）姑：姑且，暂且。　示子：给你看。

（20）"吾茫"数句：是说我是一个渺茫无所知的人。在冰雪交加的冬季，大家穿皮袄而我穿单衣，在潮湿闷热的盛夏，大家跟风，而我跟火。　交：交加。　绤：细葛布，这里指用绤做的单衣。　溽暑：夏季湿热的气候。　铄：熔化金属，这里指熔化金属那样高的温度。

（21）"吾足"数句：是说我踏中了陷阱，头触木石，冲撞荆棘，跌倒在毒蛇旁边，却不知恐惧。　坎井：陷阱。坎，地面凹陷的地方。　冲冒：冲撞。冒，犯。　榛荆：丛生的荆棘。　僵仆：跌倒。　虺：毒蛇。　蜴：蜥蜴。　怵惕：恐惧。

（22）大凡：大概。　污：玷污。

（23）"因俯"四句：是说溪神于是低头而羞惭，抬头而叹息，痛哭泪流，举手告别。　俯：低头。　羞：羞惭。　仰：抬头。　吁：叹气。　辞：辞别。

天 对[1]（节选）

[问] 遂古之初，谁传道之？上下未形，何由考之[2]？冥昭瞢暗，谁能极之[3]？冯翼惟象，何以识之[4]？明明暗暗，惟时何为[5]？

[对] 本始之茫，诞者传焉。鸿灵幽纷，曷可言焉[6]！曶黑晢眇，往来屯屯，庞昧革化，惟元气存，而何为焉[7]！

[问] 阴阳三合，何本何化？

[对] 合焉者三，一以统同。吁炎吹冷，交错而功[8]。

[问] 圜则九重，孰营度之？惟兹何功，孰初作之[9]？

[对] 无营以成，沓阳而九。转輠浑沦，蒙以圜号。冥凝玄厘，无功而作。

[问] 斡维焉系？天极焉加？八柱何当？东南何亏[10]？

[对] 乌傒系维，乃糜身位！无极之极，漭弥非垠，或形之加，孰取大焉[11]！皇熙亹亹，胡栋胡宇！完离不属，焉恃夫八柱[12]！

[问] 九天之际，安放安属？隅隈多有，谁知其数[13]？

[对] 无青无黄，无赤无黑，无中无旁，乌际乎天则！巧欺淫诳，幽阳以别。无限无隅，曷懵厥列[14]！

[问] 天何所沓？十二焉分？日月安属？列星安陈？

[对] 折箄刓筳，午施旁竖，鞠明究曛，自取十二。非余之为，焉以告汝[15]！规毁魄渊，太虚是属。棋布万荧，咸是焉托[16]。

［问］出自汤谷，次于蒙汜。自明及晦，所行几里[17]？

［对］辐旋南画，轴奠于北。孰彼有出次，惟汝方之侧[18]！平施旁运，恶有谷汜！当焉为明，不逮为晦。度引久穷，不可以里。

［问］夜光何德，死则又育？厥利维何，而顾兔在腹[19]？

［对］毁炎莫俪，渊迫而魄，遐违乃专，何以死育！玄阴多缺，爰感厥兔。不形之形，惟神是类[20]。

［问］何阖而晦？何开而明？角宿未旦，曜灵安藏？

［对］明焉非辟，晦焉非藏[21]。孰旦孰幽，缪躔于经，苍龙之寓，而廷彼角亢。

［问］不任汩鸿，师何以尚之？佥曰何忧，何不课而行之[22]？

［对］惟鲧诪诪，邻圣而孽，恒师厖蒙，乃尚其圮。后惟师之难，颦颇使试。

［问］鸱龟曳衔。鲧何听焉[23]？顺欲成功，帝何刑焉[24]？永遏在羽山，夫何三年不施？

［对］盗堙息壤，招帝震怒，赋刑在下，而投弃于羽[25]。方陟元子，以胤功定地，胡离厥考，而鸱龟肆喙？

［问］伯禹腹鲧，夫何以变化[26]？纂就前绪，遂成考功；何续初继业，而厥谋不同？

［对］气孽宜害，而嗣续得圣，污涂而藻，夫固不可以类。胘躬蹙步，桥楯勤蹖，厥十有三载，乃盖考丑[27]。宜仪刑九畴，受是玄宝。昏成厥孽，昭生于德，惟氏之继，夫孰谋之式[28]！

［问］洪泉极深，何以填之？地方九则，何以坟之[29]？

［对］行鸿下隤，厥丘乃降，焉填绝渊，然后夷于土[30]。从民之宜，乃九于野，坟厥贡艺，而有上中下。

[问] 应龙何画？河海何历？鲧何所营，禹何所成(31)？

[对] 胡圣为不足，反谋龙智？畚锸究勤，而欺画厥尾！

[问] 康回冯怒，地何故以东南倾(32)？

[对] 圜焘廓大，厥立不植。地之东南，亦已西北。彼回小子，胡颠陨尔力！夫谁骇汝为此，而以愿天极(33)？

[问] 九州何错？川谷何洿？东流不溢，孰知其故？

[对] 州错富媪，爰定于趾(34)。躁川静谷，形有高庳。东穷归墟，又环西盈。脉穴土区，而浊浊清清。坟垆燥疏，渗渴而升。充融有余，泄漏复行。器运潋潋，又何溢为(35)！

[问] 东西南北，其修孰多？南北顺椭，其衍几何(36)？

[对] 东西南北，其极无方。夫何鸿洞，而课校修长！茫忽不准，孰衍孰穷！

[问] 昆仑县圃，其居安在？增城九重，其高几里(37)？

[对] 积高于乾，昆仑攸居，蓬首虎齿，爰穴爰都。增城之高，万有五千。

[问] 四方之门，其谁从焉？西北辟启，何气通焉(38)？

[对] 清温燠寒，迭出于时。时之丕革，由是而门。辟启以通，兹气之元(39)。

[问] 延年不死，寿何所止(40)？

[对] 仙者幽幽，寿焉孰慕！短长不齐，咸各有止。胡纷华漫汗，而僭谓不死(41)？

[问] 帝乃降观，下逢伊挚。何条放致罚，而黎民大说？

[对] 降厥观于下，匪挚孰承？条伐巢放，民用溃厥疣，以夷于肤，夫曷不谣(42)！

［问］简狄在台，喾何宜？玄鸟致贻，女何喜(43)？

［对］喾狄祷禖，契形于胞。胡乙縠之食，而怪焉以嘉！

［对］水滨之木，得彼小子。夫何恶之，朕有莘之妇(44)？

［对］胡木化于母，以蝎厥圣！噣鸣不良，谩以诡正。尽邑以垫，孰译彼梦？

［问］授殷天下，其位安施？反成乃亡，其罪伊何(45)？

［对］位庸庇民，仁克莅之。纣淫以害，师殣圮之。

［问］妖夫曳衒，何号于市？周幽谁诛？焉得夫褒姒？

［对］孺贼厥诜，爰屎其弧(46)。幽祸掣以夸，惮褒以渔。淫嗜蔑杀，谏尸谤屠。孰鳞嫠以征，而化鼋是辜(47)！

［问］天命反侧，何罚何佑？齐桓九合，卒然身杀(48)？

［对］天邈以蒙，人幺以离。胡克合厥道，而诘彼尤违？桓号其大，任属以傲。幸良以九合，逮孽而坏(49)。

【注释】

(1) 天对：是柳宗元以回答屈原《天问》的方式所写的哲学著作。为了便于阅读，《天问》的有关部分也一并节录在这里。

(2) 天地未形成时的情况，根据什么来考察它呢？　上下：指天地。　形：形成。

(3) "冥昭"二句：意思是或晦或明或昏或暗的浑浑状态，谁能弄清楚它呢？　冥：晦。　昭：明。　瞢：昏。　极：尽，穷究。

(4) "冯翼"二句：意思是想象中的混蒙迷茫的大气，凭什么知道的呢？　冯翼：空濛之貌。　象：自然景象。

(5)"明明"二句：意思是天地成形，昼夜交替的变化，这是怎么造成的呢？　明明暗暗：指昼夜的交替变化。

(6)"鸿灵"二句：意思是所谓巨神开天辟地的说法，昏暗不明，杂乱无绪，怎么可以去谈它呢。　鸿灵：指传说中开天辟地的巨神。

(7)"暓黑"数句：是说从漆黑一团到微有光明，历史悠久，十分艰难，这个演化过程中，只有元气在起作用，不是神造成的。　暓黑：黑暗。　晣眇：微明。　屯屯：艰难的样子。　厖昧：昏暗不清。厖，杂乱。　革化：变化。　元气：指天地未分前的混一之气。

(8)"合焉"四句：是说阴、阳、天三者的结合，是由元气统而为一的。元气中的热气和冷气，相互运动，造成三者统一的功效。　吁炎：指热气的流动。吁，呼气。　吹泠：指冷气的流动。泠，清凉。　交错：相互往来。

(9)"圜则"四句：是说天体的准则为九层，是谁经营量度它的呢？是谁使天开始高起来的呢？这是什么功力呢？　圜则：天体的准则。圜，天体。

(10)"斡维"四句：是说天体像车轮一样转运，那么，它的中心枢纽系在哪里？天体的边缘安放在什么地方？天体的八根擎天柱支立在什么地方？东南的地形为什么亏缺不满？

(11)"无极"四句：是说天体是无限广阔的，没有什么边际。某种有形的东西使天边加于自身之上，那么，它们哪一个称得上大呢？　漭弥：广大的样子。　非垠：无边。

(12)"皇熙"四句：是说天体运动着，兴盛不衰，无休无止，怎么会同如房屋！天与地完全分离，不连接，哪里要依仗那八根柱子！　皇熙：兴盛不衰之貌。　亹亹：勤勉不倦之貌。

(13)"九天"四句：是说天分九野，那么，它们的交界处在哪里？是怎样交接的？角落很多，谁知道它的数目？　九天：天的分野，即中央和八方。际：交界处。隅隈：角落。

(14)"巧欺"四句：是说不可能画出九天的标记，用"幽天"、"阳天"这些名称来区别九天，是伪善的欺骗，放肆的欺诈。天没有什么角落，为什么被所列的那个数字蒙蔽了？　巧：虚伪。　欺、诳：欺骗。

(15)"折箘"六句：是说断削竹枝古卜，投签纵横交错，卜官用这种方式研究太阳的运行，黄道的十二等分是他们的想象，不是我天规定的，拿什么回答你呢！　箘：把灵草结在断竹枝上以占卜。　刓：削。　筳：占卜用的断竹枝。

(16)"规毁"四句：意思是说，日月附着在天空上，众星像棋子的分布，也都依托在天空上。　规毁：指太阳。　魄渊：指月亮。太虚：天空。　万荧：指众星。　是：此，代"太虚"。

(17)"出自"四句：是说太阳从汤谷出发行到蒙汜歇宿，从早到晚，它走了多少里？　汤谷：传说中日出的地方。　次：住宿。　蒙汜：传说中日没的地方。

(18)"辐旋"四句：是说辐条旋转，向南划动，轮轴定基在北。太阳的运行哪有什么早出夜宿，只是运动到了你所在方位的侧面。辐：车轮的辐条。

(19)"夜光"四句：是说月亮有什么美德，死了又生？兔子在它的腹中回头张望，好处是什么？　夜光：指月亮。　德：道德，品行。死：古人以月缺为死。　育：生。古人以月盈为生。

(20)"玄阴"四句：是说月亮表面有很多不平的地方，看上去，感觉有那只兔子。似兔非兔的样子，只是由于神思，感到像兔子。

(21)"明焉"二句：是天亮了不是因为天门开，天黑了不是因为太阳藏。

(22)"不任"四句：是说鲧不能胜任治洪，那么，大家为什么推举他呢？都说"担忧什么，为什么不让他试着去干呢？" 任：胜任。 汩：治理。 师：众人。 尚：尊崇。 佥：皆、都。

(23)"鸱龟"二句：是鲧死，鸱鹰和乌龟对他拖拉啄食，鲧为什么听之任之呢？ 鸱：鸱鹰。 龟：乌龟。 曳：拖拉。 衔：口含。

(24)"顺欲"二句：是尧如果顺从鲧的治水设想，鲧也能获得成功，那时，尧怎么诛杀他呢？ 欲：指鲧的设想。

(25)"盗堙"四句：是说鲧为了"堙"法治水，盗窃神土"息壤"，招致尧的大怒。尧授刑于鲧，弃置在羽山。 盗：盗窃。 堙：堵塞。 息壤：古传说的神土。

(26)"伯禹"二句：是禹在鲧的怀抱中长大，为什么变得跟他的父亲不一样？ 伯禹：即禹。伯，管治一方的长官；禹继鲧为崇伯，故称。 腹鲧：意为"腹于鲧"。腹，怀抱。

(27)"胈躬"四句：是说禹在治水过程中，身体力行，跋山涉水，历经千辛万苦，费时十三年，才获成功，同时也因此而掩盖了先父的耻辱。 胈：应作"胝"，老茧。

(28)"昏成"四句：是说昏庸促成鲧的气性反常，禹的聪明出自他的美德。禹只是继承了鲧的姓氏，哪里是效法了鲧的计划。昏：昏惑，糊涂。 昭：昭明，聪明。 氏：姓氏。 式：效法。

(29)"洪泉"四句：是说洪水很深，禹怎么填平的呢？禹把天下的土地定为九等，是怎么划分的呢？ 九则：九等。相传禹把天下的土地物产分成九个等级。

（30）"行鸿"四句：是说疏导洪水从高处往低处流，那些土山随之降低，这样，深渊被填满，然后形成平地。　行鸿：导引洪水。下隤：下降。　丘：土山。　降：降低。土流走而变小。

（31）"应龙"四句：是说应龙以尾画地，究竟怎么画的？禹沟通江海，江河是怎样的走向？鲧到底做了一些什么？禹到底成就了一些什么？　应龙：有翼的龙。　历：经过。　营：经营。

（32）"康回"二句：是共工大怒，触不周之山，大地为什么就向东南倾斜？

（33）"夫谁"二句：意思是谁使你屈原惊骇，提出这样的疑问，与自然法则混为一谈？　骇：惊吓。　汝：你，指屈原。　恩：混乱。

（34）"州错"二句：意思是九州错落在大地上，疆域是禹根据实地的考察划定的。　富媪：富庶繁盛。　定：确定。此指九州疆域的划定。　趾：踪迹。禹治洪水，足迹遍全国，并按地形，划定九州。

（35）"东穷"数句：是说河水东流，最终流到大海的深处，海水又环行。回还至西，使地水重新充足。海水沿着地脉，通过孔隙到达土质地域，形成既清又浊的地下水。水的上面有隆起的硬土层，上部干燥，下部疏松，津液之水由下反流而上升。地上水充盈之后出现富余，就要往外排泄，顺河道又一次东流入海。如此循环往复，就像在器具中运转流动，怎么会涨满而外溢呢！　归墟：指大海的百川所归处。

（36）"东西"四句：是说大地的东西与南北，它们的直径哪一个更长？从南到北，顺着椭圆的弧线长度，比它的直径延伸了多少？衍：延伸。　几何：多少。

（37）"昆仑"四句：是说昆仑有县圃，它坐落在什么地方？增城有九层，它的高度有多少里。　昆仑：山名，在西藏新疆之间。古代多有关于昆仑的神话传说。　县圃：神话传说中的神仙所居之处。

（39）"清温"数句：是说气候的温凉热寒，随着季节而交替。季节的大变化，一年有四个，由此而想象出四门。四门打开，从这里通过的气就是元气。　迭：交替。　时：季节。　丕革：大变化。

（40）"延年"二句：仙人长生不死，那么，他们的寿命到什么时候终止呢？　止：终止。

（41）"仙者"数句：是说仙人的事，传来传去，虚无缥缈；他们的长寿，谁人羡慕！人生在世，寿命或长或短，每个人都有终期。为什么要繁华盛饰仙人，冒称他们长生不死？

（42）"降厥"数句：是说商汤到民间视察，访求辅国相才，除了伊尹谁能承当此任？汤讨伐于鸣条，桀被逐至南巢，夏的老百姓因此而解放，如同疮痛溃破，肌肤得以平复，他们怎么能不歌唱呢！

（43）"简狄"四句：是说高台之上，简狄侍奉于侧，帝喾在祈祷什么？有燕遗卵，简狄为什么要喜而吞食？

（44）"水滨"四句：是说有莘氏之女采桑，在伊水边的空心桑木中得到婴儿伊尹。伊尹成年之后，又为什么厌恶他，把他充为有莘之妇的陪嫁奴隶？

(45)"授殷"四句：是说天帝把天下授给商，王位怎样才能延续不断？未达昌盛竟然灭亡，商纣的罪过是什么？　殷：即商朝。　位：商汤所得之王位。　施：延续。　成：昌盛。　罪：罪过。　伊：语气词。

(46)"孺贼"二句：是说孩子们用童谣责备和败坏周朝。　孺：儿童。　贼：伤害，败坏。　诡：当为"诛"，用言语责备。

(47)"幽祸"数句：是说周幽王外祸纷乱是因为他的奢侈腐化，内惧褒姒是因为他的贪恋女色。好色纵欲，无视生杀，当面规劝的，公开指责的，一概处死。如此，要追究龙的唾沫，还是要归罪龙沫化成的蜥蜴！

(48)"天命"四句：是说天命反复无常，怎么致天之罚？怎么孚佑下民？齐桓公能九合诸侯，为什么又突然身死？　天命：天神的意旨。古代以天为神。　反侧：反复无常。

(49)"桓号"四句：是说齐桓公为诸侯盟主，名号很大，但他任命臣属却不稳重，幸好遇上贤臣管仲才九合诸侯，后来碰到罪孽之臣就使国家衰败了。

晋　　问

吴子问于柳先生曰⁽¹⁾："先生晋人也，晋之故宜知之。"曰："然。""然则吾愿闻之，可乎？"

曰:"可。晋之故封,太行掎之,首阳起之[2],黄河迤之[3],大陆靡之[4];或巍而高,或呀而渊。景霍、汾、浍,以经其堧[5];若化若迁,钩婴蝉联,然后融为平川[6];而侯之都居,大夫之邑建焉。其高壮,则腾突撑拒,謷岈郁怒,若熊罴之咆,虎豹之嗥,终古而不去;攫秦搏齐,当者失据;燕、狄惴怯,若卵就压[7],振振业业[8],觑关蹀户[9],惕若仆妾。其按衍[10],则平盈旋缘,纡徐夷延[11],若飞鸢之翔舞,洄水之容与;以稼则硕,以植则茂,以牧则蕃,以畜则庶,而人用是富,而邦以之阜[12]。其河,则潆源昆仑,入于天渊,出乎无门,行乎无垠[13];自匈奴而南,以界西鄙,冲奔太华,运肘东指;混溃后土[14],渍浊縻沸,鼋鼍诡怪[15],于于汩汩[16],腾倒跌越[17],委泊涯涘,呀呷欱纳[18],摧杂失坠[19]。其所荡激,则连山参差,广野坏裂,轰雷努风,撼颔干巘[20];崩石之所转跃[21],大木之所擢拔[22],澜泙洞踏者,弥数千里,若万夫之斩伐。而其轴轳之所负[23],幢樯之所御[24],鳞川林壑,隳云遁雨,瞬目而下者,榛榛沄沄[25],百舍一赴。若是何如?"

吴子曰:"先生之言丰厚险固,诚晋之美矣。然晋人之言表里山河者,备败而已,非以为荣观显大也。吴起所谓'在德不在险',此晋人之籍也。愿闻其他。"

先生曰:"太卤之金[26],棠谿之工[27],火化水淬,器备以充。为棘为矛,为铩为钩,为镝为镞,为镞。出太白,征蓐收[28],召招摇[29],伏蚩尤,肃肃祎祎[30],合众灵而成之。博者狭者,曲者直者,歧者劲者[31],长者短者,攒之如星,奋之如霆,运之如萦[32]。浩浩弈弈[33],淋淋涤涤,荧荧的的[34],若雪山冰谷之积。观者胆掉,日出寒液。当空发耀,英精互绕[35],晃荡洞射,天气尽白,日规为小[36],铄云破霄,跕坠飞鸟。弓人之弓,函人之甲,胶角百选[37],犀兕七属[38]。乃使跟超、掖夹之伦,服而持之,南瞰诸华[39],北詟群夷[40],技击节制,闻于天下,是为善师。延目而望之,固以拳拘喘汗[41],免冑肉袒[42],进不敢降,退不敢窜。若是何如?"

吴子曰:"夫兵之用,由德则吉,由暴则凶,是又不可为美观也。先轸曰:'师直为壮,曲为老',况徒以坚甲利刃之为上哉!"

先生曰:"晋国多马,屈焉是产。土寒气劲,崖圻谷裂,草木短缩,鸟兽坠匿,而马蕃焉。师师兟兟[43],溶溶纭纭[44],輷辚辚[45],或赤或黄,或玄或苍,或醇或骍,黯然而阴[46],炳然而阳[47],若旌旐旗帜之煌煌。乍进乍止,乍伏乍起,乍奔乍踬,若江、汉之水,疾风驱涛,击山荡壑,云沸而不止。群饮源槁,回食野赭,浴川蹙浪,喷震播洒[48],溃溃焉,若海神驾雪而来下。观其四散惝恍,开合万状,喜

者鹊厉,怒者人搏[49]。决然坌跃,千里相角[50],风鬃雾鬣,剧山抉壑[51],耳摇层云,腹捎众木[52],寂寥远游,不夕而复。攫地跳梁[53],坚骨兰筋,交颈互啮,斗目相驯,聚溲更嘘[54],昂首张齗[55]。其小者,则连牵缴绕,仰乳俯龁[56],蚁杂蠡集,啾啾溱溱[57],旅走丛立[58]。其材之可者,收敛攻教,掉手飞縻[59],指毛命物[60],百步就羁。牵以荀息[61],御以王良[62],超以范鞅,

轩以栾铖⁽⁶³⁾，以佃以戎⁽⁶⁴⁾，兽获敌摧。若是何如？"

吴子曰："'恃险与马'者，子不闻乎？故曰'冀之北土，马之所生'，'是不一姓'。请置此而新其说。"

先生曰："晋之北山有异材，梓匠工师之为宫室求大木者，天下皆归焉。仲冬既至，寒气凝成，外凋内贞，浡液不行⁽⁶⁵⁾，乃坚乃良。万工举斧以入，必求诸岩崖之敧倾⁽⁶⁶⁾，涧壑之纡萦；凌巑岏之杪颠⁽⁶⁷⁾，漱泉源之淦潗⁽⁶⁸⁾。根绞怪石，不土而植，千寻百围，与石同色。罗列而伐者，头抗河汉⁽⁶⁹⁾，刃披虹霓⁽⁷⁰⁾，声振连峦，柿填层豀；丁丁登登⁽⁷¹⁾，硁硁稜稜⁽⁷²⁾，若兵车之乘凌⁽⁷³⁾。其响之所应，则溃溃湎湎⁽⁷⁴⁾，汹汹薨薨⁽⁷⁵⁾，若骞若崩，若螭龙之斗⁽⁷⁶⁾，风霆相腾。其殊而下者，札嶷捎杀，摧崪块圠，霞披电裂，又似共工触不周，而天柱折。鹍、鹳、鹜、鸽，号鸣飞翔；貙、豻、虎、兕，奔触耆栗⁽⁷⁷⁾，伏无所入，遁无所脱。然后断度收罗⁽⁷⁸⁾，捎危颠⁽⁷⁹⁾，艾繁柯⁽⁸⁰⁾，乘水潦之波，以入于河而流焉，荡突陴兀，转腾冒没，类秦神驱石以梁大海。抵曲鳞蹙，汇流雷解⁽⁸¹⁾；前者汩越，后者追陙，乃下龙门之悬水⁽⁸²⁾，摺拉颓踏，捽首轩尾，貇入重渊，不知其几百里也。涛波之旋⁽⁸³⁾，滔山触天⁽⁸⁴⁾，既淳既平⁽⁸⁵⁾，弥望悠焉。良久，乃始昂屹涌溢⁽⁸⁶⁾，挺拔而出⁽⁸⁷⁾，林立峰崒，穿云蔽日，涣然自挠⁽⁸⁸⁾，复就行列，浑浑而去，以至其所。唯良工之指顾⁽⁸⁹⁾，丛台、阿房⁽⁹⁰⁾，长乐、未央⁽⁹¹⁾，建章、昭阳之隆丽诡特⁽⁹²⁾，皆是之自出，若是何如？"

吴子曰："吾闻君子患无德，不患无土；患无土，不患无人；患无人，不患无宫室；患无宫室，不患材之不已有。先生之所陈，四累之下也。且襏祁既成，诸侯叛之。"

先生曰："河鱼之大，上迎涛波，罗罋津涯；千里雷驰，重马轻车，遂以君命，矢而纵观焉⁽⁹³⁾。大罟断流⁽⁹⁴⁾，修网亘山⁽⁹⁵⁾，罩、罶、罜、䍡，织纡其间⁽⁹⁶⁾；巨舟轩昂⁽⁹⁷⁾，仡仡回环⁽⁹⁸⁾，水师更呼，声裂商颜⁽⁹⁹⁾。于是鼓噪沓集而从之，扼龙吭⁽¹⁰⁰⁾，拔鲸鳍，戮白鼋，逐毒螭⁽¹⁰¹⁾，叱冯夷⁽¹⁰²⁾，立水湄。搜搅流离⁽¹⁰³⁾，掬缩推移⁽¹⁰⁴⁾，梁会网麜⁽¹⁰⁵⁾，腾天弥围，掉蹩拥踊⁽¹⁰⁶⁾，以登夫历山之垂。如川之归，如山之摧，如云之披⁽¹⁰⁷⁾。其有乘化会神⁽¹⁰⁸⁾，振拔涟沦⁽¹⁰⁹⁾，摘奇文⁽¹¹⁰⁾，出怪鳞，腾飞涛而上逸⁽¹¹¹⁾，生电雷于龙门者⁽¹¹²⁾，犹仰纶飞缴，顿踏而取之⁽¹¹³⁾，莫不脱角裂翼⁽¹¹⁴⁾，呀吓匍匐，复就脔切⁽¹¹⁵⁾，莫保龙籍⁽¹¹⁶⁾。具糅五味⁽¹¹⁷⁾，布列雕俎，风云失势，沮散远去⁽¹¹⁸⁾。若夫鲅、鳘、鲔、鲤、鳏、鳢、鲂、鲔之琐屑蔑裂者⁽¹¹⁹⁾，夫固不足悉数。漏脱纮目⁽¹²⁰⁾，养之水府，而三河之人⁽¹²¹⁾，则已填溢餍饫⁽¹²²⁾，腥膏乌卤⁽¹²³⁾，闻脍炙之美⁽¹²⁴⁾，则掩鼻蹙頞，贱甚粪土而莫顾者也。若是何如？"

吴子曰："一时之观，不足以夸后世；口舌之味，不足以利百姓。姑欲闻其上者。"

先生曰："猗氏之盐⁽¹²⁵⁾，晋宝之大者也，人之赖之与谷同。化若神造⁽¹²⁶⁾，非人力之功也。但至其所，则见沟、塍、畦、畹之交错轮囷⁽¹²⁷⁾，若稼若圃。敵兮勻勻⁽¹²⁸⁾，涣兮鳞鳞⁽¹²⁹⁾，迤逦纷属⁽¹³⁰⁾，不知其垠。俄然决源醲流⁽¹³¹⁾，交灌互澍⁽¹³²⁾，若枝若股⁽¹³³⁾，委屈延布，脉泻膏浸，溧湿滑汨，弥高掩庳，漫坨冒块⁽¹³⁴⁾。决决没没，远近混会，抵值堤防，缨瀛霈浥⁽¹³⁵⁾，偃然成渊，潺然成川⁽¹³⁶⁾。观之者徒见浩浩之水，而莫知其以及⁽¹³⁷⁾。神液阴漉⁽¹³⁸⁾，甘卤密起，孕灵富煴⁽¹³⁹⁾，不爱其美。无声无形，熛结迅诡⁽¹⁴⁰⁾，回眸一瞬，积雪百里。晶晶幂幂，奋偾离析⁽¹⁴¹⁾，锻圭椎璧，眩转的皪⁽¹⁴²⁾。乍似殒星及地，明灭相射，冰裂雹碎，尨岑增益。大者印纍⁽¹⁴³⁾，小者珠剖⁽¹⁴⁴⁾，涌者如坻，坳者如缶，日晶熠煜⁽¹⁴⁵⁾，萤骇电走，亘步盈车，方尺数斗。于是裒敛合集⁽¹⁴⁶⁾，举而推之，皓皓乎悬圃之巍巍⁽¹⁴⁷⁾，瞰乎漾乎，狂山太白之淋漓⁽¹⁴⁸⁾。骇化变之神奇，卒不可推也。然后驴、骡、牛、马之运，西出秦、陇，南过樊、邓，北极燕、代，东逾周、宋。家获作咸之利，人被六气之用⁽¹⁴⁹⁾，和钧兵食⁽¹⁵⁰⁾，以征以贡。其赉天下也⁽¹⁵¹⁾，与海分功，可谓有济矣⁽¹⁵²⁾。若是何如？"

吴子曰："魏绛之言曰：'近宝则公室乃贫'，岂谓是耶？虽然，此可以利民矣，而未为民利也。"

先生曰："愿闻民利。"

吴子曰："安其常而得所欲，服其教而便于己，百货通行而不知所自来，老幼亲戚相保而无德之者，不苦兵刑，不疾赋力⁽¹⁵³⁾。所谓民利，民自利者是也。"

先生曰："文公之霸也⁽¹⁵⁴⁾，援秦破楚，囊括齐、宋，曹、卫解裂，鲁、郑震恐，定周于温，奉册受锡，夹辅纠逖，以为侯伯，齐盟践土，低昂玉帛⁽¹⁵⁵⁾。天子恃焉，以有诸侯；诸侯恃焉，以有其国；百姓恃焉，以有其妻子而食其力。叛者力取，附者仁抚；推德义，立信让；示必行，明所向；达禁止，一好尚。春秋之事⁽¹⁵⁶⁾，公侯大夫策文马，驰轩

车，出入环连，贯于国都，则有五筵之堂⁽¹⁵⁷⁾，九几之室⁽¹⁵⁸⁾，大小定位，左右有秩。禽牢饩馈⁽¹⁵⁹⁾，交错文质⁽¹⁶⁰⁾，飨有嘉禾⁽¹⁶¹⁾，宴有庭实，登降好赋，牺象毕出⁽¹⁶²⁾，犒劳赠贿，率礼无失。六卿理兵⁽¹⁶³⁾，大戎小戎，钟鼓丁宁⁽¹⁶⁴⁾，以讨不恭。车埒万乘，卒半天下，鼓之则震，旆之则畏⁽¹⁶⁵⁾。其号令之动，若水之源，若轮之旋，莫不如志。当此之时，咸能欢娱以奉其上，故其民至于今，好义而任力。此以民力自固，假仁义而用天下，其遗风尚有存者。若是可以为民利也乎？"

吴子曰："近之矣，然犹未也。彼霸者之为心也，引大利以自向，而搂他人之力以自为固，而民乃后焉。非不知而化，不令而一，异乎吾向之陈者，故曰近之矣，犹未也。"

先生曰："三河，古帝王之更都焉⁽¹⁶⁶⁾；而平阳，尧之所理也。有茅茨、采椽、土型之度，故其人至于今俭啬；有温恭、克让之德，故其人至于今善让；有师锡、佥曰、畴咨之道⁽¹⁶⁷⁾，故其人至于今好谋而深；有百兽率舞、凤凰来仪、于变时雍之美，故其人至于今和而不怒；有昌言儆戒之训，故其人至于今忧思而畏祸；有无为不言、垂衣裳之化⁽¹⁶⁸⁾，故其人至于今恬以愉。此尧之遗风也，愿以闻于子何如？"

吴子离席而立，拱而言曰："美矣善矣，其蔑有加矣⁽¹⁶⁹⁾！此固吾之所欲闻也。夫俭则人用足而不淫；让则遵分而进善，其道不斗；谋则通于远而周于事；和则仁之质；戒则义之实；恬以愉则安而久于其道也。至乎哉！今主上方致太平，动以尧为准。先生之言，道之奥者，若果有贡于上，则吾知其易易焉也⁽¹⁷⁰⁾。举晋国之风以一诸天下，如斯而已矣。"敬再拜受赐。

【注释】

（1）吴子：吴武陵，信州（今江西上饶县）人；唐宪宗元和三年

(808）被贬永州。

（2）首阳：首阳山，在山西西南部。 起：扶持。

（3）迤：迤逦，曲折连绵。

（4）大陆：大陆泽，又名钜鹿。古湖泊，今已湮没，故地在河北任县东北部。 靡：靡迤，绵延不断。

（5）景：大。 霍：霍山，也叫霍太山，在山西霍县东南。 汾：汾河。 浍：浍河。 墺：空余之地，这里指太行、首阳、黄河、大陆之间的地带。

（6）"若化"三句：意思是说，霍山和汾、浍二河经过长期不断地变迁移动，彼此钩连、缠绕、融合，之后渐渐形成大平原。 婴：缠绕。 蝉联：连绵不断。

（7）若卵就压：像鸡蛋承受重压。

（8）振振业业：战战兢兢的样子。

（9）觊关蹀户：踩着自家门坎向关外偷看。蹀，踩踏。

（10）按衍：地势低洼，这里相对"高壮"而言，指平原。

（11）平：原，平地。 盈：丰盈，肥满。 旋：盘旋。 缘：边，这里指平原的周边。 纡徐：委婉曲折，这里指"旋缘"、"纡徐"。 夷延：平整地伸展，这里指"平盈"、"夷延"。

（12）庶：富足。 阜：富强。

（13）"其河"数句：是说虽说黄河发源昆仑山，最后归入大海，但在"晋国"境界，只见滚滚而来，似乎没有源头，只见滚滚而去，似乎没有尽头。 濬：通。 天渊：天然之渊，指大海。

（14）后土：土地神，这里指西北高原的黄土地。

（15）鼋：鳖。 鼍：鳄鱼。 诡怪：奇异怪诞。

(16) 于于：悠然自得。　汩汩：众多繁盛。

(17) 腾倒駃越：转移地方疾奔而去。腾倒，挪地方。駃越，疾奔。

(18) 呀呷欻纳：张口喘息。呀呷，吞吐。欻纳，吮吸。

(19) 摧杂失坠：失魂落魄的样子，谓失去了往日"于于汩汩"的威风。摧杂：摧颓，失意。　失坠：失落。

(20) 撼颔：撼岭岭，震撼山谷。岭，大谷。　嶬：嘎嘎作响。

(21) 转跃：滚动腾跃。

(22) 攉拔：连根拔起。

(23) 轴轳：同"舳舻"，长方形船，这里泛指船只。

(24) 樯橹：桅杆。

(25) 榛榛：草木繁盛，这里指船只众多。　汎汎：水流浩荡，这里指船队浩荡。

(26) 太卤：太原，故址在太原河西旧晋阳城。

(27) 棠谿：地名，在今河南遂平县西北。

(28) 征蓐收：征求蓐收神。蓐收，西方之神，司秋。

(29) 召招摇：召唤招摇星。招摇，北斗第七星，主胡兵。

(30) 肃肃：象声词，鸟飞之声。徒袯，縿袯，毛羽下垂，这里是形容诸神下凡如鸟飞归。

(31) 歧者：刃部分叉的兵器。　劲者：刃部正直、不分叉的兵器。

(32) 如萦：像白色飘带萦绕。

(33) 浩浩弈弈：像海一样的广大盛美。

(34) 荧荧的的：像光一样的闪闪明亮。

(35) 英精：指合仙气而成的镝、镞、鍭等箭器。

(36) 日规：日晷，日影，这里指太阳。

(37) 胶角：制弓用的胶和角。角，骨片。

(38) 七属：制甲时连续缝缀七遍。

(39) 诸华：中原地带的诸侯国。

(40) 詟：恐惧。这里是使动用法。

(41) 拳拘：蜷曲一团。

(42) 免胄：丢弃盔甲。　肉袒：裸露上身。古人请罪自责必肉袒。

(43) 师师甡甡：像人一样的端整繁众。

(44) 溶溶沄沄：像水一样的盛大浩荡。

(45) 辒辒辚辚：像车一样的碰撞作响。

(46) 黔：黑色；这里指赤、玄色深的马群。

(47) 炳：明亮，这里指黄、苍色浅的马群。

(48) 喷震播洒：是说群马嘴里含水，扬首咆哮，声音如雷，喷出之水似从天空播洒下来。

(49) "观其"四句：是说群马好像失意而走散，时而又聚拢在一起，这一开一合之中，变化着万千情状；有愉悦的，像喜鹊似的疾飞；有愤怒的，像人们的搏斗。

(50) 相角：相互角逐。

(51) 剧山：掘刨大山。

(52) 捎众木：拂掠众木。

(53) 搰地：踏地。　跳梁：跳踉，跳跃。

(54) 溲：便尿。　嘘：呼气。

(55) 龂：牙龈，这里指牙齿。

(56) 齕：咬。

(57) 啾啾：象声词，这里指马驹之声。 潗潗：水流声。这里借为马驹之声。

(58) 旅走：成群奔跑。 丛立：结队驻足；指停止奔跑。

(59) 掉手：甩手。 飞縻：抛绳绳如飞。

(60) 指毛命物：指点马的毛色，确定要套取的目标。

(61) 牵以荀息：《传·僖公八年》载：大臣荀息说服晋献公用良马玉璧向虞国借道攻打虢国。晋国灭虢之后又灭虞，夺回良马玉璧，荀息牵马持璧对晋献公说："璧则犹是也，而马齿加长矣。"

(62) 御以王良：《左传·哀公二年》载：晋国同郑国交战后，王良争功说："两靷将绝，吾能止之，我御之上也。"

(63) 轩以栾铖：《左传·成公十六年》载：晋楚鄢陵大战，晋厉公的战车陷入泥淖之中，被栾铖奋力抬了出来。

(64) 佃：打猎。 戎：打仗。

(65) 渖液：汁液。

(66) 欹倾：欹侧，倾斜。

(67) 凌：升高，登上。 巑岏：峻峭的山峰。 杪颠：这里指山的顶部。

(68) 漱：盥漱。 溢濚：水流迂回貌。

(69) 头抗河汉：头顶对抗银河。

(70) 刃披虹霓：斧刃劈裂霓虹。披，分开。

(71) 丁丁登登：伐木声。

(72) 硁硁稜稜：撞击声。

（73）"若兵车"句：像兵车登山的声音。　乘凌：同义词并列，登、升。

（74）溃溃：大水破堤声。　㶁㶁：㶁泙，水流冲击声。

（75）汹汹：水流汹涌声。　薨薨：訇訇，水石相击声。

（76）螭：传说中的独角龙。

（77）奔触：乱跑乱撞。　瞥栗：恐惧颤抖。

（78）断度：度断，即按一定尺寸截断。　收罗：收放。

（79）捎危颠：砍掉树木的尖端。捎，砍削。

（80）芟繁柯：芟除繁多的无用的枝柯。

（81）"抵曲"二句：是说元木顺流而下，抵达河道弯曲狭窄之处，受阻而聚集，好似鱼群一个挨一个，缓缓而下；漂浮到其他河流与黄河交汇的地方，一下分散开来，发出的声音如同雷鸣一般。

（82）"前者"三句：是说前面的元木急速地越过去，后面的元木又一次阻塞，缓缓下行至龙门瀑布处。　汩越：急速越过。　迫隘：狭窄而阻塞。

（83）波涛之旋：飞旋起来的波涛。

（84）滔山：大水弥漫山谷。　触天：冲击天空。

（85）渟：水停止不流。　平：平定，安定。

（86）昂屹：高涨，奋昂。　涌溢：向上涌动。

（87）挺拔而出：笔直地拔出水面。

（88）涣然：散解，此指"林立"之形散解。　自挠：自我倒伏。挠，弯曲、屈服，这里犹言"倒伏"。

（89）指顾：手指目视。

（90）丛台：战国赵武灵王所建，在河北邯郸城中。　阿房：秦始皇三十五年（前212）建，遗址在陕西西安市三桥镇。

(91) 长乐、未央：汉代宫殿，遗址在陕西西安市。

(92) 建章、昭阳：汉代宫殿，遗址在陕西西安市。

(93) "千里"四句：是说准备好千里良马，套好双套马车，然后遵照皇帝的命令，飞矢般地奔到渡口纵情观渔。 千里雷驰：指良马。

重马轻车：指双套马的车。 矢：箭；作动词，"飞矢"的意思；形容重马轻车的奔驰。

(94) 罟：网。

(95) 修网：长网。

(96) 织纴：交错放置。

(97) 轩昂：高昂，有气势。

(98) 仡仡：高大。

(99) 商颜：山名，在陕西大荔县北。

(100) 吭：喉咙。

(101) 毒螭：恶螭。

(102) 冯夷：河神，姓冯名夷。

(103) 搜搅：搜寻搅乱。 流离：流散。

(104) 掬缩："掬"式的收缩，犹言折扇形的收缩。掬，手捧貌。

推移：推进；这里指驱鱼向网围推进。

(105) 梁会：即会梁，撞见河堤，意谓侧有堤岸拦截逃路。梁，河堤。 会，会合，会见。 网麜：即麜网，迫近鱼网，意谓前有鱼网拦截逃路。麜，接近，迫近。

(106) 掉躄拥踊：放弃跛脚的，围追踊跃的。掉，抛弃，掉落。躄，bì，跛：这里指游不动的鱼，亦即小鱼。拥，围裹，阻止。踊，跳跃。

(107) 披：披披，飘动貌。

(108) 乘化：适应大自然的变化。　会神：魂灵谋通神祇。

(109) 涟沦：微波，这里泛指波浪。

(110) 摛：铺展。

(111) 腾：乘，骑。　上逸：向上游逃走。

(112) 生电雷：生发雷霆闪电。这里喻"上逸"得疾速，如打雷闪电。　龙门：这里指水族世界。

(113) 顿踏：顿足踏地；射箭的习惯动作，也是用来形容时间的短暂。

(114) 脱角裂翼：如同兽类折角、鸟类断翼。意谓伤势严重，失却搏生的本事，只有束手就擒。

(115) 脔切：切成块状的鱼肉。

(116) 莫保龙籍：没有保住在龙门的名籍。龙籍，龙门即水族世界的名册。

(117) 具：都、全，通"俱"。　糅：混杂，调合。

(118) 沮散：坏散。沮，败毁。

(119) 琐屑：细小。　蔑裂：余末。

(120) 纮目：网眼儿。纮，hóng，网。

(121) 三河：汉以河内、河南、河东三郡为三河，即今河南洛阳市黄河南北一带。

(122) 餍饫：饱。

(123) 腥膏焉卤：用生鱼肥田。腥，生肉。膏，滋润。

(124) 脍炙：佳肴，这里指用鱼所做的。脍，细切的鱼、肉。炙，烤肉。

(125) 猗氏：县名，汉置猗氏县，因猗顿故居而名。猗顿为春秋鲁人，因经营盐业而发家暴富。

(126) 化：造化，大自然所成就的结果、状态。

(127) 轮囷：屈曲的样子。

(128) 敞：宽阔。 匀匀：均匀舒展。

(129) 涣：涣涣，水流盛大的样子。 鳞鳞：波光明亮。

(130) 逦弥：逦迤，曲折绵延。 纷属：纷纭连结。

(131) 酾流：分流；这里指分别流向流入“交错轮囷”的“沟”、“畦”、“畹”，等等。酾，分流，疏导。

(132) 交灌互澍：指“酾流”的盐水在“畦”、“畹”之间越“塍”而“交灌互澍”。澍，灌。

(133) 若枝若股：像人的躯体那样。枝，通“肢”；“肢股”借代“躯体”。

(134) 冒块：覆没土块。块，土块。

(135) 瀴瀛：杳远浩瀚的样子。 霈涉：深广盛大的样子。

(136) 偃然：平伏的样子。 漭然：无边的样子。

(137) 及：达到；这里是“达到什么结果”的意思。

(138) 神液：指含盐的“浩浩之水”。 阴：暗暗地。 漉：渗滤。

(139) 孕灵：孕育生命。 富媪：富饶大地。媪，地神。

(140) 熛结：疾结。 迅诡：迅速而奇异。

(141) 奋偾：猛然破裂。偾，毁坏。

(142) 眩转：眩晕。 的皪：明亮闪光的样子。

（143）印累：如累积的印。印，图章，这里指纯洁透明的玉质之印。

（144）珠剖：如剖割成的玉珠。

（145）熠煜：光耀炽盛貌。

（146）裒敛：收聚。

（147）皓皓：洁白的样子。 悬圃：传说中神仙居住的昆仑山顶，高可与天通。

（148）太白：即终南山，今陕西周至县南。 淋漓：深长广远的样子。

（149）六气：阴、阳、风、雨、晦、明；谓"六气"是盐的成因。用：功用。

（150）和钧：调和。钧，均，调节。 兵食：军队的食用；谓食中有盐用。

（151）赉：赏赐，赠送。

（152）济：有益，有利。

（153）疾：痛苦。 赋力：赋税和劳役。

（154）文公：晋文公，名重耳，春秋五霸之一。

（155）低昂：低头弯腰和抬头直腰，指赠送接受礼品时的礼节。

（156）春秋之事：本指春秋两季诸侯朝见天子，这里指朝见侯伯即霸主。

（157）五筵：五张筵席。筵席，宴饮时陈设的座位。古人习俗，席地而坐。

（158）九几：九张小桌子。古人设几于座侧，以便凭倚。

（159）禽：飞鸟。 牢：三牲，即牛、羊、猪。 饩馈：赠送。

(160) 交错：杂陈。　文质：带纹的和不带纹的。

(161) 飨：宴饮。　嘉乐：钟鼓之乐。嘉乐是古时享宴正礼。

(162) 牺象：指酒器。

(163) 六卿：指春秋晋国的范、中行、智、赵、魏、韩六氏大臣。

(164) 丁宁：行军用的铜钲，形状似钟而较小。

(165) 旆之则畏：旆：军旗上的飘带；系之则兵用，解之则兵罢。

(166) 更：交替。　都：都城；这里为动词，"建都"的意思。

(167) 师锡：这里指大家提意见。师，众人。锡，赐言。　佥曰：这里指大家都讲话。佥，都。　畴咨：这里指征询意见。畴，谁。咨，语气词。后世"畴咨"用作"访问"、"访求"之意。

(168) 无为：儒家主张德政感化，不施以刑治。　不言：道家主张顺应自然，不求有所作为。　垂衣裳：垂衣无为。

(169) 蔑有：无有。　加：增加，加于其上。

(170) 易易：极其容易。

起废答

柳先生既会州刺史即治事，还，游于愚溪之上⁽¹⁾。溪上聚黧老、壮齿十有一人，谡足以进，列植以庆。卒事，相顾加进而言曰："今兹是州，起废者二焉，先生其闻而知之欤⁽²⁾？"

答曰:"谁也?"

曰:"东祠甓浮图,中厩病颡之驹[3]。"

曰:"若是何哉?"

曰:"凡为浮图道者,都邑之会必有师。师善为律,以敕戒始学者与女释者[4]。甚尊严,且优游[5]。甓浮图有师道,少而病甓,日愈以剧[6]。居东祠十年,扶服舆曳,未尝及人,侧匿愧恐殊甚。今年他有师道者悉以故去,始学者与女释者伥伥无所师,遂相与出甓浮图以为师[7]。盥濯之,扶持之;壮者执舆,幼者前驱。被以其衣,导以其旗。怵惕疾视,引且翼之[8]。甓浮图不得已,凡师数百生。日馈饮食,时献巾帨,洋洋也。举莫敢逾其制。中厩病颡之驹,颡之病亦且十年。色玄不厖,无异技,碴然大耳[9]。然以其病,不得齿他马。食,斥弃异皁,恒少食[10]。屏立摈辱,挚顿异甚。垂首披耳,悬涎属地[11]。凡

厩之马,无肯为伍。会今刺史以御史中丞来莅吾邦。屏弃群驷,舟以泝江,将至,无以为乘[12]。厩人咸曰:"病颡驹大而不厖,可秣饰焉。他马巴骙庳狭,无可当吾刺史者。于是众牵驹上燥土大庑下,荐之席,縻之丝[13];浴剔蚤虱,刮恶除痍[14];蓥以雕胡,秣以香萁[15];错贝鳞缨,凿金文羁;络以和铃,缨以朱绥[16],或膏其鬣,或劗其胜[17]。御夫尽饰,然后敢持。除道履石,立之水涯,

幢旍前罗，杠盖后随[18]。千夫翼卫，当道上驰。抗首出臆，震奋遨嬉。当是时，若有知也，岂不曰宜乎[19]？"

先生曰："是则然矣，叟将何以教我[20]？"

鳌老进曰："今先生来吾州亦十年。足轶疾风，鼻知膻香；腹溢儒书，口盈宪章；包今统古，进退齐良。然而一废不复，曾不若躄足涎颡之犹有遭也！朽人不识，敢以其惑愿质之先生[21]。"

先生笑且答曰："叟过矣！彼之病，病乎足与颡也。吾之病，病乎德也[22]！又彼之遭，遭其无耳。今朝廷洎四方，豪杰林立，谋猷川行[23]。群谈角智，列坐争英。披华发辉，挥喝雷霆[24]。老者育德，少者驰声。卯角羁贯，排厕鳞征[25]。一位暂缺，百事交并。骈倚悬足，曾不得逞。不若是州之乏释师大马也。而吾以德病伏焉，岂躄足涎颡之可望哉[26]？叟之言过昭昭矣，无重吾罪[27]！"

于是，鳌老、壮齿相视以喜，且吁曰："谕之矣[28]！"拱揖而旋，为先生病焉[29]。

【注释】

(1)"柳先生"二句：柳先生参加了新任刺史到职仪式之后，回来时，在愚溪边上散步。　会：参加。　即治事：就任仪式。　愚溪：在湖南零陵县城郊，原名冉溪，柳宗元改称愚溪。

(2)"卒事"数句：然后，互相看了看，又上前几步，说："现在我们州里有两个废物被起用，先生大概听说了吧？"　卒事：事后。加进：更上前几步。

(3)"东祠"二句：一个是城东寺庙里的跛足和尚，一个是官府马棚里的烂脑壳马。　祠：寺庙。

　　躄：瘸腿。　中厩：官府马棚。
病颡：烂脑壳。颡，脑门子。

　　（4）"师善"句：这些大师精
通戒律，用以训诫新出家的和尚
尼姑。　都邑之会：大城镇。
敕：告诫。　女释者：尼姑。

　　（5）优游：优闲自得。

　　（6）"躄浮图"二句：跛脚和
尚有当大师的本事，从小腿就瘸
了，后来一天比一天严重。

　　（7）"今年"三句：今年，其
他有当大师本事的人都因某种缘

故离开此地，新出家的和尚和尼姑因为没有大师，不知如何做才好，
于是大家一道请出跛脚和尚当大师。　以故：由于某种缘故。　伥伥：
不知怎么办才好的样子。

　　（8）"被以"数句：给他披上大师衣服，打着大师的旗帜在前面导
引。一路上，徒弟们惶恐地注视着，前后簇拥着。　怵惕：恐惧。
翼：两旁护卫着。

　　（9）"中厩"数句：官府马棚里的烂脑壳马生病也将有十年了。它
一身黑色，没有杂毛，没有特殊本事，只是长得高大罢了。　且：将
要。　玄：黑色。厖：杂色。　硿然：阔大的样子。

　　（10）齿：并列。　皁：牲畜的食槽。

　　（11）屏立：独立无偶。　摈辱：被排斥，受侮辱。　挚顿：困

顿。悬涎：垂涎。 属地：与地相接。

(12)"会今"数句：碰上现任刺史以御史中丞的官衔到我们永州任职，他丢下车马，坐船逆江流而来，快到达时，没有马可乘坐了。莅：到。 邦：指州。 群驷：指所有车马。 诉：逆流而上。

(13)庑：古代堂下周围的屋子。 荐：铺设。 縻：系上缰绳。

(14)浴：洗澡。 刷：梳篦。 䁖：修削马蹄子。 鬣：修剪鬃毛。 洟：鼻液。

(15)莝：铡碎的饲料。 雕胡：菰米，可作饲料。 萁：豆茎。

(16)和铃：系在马头上的一对铃。 鞅：马鞍，即套在马脖子上拉车用的"套包子"。朱绥：红绳。

(17)膏其鬣：给烂脑壳马的鬃毛上涂油脂。鬣，兽类颈上的毛。刷其胏：把它的屁股也刮得干干净净。刷，刮。胏，屁股。

(18)"御夫"数句：赶车人把它全部打扮好了，才敢牵去驾车。把道路打扫干净，让马踩着石板走到水边。旌旗罗列在前，杠盖跟随在后。 御夫：赶车人。 除道：清扫道路。 幢旍：旗帜一类的东西。 杠盖：伞一类的东西。

(19)"当是时"句：在这个时候，如果它有知觉的话，难道不要说这一切是应该的吗？

(20)叟：老年男人。 教：教导。

(21)"然而"数句：然而，您一经贬谪就不再起用，还比不上跛脚和尚和烂脑壳马幸运。我们这些无用的人都不明白其中的缘故，冒昧地提出疑问，愿向先生请教。 质：请人解答疑难。

(22)"叟过"数句：老人家错了！他们的病，病在脚和额上。我的病，病在德上。 德：指政治观点，道德品质。

（23）洎：及，到。　猷：计谋。

（24）角：斗。　争英：显示杰出的才能。　披华：指衣着豪华。

（25）"老者"数句：年老的修养德性，年轻的名声远播。年幼的也一排排接踵而来。　丱角：束发两角的样子。　羁贯：古代儿童的发型。　鳞征：鱼贯而行。

（26）以德病伏：因为德不好而被贬谪。伏，贬谪。　望：希望。

（27）昭昭：彰扬的样子。这里指褒奖。

（28）吁：叹息。　谕：明白。

（29）旋：转身而去。　病：同情，惋惜。

天　说

韩愈谓柳子曰(1)："若知天之说乎？吾为子言天之说。今夫人有疾痛、倦辱、饥寒甚者，因仰而呼天曰：'残民者昌，佑民者殃！'又仰而呼天曰：'何为使至此极戾也？'若是者，举不能知天(2)。夫果蓏、饮食既坏，虫生之；人之血气败逆壅底，为痈疡、疣赘、瘘痔，虫生之；木朽而蝎中，草腐而萤飞，是岂不以坏而后出耶(3)？物坏，虫由之生；元气阴阳之坏，人由之生。虫之生而物益坏，食啮之，攻穴之，虫之祸物也滋甚(4)。其有能去之者，有功于物者也；繁而息之者，物之仇也(5)。人之坏元气阴阳也亦滋甚(6)：垦原田，伐山林，凿泉以井饮，窾墓以送死(7)，而又穴为偃溲，筑为墙垣、城郭、台榭、观游，疏为川渎、沟洫、陂池，燧木以燔，革金以熔，陶甄琢磨⁽⁸⁾，悴然使天地万物不得其情。倖倖冲冲，攻、残、败、挠而未尝息，其为祸元气阴阳也，不甚于虫之所为乎⁽⁹⁾？吾意有能残斯人使日薄岁削，祸元气阴阳者滋少，是则有功于天地者也；繁而息之者，天地之仇也⁽¹⁰⁾。今夫人举不能知天，故为是呼且怨也。吾意天闻其呼且怨，则有功者受赏必大矣，其祸焉者受罚亦大矣。子以吾言为何如⁽¹¹⁾？"

柳子曰："子诚有激而为是耶？则信辩且美矣⁽¹²⁾。吾能终其说⁽¹³⁾。彼上而玄者，世谓之天；下而黄者，世谓之地；浑然而中处者，世谓之元气；寒而暑者，世谓之阴阳⁽¹⁴⁾。是虽大，无异果蓏、痈痔、草木也。假而有能去其攻穴者，是物也，其能有报乎？蕃而息之者，其能有怒乎⁽¹⁵⁾？天地，大果蓏也；元气，大痈痔也；阴阳，大草木也；其乌能赏功而罚祸乎？功者自功，祸者自祸，欲望其赏罚者大谬。呼而怨，欲望其哀且仁者，愈大谬矣⁽¹⁶⁾。子而信子之仁义以游其内，生而死尔，乌置存亡得丧于果蓏、痈痔、草木耶⁽¹⁷⁾？"

【注释】

（1）韩愈：字退之，唐河阳（今河南孟县）人。中唐著名文学家，与柳宗元同为古文运动的倡导者。

(2)"今夫人"数句：是说有人在得病痛苦、劳累屈辱、忍饥挨冻严重的时候，就仰起头对天呼喊："残害人民的反而昌盛，保护人民的反而遭殃！"又抬头对天呼喊："你为什么让世道如此极端的背情背理？"这样做的人，全然不知道天。 今夫：提示要发议论。 何为：为什么。 极戾：极端的违背情理。

(3)"木朽"三句：是说木头腐烂了，蝎虫生于其中；枯草腐烂了，萤虫从中飞出。这虫子难道不是因为物体腐败以后才产生的吗？ 蝎中：蝎虫生于其中。蝎，木中蠹虫。 萤：萤火虫。

(4)"虫之生"四句：是说由于虫的寄生，本已败坏的物体就更加败坏了，虫子吃它咬它，在里面钻孔打洞，造成的祸害非常严重。 益坏：更加败坏。 食：吃。 啮：咬。 攻穴：钻进去作穴。穴，虫居小洞。 祸物：祸害物。

(5)"其有能"四句：是说如果有人能把虫除掉，那就是对物体建立功勋的人；使虫繁殖增长的人，就是物体的仇敌。

(6)"人之坏"句：人使元气阴阳的败坏更加严重。

(7)"垦原田"四句：是说开垦原始的土地，砍伐山野林木，挖井饮泉水，掘墓葬死人。 原田：原始的土地。 窾墓：挖掘墓穴。窾，空。

(8)"燧木"三句：是说钻木取火，用火焚烧，改变金属，冶炼熔化，制作陶器，磨刻玉石。 燧木：钻木取火。燧，取火的器具。 燔：焚烧。 革金：改变金属的形状。 陶甄：制作陶器。甄，制陶的转轮。

(9)"悻悻"四句：是说对待天地万物，忿恨激怒，攻伐、摧残、败坏、扰乱,从来没有停止过,祸害元气阴阳的程度,不是比虫的危害更严重吗? 佯佯:忿恨的样子。 冲冲:激怒的样子。

(10)"吾意"数句:是说我认为,谁能伤害这些人,使他们年年有所减少,因而对元气阴阳的祸害也越来越少,这就是对天地建立功勋的人;谁要是使这些人繁殖增加,那就是天地的仇敌了。 日薄岁削:随着岁月的流逝而渐渐减少。

(11)"吾意天"四句:是说我认为,天听到人们的呼叫和埋怨,如果是功勋天地的人,那么受天的奖赏一定很大;如果是祸害天地的人,那么受天的惩罚也一定很大。你认为我的关于天的看法怎么样呢?

(12)"子诚"二句:是说你果真心存激愤才发表了这些议论吗?的确有口才,而且言辞华美。 诚:表示假设,相当"果真"。 有激:心存激愤之情。 信:实在,的确。 辩:善辩,有口才。

(13)终其说:完满关于天的解说。

(14)"彼上"数句:是说那个处在上面的黑色的东西,世上把它叫做天;那个处在下面的黄色的东西,世上把它叫做地;处在天地之间混同一体的东西,世上把它叫做元气;寒与暑的交替变化,世上把它叫做阴阳。 中处:处在天地的中间。

(15)"假而"数句:是说假

如有人除掉了钻孔打洞的虫子，果蓏、痈痔、草木这些东西能够对他有所报答吗？有人使虫子繁殖增长，果蓏、痈痔、草木这些东西能够对他有所愤怒吗？

（16）"呼而"三句：是说那些对天呼叫又埋怨的人们，企盼天哀怜他们，把仁爱施与他们，更是大错特错了。

（17）"子而信"三句：是说你如果信服你的仁义之说，而且游乐其中，生也罢，死也罢，应该始终不渝的呀，现在怎么把个人的生与死、得与失托付给同果蓏、痈痔、草木无本质区别的天呢？　子之仁义：你的仁义之说。　游：畅游。　尔：语气词，相当于"而已"。

捕蛇者说[1]

永州之野产异蛇[2]，黑质而白章。触草木，尽死；以啮人[3]，无御之者[4]。然得而腊之以为饵，可以已大风、挛踠、瘘、疠[5]，去死肌[6]，杀三虫[7]。其始，太医以王命聚之，岁赋其二[8]。募有能捕之者，当其租入[9]。永之人争奔走焉[10]。

有蒋氏者，专其利三世矣。问之，则曰："吾祖死于是，吾父死于是，今吾嗣为之十二年[11]，几死者数矣[12]。"言之，貌若甚戚者[13]。余悲之，且曰："若毒之乎？余将告于莅事者[14]，更若役，复若赋[15]，则何如？"

蒋氏大戚，汪然出涕[16]，曰："君将哀而生之乎？则吾斯役之不幸,未若复吾赋不幸之甚也。向吾不为斯役[17],则久已病矣[18]。自吾氏三世居是乡,积于今六十岁矣,而乡邻之生日蹙[19]。殚其地之出[20],竭其庐之入,号呼而转徙,饥渴而顿踣[21],触风雨,犯寒暑,呼嘘毒疠,往往而死者相藉也[22]。曩与吾祖居者[23],今其室十无一焉;与吾父居者,今其室十无二三焉;与吾居十二年者,今其室十无四五焉。非死而徙尔,而吾以捕蛇独存。悍吏之来吾乡,叫嚣乎东西[24],隳突乎南北[25],哗然而骇者,虽鸡狗不得宁焉。吾恂恂而起[26],视其缶,而吾蛇尚存,则弛然而卧。谨食之[27],时而献焉。退而甘食其土之有,以尽吾齿[28]。盖一岁之犯死者二焉[29],其余则熙熙而乐,岂若吾乡邻之旦旦有是哉!今虽死乎此,比吾乡邻之死则已后矣,又安敢毒耶[30]?"

余闻而愈悲。孔子曰:"苛政猛于虎也[31]。"吾尝疑乎是。今以蒋氏观之,犹信。呜呼!孰知赋敛之毒有甚是蛇者乎!故为之说,以俟夫观人风者得焉[32]。

【注释】

(1) 说:文体的一种,可叙事,可议论。

(2) 永州之野产异蛇:永州的郊外出产一种奇异的蛇。永州,今湖南零陵县。异,奇异,奇特。

(3) 啮人:咬人。啮,咬。

(4) 无御之者:没有能把被蛇咬伤者治愈好的。御,抵御,控制,这里为医治的意思。

(5) 已:止,这里是治疗的意思。　　大风:麻风病。　　挛踠:手脚弯曲病。 瘘：肿脖子病。 疠：恶疮病。

(6) 去死肌：除去坏死的肌肉。

(7) 三虫：寄生在人体内的三种害虫。也有解释为"三尸"的，即道家所说在人体内作祟的三尸神。

(8) 岁赋其二：每年征收两次。赋，征收租税。

(9) 当其租入：顶替他应交的租税。

(10) 争奔走焉：争着抢着去做捕蛇这件事。争，争先恐后的意思。奔走，急急忙忙去做的意思。

(11) 嗣：继承。

(12) 几：几乎，差一点儿。 数：多次。

(13) 貌若甚戚者：面部表情好像很悲痛似的。戚，悲伤，悲痛。

(14) 莅事者：管理政事的官员。莅，临，从上往下的监视。

(15) 更：变更，更改。 赋：田地租税。

(16) 汪然：泪水盈眶的样子。 涕：眼泪。

(17) 向：假使，假如。

(18) 病：困苦。

(19) 乡邻之生日蹙：邻里乡亲的生活一天更比一天困苦。蹙，窘迫，困苦。

(20) 殚：尽，竭尽，全部交出。 出：指田地里出产的产品。

(21) 号呼：大声哭喊。 转徙：辗转迁移，这里指流浪他乡。顿踣：跌倒。

(22) 死者相藉：死人连片，交错垫压。藉，垫。

(23) 曩：以往，从前。

(24) 叫嚣乎东西：从东到西放声吼叫。

(25) 骎突乎南北：从南到北大肆破坏。骎突，冲毁，破坏。

(26) 恂恂：紧张担心的样子。

(27) 谨食之：小心地喂养它。食，饲养。

(28) 以尽吾齿：用来度完我的一生。齿，年龄。

(29) 盖一岁之犯死者二焉：在一年中冒死亡的危险只有两次。犯，触犯，冒犯。二，两次。

(30) 安敢毒耶：哪里敢怨恨呢。安，怎么，哪里。毒，怨恨。

(31) 苛政猛于虎：谓残酷的政令比猛虎还要凶猛。

(32) 以俟夫观人风者得焉：以便等候视察民情的官吏得到它。俟，等待。观，观察，考察。人风，民风，民情。这里因避讳唐太宗李世民之名，改"民"为"人"。

蜡　说(1)

柳子为御史，主祀事，将蜡，进有司以问蜡之说。则曰："合百神于南郊，以为岁报者也(2)。先有事必质于户部，户部之词曰：'旱于某，水于某，虫蝗于某，疠疫于某'，则黜其方守之神，不及以祭。"余尝学《礼》，盖思而得之，则曰："顺成之方，其蜡乃通。"若是古矣。

继而叹曰(3)："神之貌乎？吾不可得而见也；祭之飨乎？吾不可得而知也(4)。是其诞漫惝恍，冥冥焉不可执取者(5)。夫圣人之为心也，必有道而已矣；非于神也，盖于人也⁽⁶⁾。以其诞漫惝恍，冥冥焉不可执取而犹诛削若此，况其貌言动作之块然者乎？是设乎彼而戒乎此者也，其旨大矣⁽⁷⁾。"

或曰："若子之言，则旱乎，水乎，虫蝗乎，疠疫乎，未有黜其吏者，而神黜焉，而曰'盖于人'者，何也⁽⁸⁾？"予曰："若子之云，旱乎，水乎，虫蝗乎，疠疫乎，岂人之为耶？故其黜在神。暴乎，眊乎，沓贪乎，罢弱乎，非神之为也，故其罚在人⁽⁹⁾。今夫在人之道，则吾不知也⁽¹⁰⁾。不明斯之道，而存古之数，其名则存，而教之实则隐。以为非圣人之意，故叹而云也⁽¹¹⁾。"

曰："然则致雨反风，蝗不为灾，虎负子而趋，是非人之为则何以？"余曰："子欲知其以乎？所谓偶然者信矣⁽¹²⁾。必若人之为，则十年九潦、八年七旱者，独何如人哉？其黜之也⁽¹³⁾？苟明乎教之道，虽去古之数可矣；反是，则诞漫之说胜，而名实之事丧，亦足悲乎！"⁽¹⁴⁾

【注释】

(1) 蜡：通"腊"，腊祭，在阴历十二月举行。

(2) "合百神"二句：意思是说，腊祭就是集合各个地方的神，在城南郊外祭祀，用这个方式来报答所带来的一年好收成。 合：集合，集中。 百神：各个地方的神。唐代腊祭，将全国分为一百八十七方，每方都有守护神，届时受祭。 南郊：城南郊外。

(3) 继：紧接着。

(4) "神之貌"四句：守护神长得什么样子？我们不能够看到；祭品，守护神享用了吗？我们不能够知道。 貌：相貌。 飨：通

"享"，鬼神享用祭品。

（5）"是其"二句：是说又看不到又不可知道，这就是虚妄、模糊、幽昏不明，不可捉摸的东西。　诞漫：虚妄不实。　惝恍：模糊不清。　冥冥：幽昏不明。　执取：犹言触摸、捉摸。

（6）"夫圣人"四句：是说圣人当初创设腊祭，必然有他的道理，大概不是真的祭神，而是要教戒人。　为心：用心。指圣人创设腊祭。　道：道理。指创设腊祭的目的。　盖：表示不肯定的语气。

（7）"是设"二句：是说这是设置腊祭以祭神而实际上是要教戒人的方法，用意是很深的。　设：设置。　彼：代腊祭。　戒：教戒。　此：代人。　旨：意图。

（8）"若子之言"数句：是说像你讲的，腊祭是要教戒人，可是，旱灾、水灾、虫灾、瘟疫发生，并没有处罚当地的官吏，那里的守护神却受到处罚，不准享受祭祀，这是为什么呢？

（9）"暴乎"数句：是说至于残暴、昏庸、贪婪、无能，并不是神所为，所以要处罚人。　眊：昏庸。　沓贪：贪婪。沓：贪。　罢弱：懦弱。

（10）"今夫"二句：是说至于如何处罚失职官吏的办法，却是我不知道的。

（11）"以为非"二句：是说现在这种"实隐"的腊祭，我认为并不是圣人的本意，所以才慨叹地说"非于神盖于人"。　以为：认为。　意：本意、意图。

（12）"子欲"二句：是说你想知道它的原因吗？的确就是人们所说的"偶然现象"。　以：原因。　偶然者：偶然发生的。

（13）"必若"数句：是说对于那些现象，如果一定认为是人的所为,那么十年九涝的夏禹、八年七旱的商汤,比起那些人来怎么样?怎么会有十年九涝、八年七旱?也认为是人的所为吗?处罚夏禹、商汤吗? 十年九潦:指夏禹。传说夏禹执政十年有九年闹水灾。 八年七旱:指商汤。传说商汤执政八年有七年闹旱灾。 独:表达反问语气。 何如人:比那些人怎么样?何如,表示比较,怎么样。人,这里指周公、宋均、刘昆。

(14)"反是"四句:是说如果同这相反,保留"古之数",去"教之道",便是种种虚妄不实的讲究得势,名与实相符的腊祭就丧失了。这也太可悲了!

谪龙说

扶风马孺子言(1):年十五六时,在泽州,与群儿戏郊亭上(2)。顷然,有奇女坠地,有光晔然,被缞裘,白纹之里,首步摇之冠。贵游少年骇且悦之,稍狎焉(3)。奇女颣尔怒曰(4):"不可。吾故居钧天帝宫,下上星辰,呼嘘阴阳,薄蓬莱、羞昆仑而不即者。帝以吾心侈大,怒而谪来,七日当复(5)。今吾虽辱尘土中,非若俪也。吾复且害若(6)。"众恐而退。遂入居佛寺讲室焉。及期,进取杯水饮之,嘘成云气,五色翛翛也(7)。因取裘反之,化为白龙,徊翔登天,莫知其所终。亦怪甚矣!

呜呼!非其类而狎其谪不可哉(8)。孺子不妄人也(9),故记其说。

【注释】

(1) 扶风：占郡名，故址当在今陕西省凤翔县等地。

(2) 泽州：唐州名，在今山西沁水县一带。 戏：游戏。 郊亭：城郊的亭子。郊，城外。

(3) "贵游"二句：是说那些出身贵人家游手好闲的少年，见了这个女子又惊又喜，逐渐地向她套近乎。 稍：逐渐。 狎：亲近而不庄重。

(4) 顺尔：敛容、板起面孔的样子。

(5) "帝以"三句：是说天帝认为我心高傲，发怒之下罚我流放到人间，七日之后便可返回天宫。 侈大：高傲自大。 谪：贬斥、流放。

(6) "今吾"三句：是说我今天虽然被辱没在尘世间，并不同你们一类。我返回天宫之后将加害于你们。 俪：相并列。 且：将。

(7) "及期"四句：是说到了七天的期限，奇女进佛堂取来一杯水，喝下去，喷吐而成云气，云气中五色交织。 期：一定时间的期限。 嘘：呼出。 五色：青黄赤白黑。 翛翛：鸟羽交杂貌。

(8) "非其"句：是说不是同她一类的人，却要趁她贬谪倒霉的时候，拉拢套近乎，那是行不通的呵。

(9) 不妄人：不是无知妄为的人。妄，行为不正，胡乱行事。

罴　说

鹿畏貙⁽¹⁾，貙畏虎，虎畏罴。罴之状，被发人立⁽²⁾，绝有力而甚害人焉。

楚之南有猎者⁽³⁾，能吹竹为百兽之音⁽⁴⁾。寂寂持弓、矢、罂、火，而即之山⁽⁵⁾。为鹿鸣以感其类⁽⁶⁾，伺其至⁽⁷⁾，发火而射之。貙闻其鹿也，趋而至，其人恐，因为虎而骇之。貙走而虎至，愈恐，则又为罴，虎亦亡去。罴闻而求其类，至则人也，捽搏挽裂而食之⁽⁸⁾。

今夫不善内而恃外者，未有不为罴之食也。

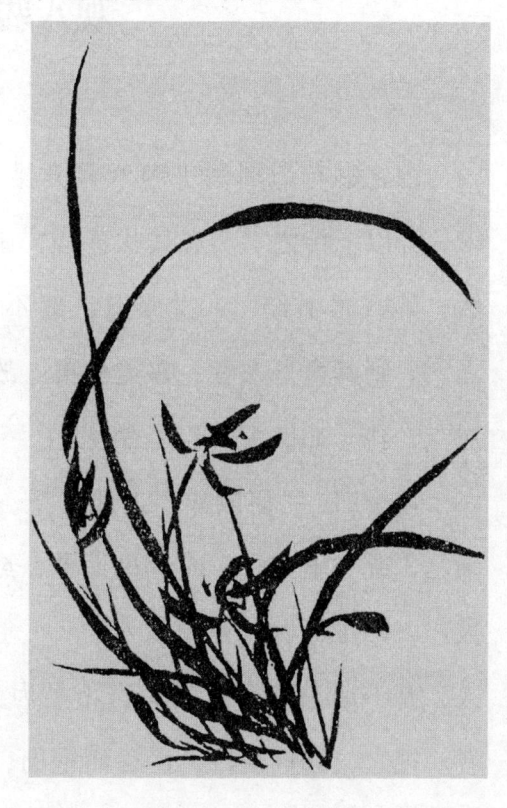

【注释】

（1）貙：兽名，皮毛似狸猫，形体稍大。

（2）被发人立：披散着头上的长毛像人一样的站立。人立，像人似的站立。

（3）楚：周朝诸侯国名，在今长江中下游湖北一带。

(4) 能吹竹为百兽之音：能用管笛吹出各种野兽的叫声。

(5) 即之山：随即到山里去了。即，立即，随即。

(6) 为鹿鸣以感其类：摹仿鹿的叫声来招引它的伙伴。感，感召，招引。类，同类。

(7) 伺：侦候，一边侦察一边等待机会。 其：代词，这里指鹿群。

(8) 捽搏挽裂而食之：黑对猎人揪扭、扑抓、牵拉，撕裂后吃掉了。 捽，揪。搏，扑，抓。挽，牵引，拉。

观八骏图说

古之书有记周穆王驰八骏升昆仑之墟者[1]，后之好事者为之图，宋、齐以下传之[2]。观其状甚怪，咸若骞若翔，若龙凤麒麟，若螳螂然。其书尤不经[3]，世多有，然不足采。世闻其骏也，因以异形求之[4]。则其言圣人者，亦类是矣。故传伏羲曰牛首[5]，女娲曰其形类蛇[6]，孔子如倛头。若是者甚众。

孟子曰："何以异于人哉？尧、舜与人同耳[7]！"今夫马者，驾而乘之，或一里而汗，或十里而汗，或千百里而不汗者。视之，毛物尾鬣[8]，四足而蹄，龁草饮水[9]，一也。推是而至于骏，亦类也。今夫人，有不足为负贩者[10]，有不足为吏者，有不足为士大夫者，有足为者。视之，圆首横目，食谷而饱肉，绤而清[11]，裘而燠，一也。推是而至于圣，亦类也。然则伏羲氏、女娲氏、孔子氏，是亦人而已矣；骅骝、白羲、山子之类，若果有之，是亦马而已矣。又乌得为牛、为蛇、为俱头(12)，为龙、凤、麒麟、螳螂然也哉！

然而，世之慕骏者，不求之马，而必是图之似(13)，故终不能有得于骏也。慕圣人者，不求之人，而必若牛、若蛇、若俱头之问，故终不能有得于圣人也。诚使天下有是图者(14)，举而焚之，则骏马与圣人出矣！

【注释】

（1）周穆王驰八骏：周穆王驾着八匹良马奔驰。周穆王，西周第五代君主，周昭王子，名满。八骏，名目不一，《穆天子传》作赤骥、盗骊、白羲、踰轮、山子、渠黄、华骝、绿耳。《拾遗记》又作绝地、翻羽、奔宵、超影、踰辉、超光、腾雾、挟翼。

（2）宋齐：指南朝时期的宋（420—479）、齐（479—502）两朝。

（3）尤不经：特别不合情理。经，常行的义理。

（4）以异形求之：按照奇特的形貌去设想骏马。

（5）伏羲：传说中的部落酋长，教民捕鱼畜牧，以充庖厨。

（6）女娲：传说中的女帝。古时天崩地裂，女娲炼五色石以补天。

（7）尧舜：唐尧和虞舜，远古部落联盟的领袖，圣明之君。

（8）尾鬣：有尾有鬣。鬣，马颈上的长毛。

（9）龁：咬。

（10）不足为负贩：做不了肩挑卖货的人。足，能。负贩，担货贩卖。

（11）绤而清：穿细葛布衣服就感到凉快。绤，细葛布，此用如动词。清，凉。

（12）乌：怎么，哪里。

（13）是图之似：寻找如《八骏图》所画的那种怪异形貌的马。

（14）诚使天下有是图者：如果让天下有《八骏图》的人。

乞巧文

柳子夜归自外庭[1]，有设祠者[2]，饔饵馨香，蔬果交罗，插竹垂绥[3]，剖瓜犬牙，且拜且祈。怪而问焉。女隶进曰[4]："今兹秋孟七夕[5]，天女之孙将嫔于河鼓。邀而祠者[6]，幸而与之巧[7]，驱去蹇拙[8]，手目开利，组纴缝制，将无滞于心焉[9]。为是祷也。"柳子曰："苟然欤？吾亦有所大拙，傥可因是以求去之[10]。"乃缨弁束纩[11]，促武缩气[12]，旁趋曲折[13]，伛偻将事，再拜稽首称臣而进曰：

下土之臣[14]，窃闻天孙，专巧于天[15]。缪镠璇玑，经纬星辰，能成文章，黼黻帝躬，以临下民。钦圣灵、仰光耀之日久矣！今闻天孙不乐其独，得贞卜于玄龟[16]，将蹈石梁，款天津[17]，俪于神夫，于汉之滨[18]。两旗开张，中星耀芒，灵气欻欹，兹辰之良。幸而弭节，薄游民间，临臣之庭，曲听臣言。

臣有大拙，智所不化，医所不攻，威不能迁，宽不能容[19]。乾坤之量，包含海岳，臣身甚微，无所投足[20]。蚁适于垤，蜗休于壳，龟鼋螺蚌，皆有所伏。臣物之灵⁽²¹⁾，进退唯辱。彷徉为狂，局束为谄，吁吁为诈，坦坦为忝⁽²²⁾。

他人有身，动必得宜。周旋获笑，颠倒逢嘻⁽²³⁾。己所尊昵，人或怒之，变情徇势，射利抵巇⁽²⁴⁾。中心甚憎，为彼所奇，忍仇佯喜，悦誉迁随。胡执臣心，常使不移⁽²⁵⁾？反人是己，曾不惕疑⁽²⁶⁾。贬名绝命，不负所知。

抃嘲似傲，贵者启齿，臣旁震惊，彼且不耻⁽²⁷⁾。叩稽匍匐，言语谲诡，令臣缩恶，彼则大喜。臣若效之，瞋怒丛己⁽²⁸⁾。彼诚大巧，臣拙无比。

王侯之门，狂吠狺犴⁽²⁹⁾。臣到百步，喉喘颠汗，睢盱逆走，魄遁神叛⁽³⁰⁾。欣欣巧夫，徐入纵诞，毛群掉尾，百怒一散。世途昏险，拟步如漆，左低右昂，斗冒冲突⁽³¹⁾。鬼神恐悸，圣智危栗⁽³²⁾。泯焉直透，所至如一⁽³³⁾。是独何工，纵横不恤。非天所假，彼智焉出⁽³⁴⁾？独崮于臣，恒使玷黜⁽³⁵⁾。

沓沓謇謇⁽³⁶⁾，恣口所言，迎知喜恶，默测憎怜，摇唇一发，径中心原。胶加钳夹，誓死无迁⁽³⁷⁾。探心扼胆，踊跃拘牵⁽³⁸⁾。彼虽佯退，胡可得旃！独结臣舌，暗抑衔冤，擘眦流血，一辞莫宣⁽³⁹⁾。胡为赋授，有此奇偏⁽⁴⁰⁾？

眩耀为文，琐碎排偶，抽黄对白，哢吭飞走⁽⁴¹⁾。骈四俪六，锦心绣口⁽⁴²⁾。宫沉羽振，笙簧触手⁽⁴³⁾。观者舞悦，夸谈雷吼⁽⁴⁴⁾。独溺臣心，使甘老丑，嚣昏莽卤，朴钝枯朽。不期一时，以俟悠久⁽⁴⁵⁾。旁罗万金，不鬻弊帚⁽⁴⁶⁾。跪呈豪杰，投弃不有。眉睫颊蹙，喙唾胸欧⁽⁴⁷⁾。大赧而归，填恨低首。

天孙司巧，而穷臣若是，卒不余畀，独何酷欤⁽⁴⁸⁾？敢愿圣灵悔祸，矜臣独艰⁽⁴⁸⁾。付与姿媚，易臣顽颜⁽⁵⁰⁾；凿臣方心，规以大圆；拔去呐舌，纳以工言⁽⁵¹⁾；文词婉软，步武轻便⁽⁵²⁾；齿牙饶美，眉睫增妍；突梯卷脔，为世所贤⁽⁵³⁾。公侯卿士，五属十连⁽⁵⁴⁾，彼独何人，长享终天⁽⁵⁵⁾？

言讫，又再拜稽首俯伏以俟。至夜半，不得命。疲极而睡，见有青袖朱裳，手持绛节而来告曰："天孙告汝：'汝词良苦。凡汝之言，吾所极知。汝择而行，嫉彼不为⁽⁵⁶⁾。汝之所欲，汝自可期⁽⁵⁷⁾。胡不为之，而诳我为？汝唯知耻，诡貌淫词，宁辱不贵，自适其宜⁽⁵⁸⁾。中心已定，胡妄而祈⁽⁵⁹⁾？坚汝之心，密汝所持。得之为大，失不污卑⁽⁶⁰⁾。凡吾所有，不敢汝施⁽⁶¹⁾。'致命而昇，汝慎勿疑。"

呜呼！天之所命，不可中革⁽⁶²⁾。泣拜欣受，初悲后怿⁽⁶³⁾。抱拙终身，以死谁惕！

【注释】

(1) 自：从，这里指路过。

(2) 设祠：陈设祭品求福。

(3) 插竹垂绥：放祭品的桌子两边插着旗杆，旗子的缨縂缚下垂。竹，指旗杆。

(4) 女隶：女仆。

(5) 秋孟：孟秋，即初秋。 七夕：七月七日夜。

(6) 邀而祠者：祭祀邀请织女的人。

(7) 幸：侥幸，碰上好运气。 与之巧：授给祭祀者以灵巧。

(8) 蹇拙：迟钝拙笨。

(9)"手目"三句：是说眼明手巧，编织、缝补的事就会得心应手了。

(10)傥：或者、也许。

(11)缨弁束纴：系好冠带，整好衣服。缨，帽带，这里作动词，系的意思。弁，biàn，古代的一种帽子。束，捆扎，整理。

(12)促武缩气：小步急走，屏住呼吸。武，古时以六尺为步，半步为武。

(13)旁趋曲折：意思是从旁边绕道走过去。

(14)下土：指人间。

(15)专巧：专擅灵巧。

(16)贞卜：占卜。　玄龟：大乌龟。玄，元，大。

(17)石梁：石桥，神话传说中天河上的桥梁。　款天津：渡天河。款，到。天津，星座，九颗，横天河中。

(18)俪：成双对，这里意为团聚。　神夫：指牛郎。　汉：银汉，即天河。　滨：水边。

(19)"臣有"数句：是说我很笨拙，聪明的人不能感化我，高明的医生不能诊治我，惩罚不能改变我，宽厚也不会容忍我。

(20)"乾坤"四句：是说天地的容量，可以包藏高山大海，我的身体非常微小，却没有插足的地方。

(21)物之灵：万物之灵，意为人。

(22)"彷徉"四句：是说我的行为随便一点，有人就认为我是狂妄；我小心谨慎，有人就认为我是谄媚；我长吁短叹，有人就认为我是作假；我安然自在，有人就认为我是不知耻辱。　吁吁：忧愁，长吁短叹的样子。　坦坦：安然自得的样子。

（23）周旋：应酬，打交道。　颠倒：意指言行错乱，以是为非，以非为是。　嘻：赞许之声。

（24）"己所"四句：是说"巧夫"所尊敬、亲近的人，如果有人对他恼恨，就改变旧日的情意去顺从人们恼恨他的情势，为博取名利而投机钻营。　徇势：顺势。　射利：追求名利。　抵巇：钻营。巇，缝隙。

（25）执：固执，坚持。　常使：常用。

（26）"反人"二句：意思是反对别人肯定自己，从不畏惧和动摇。

（27）"抃嘲"四句：是说"巧夫"们拍手戏谑时，实在近于傲慢无礼，显贵们却咧嘴大笑，我在旁边感到惊讶，他们还是不感到可耻。　抃嘲：鼓掌戏谑。　启齿：开口，这里指开口大笑。

（28）"臣若"二句：意思是我如果摹仿他们，他们就会瞪着眼睛，把愤怒都集中到我身上。　嗔怒：瞪眼发怒。　丛己：集中到自己身上。丛，聚集。

（29）王侯：此指有权势的显贵。　狴犴：传说中的猛兽，形似虎，有威力，立守狱门。这里喻王侯门前的看家狗。

（30）"臣到"四句：是说我去"王侯"那里，距离家门还有百步之遥，就气喘吁吁，头顶冒汗，只得睁大双眼，转身跑掉，好像魂飞魄散一般。　喉喘：上气不接下气的样子。　颠：头顶。　睢盱：仰视，这里意为受惊吓的样子。

（31）"世途"四句：是说我感到世间昏暗，道路艰险，就像在漆黑的夜里摸索行走，一脚低，一脚高，东碰西撞，不知所向。　拟步：举足试探着走路。

（32）恐悸：感到恐惧而心跳。　危栗：感到危险而发抖。

（33）"泯焉"二句：是在"巧夫"的面前，这些危险完全消失，无论走到哪里都一样的畅通无阻。 泯：消失。 直透：一直透到底。

（34）"非天"二句：意思是不是天授与的，又是哪里来的呢？

（35）"独嗇"二句：意思是天却偏偏对我这样吝啬，使我经常受到侮辱和打击。 嗇：吝啬。 玷：玷污。 黜：摒弃，排斥。

（36）沓沓：语多的样子。 謇謇：放肆的样子。

（37）"胶加"二句：意思是"巧夫"与上司的关系，就像用胶黏合在一起，用钳子夹住一般，到死也不会改变。

（38）"探心"二句：意思是"巧夫"揣摸上司的心理，把握上司的脾气，一举一动都勾结在一起。

（39）"独结"四句：是说唯独我有舌头却不会说话，含冤难诉，即使气得眼睛要流血，还是一句话也说不出来。 喑抑：无言地受压抑。 擘眦：眼眶破裂，形容气愤已极的样子。

（40）"胡为"二句：意思是为什么赋予人的巧拙，有这样大的偏差呢？ 赋授：此指赋"巧"与授"拙"。

（41）"眩耀"四句：是说"巧夫"写文章的目的在于眩耀，文辞琐碎，讲究排比对偶，以黄色对白色，以鸟鸣配兽吼。 唫哮：鸟叫声。 飞走：飞禽走兽。

（42）"骈四"二句：意思是文章以四言六言句排比成文，从里到外，一味追求形式上的华美。 骈、俪：都是成双成对的意思。

（43）"宫沉"二句：意思是文章的声调抑扬顿挫，如同演奏乐器。

（44）"观者"二句：意思是那些阅读文章的人高兴得手舞足蹈，夸奖之声如同雷吼。

（45）期：求。 俟：等待。

（46）旁：旁边。　罗：陈放。　不鬻：不卖。　弊帚：坏破之帚。此喻自己的文章，以示谦虚。

（47）"眉睫"二句：意思是那些权贵皱眉蹙额，感到恶心作呕。哕唾：吐口水。哕，嘴。

（48）"天孙"四句：是说你织女星专司赐与人们灵巧，而我不敏，困苦到这种地步，始终不把灵巧赐与我，为什么独独对我这样残酷？司：主管。　畀：给与。

（49）"敢愿"二句：意思是我大胆地请求你悔改已经造成的祸害，怜悯我的艰难处境。　圣灵：此指织女星。

（50）"付与"二句：意思是请你授与我媚人的姿态，改变我顽劣的容貌。

（51）"拔去"二句：意思是拔掉我的不会顺情说话的舌头，以使我善于花言巧语。　呐舌：木讷之舌。呐，通"讷"，言语迟钝。　工言：意为精于说话的巧舌。

（52）"文词"二句：意思是使我的文章变得委婉柔软，脚步变得轻便。

（53）"突梯"二句：意思是使我能随波逐流，委曲求全，去取得世人的称赞。　突梯：圆滑，随俗沉浮。　卷脔：拳缩，不舒展。

（54）五属十连：五侯之长叫属长，十侯之长叫连帅；此指于地方掌权的大官僚。

（55）长享：长久不衰地享受。　终天：终结于天年。天，天年，即自然赋予的寿命。

（56）"汝择"二句：意思是你的行为是有选择的，你所厌恶的行为，你不愿去干。

（57）"汝之"二句：意思是你所追求的，你一定都能实现。

（58）"汝唯"四句：是说你最知羞耻，对那种谄媚取宠的样子和不合正道的言词，宁愿受到侮辱，也不抬举它，而做着自己认为应该做的事。

（59）"中心"二句：意思是你在内心已经下定决心，为什么还要胡乱地乞求灵巧呢？

（60）"得之"二句：是说实现了你的理想，固然是了不起的，不能实现，也不为卑贱。

（61）"凡吾"二句：是说凡是我所有的智慧、灵巧，不敢向你传授。

（62）"天之"二句：意思是天赋予人的品性是不能中途改变的。

（63）"泣拜"二句：意思是我含泪下拜，欣然听取织女星的指教，开初感到很悲苦，后来又心悦诚服。

欧阳修卷

伐树记

署之东园,久茀不治⁽¹⁾。修至始辟之,粪瘠溉枯⁽²⁾,为蔬圃十数畦,又植花果桐竹凡百本⁽³⁾。春阳既浮,萌者将动。园之守⁽⁴⁾启曰:"园有樗焉⁽⁵⁾,其根壮而叶大。根壮则梗地脉,耗阳气,而新植者不得滋;叶大则阴翳蒙碍⁽⁶⁾,而新植者不得畅以茂。又其材拳曲臃肿,疏轻而不坚⁽⁷⁾,不足养,是宜伐⁽⁸⁾。"因尽薪之⁽⁸⁾。明日,圃之守又曰:"圃之南有杏焉,凡其根庇之广可六七尺,其下之地最壤腴⁽¹⁰⁾。以杏故,特不得蔬⁽¹¹⁾,是亦宜薪⁽¹²⁾。"修曰:"噫,今杏方春且华,将待其实⁽¹³⁾,若独不能损数畦之广为杏地耶⁽¹⁴⁾?"因勿伐。

既而悟且叹曰:"吁!庄周之说曰:樗、栎以不材终其天年,桂、漆以有用而见伤夭。今樗诚不材矣,然一旦悉剪弃⁽¹⁵⁾;杏之体最坚密美泽可用，反见存⁽¹⁶⁾。岂才不才各遭其时之可否耶？"

他日，客有过⁽¹⁷⁾修者。仆夫曳薪过堂下⁽¹⁸⁾，因指而语客以所疑⁽¹⁹⁾。客曰："是何怪耶？夫以无用处无用，庄周之贵也。以无用而贼有用，乌能免哉⁽²⁰⁾？彼杏之有华实也，以有生之具而庇其根，幸矣⁽²¹⁾！若桂、漆之不能逃乎斤斧者⁽²²⁾，盖有利之者在死，势不得以生也⁽²³⁾。与乎杏实异矣。今樗之臃肿不材，而以壮大害物，其见伐诚宜尔⁽²⁴⁾。与夫才者死不才者生之说，又异矣。凡物幸之与不幸，视其处之而已。"客既去，修善其言而记之。

【注释】

(1) 久莦不治：杂草丛生，很久没有清除。

(2) 粪瘠溉枯：在贫瘠土地上施肥，在干涸土地上灌溉。

(3) 蔬圃：菜园。 畦：菜园中分成的小块田地。

(4) 园之守：管理菜园的人。

(5) 樗：落叶乔木，即臭椿。

(6) 叶大则阴翳蒙碍：叶大就遮蔽阳光，阻碍雨露。

(7) 疏轻而不坚：木质疏散体轻，不坚实。

(8) 不足养：不值得养植。

(9) 薪之：把它砍伐掉作薪柴。

(10) 壤腴：土地肥沃。

(11) 以杏故，特不得蔬：因为有杏树的原因，唯独不能种蔬菜。

(12) 是亦宜薪：它（杏）也应该砍掉作薪柴。

(13) 华：同"花"。 实：果实。

（14）"若独"句：你难道不能减少几畦菜地而为杏树生长之地吗？

（15）悉剪弃：（不成材的）全部砍掉。

（16）反见存：被动句，（有才的）反而被保存了。 见：表被动，被。

（17）过：指访问。

（18）仆夫曳薪过堂下：仆人拖着烧柴从堂下经过。

（19）以所疑：把所疑惑的对客人说了。

（20）贼：侵害。 乌：疑问代词，怎么。

（21）"彼杏"三句：这杏树能开花结果，是用它的本身所具有的生存条件保护了它的本根，因而保留下来，真是万幸啊。

（22）斤斧：伐木的斧头，指此用斧头砍伐。

（23）"盖有"句：大概是有人砍伐它获利，形势使它们不能生存啊。

（24）其见伐诚宜尔：它们被砍伐实在应该。

戕竹记

洛最多竹，樊圃棋错⁽¹⁾。包箨树笋之赢，岁尚十数万缗，坐安侯利，宁肯为渭川下。然其治水庸，任土物，简历芟养，率须谨严⁽²⁾。家必有小斋闲馆在亏蔽间，宾欲赏，辄腰舆以入，不问辟疆，恬无怪让也⁽³⁾。以是名其俗，为好事。

壬申之秋，人吏率持镰斧，亡公私谁何，且戕且桴，不竭不止[4]。守都出令：有敢隐一毫为私，不与公上急病，服王官为慢，齿王民为悖。如是累日，地榛园秃，下亡有啬色少见于颜间者，由是知其民之急上[5]。

噫，古者伐山林，纳材苇，惟是地物之美，必登王府，以经于用。不供谓之畔废，不时谓之暴殄。今土宇广斥，赋入委叠；上益笃俭，非有广居盛囿之侈。县官材用，顾不衍溢朽蠹，而一有非常，敛取无艺。意者营饰像庙过差乎[6]！书不云："不作无益害有益"。又云："君子节用而爱人。"天子有司所当朝夕谋虑，守官与道，不可忽也[7]。推类而广之，则竹事犹末[8]。

【注释】

（1）樊圃：竹园。　棋错：像棋子一样错落分布。

（2）"然其治水庸"四句：然而，竹园的管理、灌溉、施肥、选修、培养，都必须谨慎从事。

（3）亏蔽间：指竹林深处空旷地。　辟疆：此处引申为区域的所有者，即竹园主人。　让：责难。

（4）"壬申之秋"五句：壬申年秋天，官吏率人手持镰刀斧头，不管竹林是公家的私人的，一律砍伐，不砍光不罢休。

（5）"如是累日"四句：像这样过些天，砍伐得园林荒芜，百姓却没有表露出一点吝惜之情，从这件事可以知道百姓是如何急朝廷之所急了。

（6）"意者"句：这次征用建筑材料的目的，无非是修复宫殿，然而征收之多超过规定。

(7)"守官与道"：此处即为既要守官又应守道，要求当政者两者兼顾。

(8)竹事犹末：滥伐竹林还不过是小事。

非非堂记

权衡之平物[1]，动则轻重差，其于静也，锱铢不失[2]。水之鉴物，动则不能有睹，其于静也，毫发可辨[3]。在乎人，耳司听，目司视，动则乱于聪明，其于静也，闻见必审。处身者不为外物眩晃而动，则其心静，心静则智识明，是是非非，无所施而不中[4]。夫是是近乎谄，非非近乎讪，不幸而过，宁讪无谄[5]。是者，君子之常，是之何加[6]。一以观之，未若非非之为正也[7]。

予居洛之明年，既新厅事，有文纪于壁末。营其西偏作堂，户北向，植丛竹，辟户于其南，纳日月之光。设一几一榻[8]，架书数百卷，朝夕居其中。以其静也，闭目澄心[9]，览今照古，思虑无所不至焉。故其堂以非非为名云。

【注释】

(1) 权衡：即天平。

（2）锱铢：古代重量单位，一两等于四锱，等于二十四铢。

（3）鉴：照，反映。

（4）外物：指名利、物欲。

智识明：智慧见解都明达。施：做事，处理问题。

（5）谄：阿谀逢迎。讪：讥讽，诽谤。过：错误、失误。

（6）"是者"三句：意谓做事正确，为君子的正常表现，肯定它不会给君子带来光荣。

（7）"一以观之"二句：总起来看，不如否定错误更正当。一：总括。

（8）榻：床。

（9）澄心：使心澄澈无杂念。

养鱼记

折檐之前有隙地⁽¹⁾，方四五丈，直对非非堂。修竹环绕荫映，未尝植物。因洼以为池⁽²⁾，不方不圆，任其地形；不甃不筑⁽³⁾，全其自然。纵锸以浚之,汲井以盈之。湛乎汪洋,晶乎清明[4]。微风而波,无波而平。若星若月,精彩下入[5]。予偃息其上,潜形于毫芒[6],循漪沿岸,渺然有江湖千里之想[7]。斯足以舒忧隘而娱穷独也[8]。

乃求渔者之罟,市数十鱼[9],童子养之乎其中。童子以为斗斛之水不能广其容,盖活其小者而弃其大者。怪而问之,且以是对。嗟乎,其童子无乃嚚昏而无识矣乎[10]?予观巨鱼枯涸在旁[11],不得其所,而群小鱼游戏乎浅狭之间,有若自足焉[12]。感之而作《养鱼记》。

【注释】

(1) 折檐:指屋檐下的弯曲走廊。

(2) 因洿以为池:就着原来的洼地挖了个池塘。

(3) 不甃不筑:没用砖砌,也没筑堤岸。

(4) "湛乎汪洋"二句:池水清澈而汪洋,光亮而透明。

(5) "若星"二句:夜间星星、月亮好像进入池中,光彩鲜明。

(6) "予偃"二句:我休息在池边,我的形体状貌纤毫都影照在池中。

(7) "循漪"二句:沿着池岸散步,仿佛漫游在浩荡的江湖

之间。

（8）忧隘：忧郁不畅之感。　穷独：困乏孤独。

（9）"乃求"二句：于是就请求渔民撒网打鱼，向他买了几十条活鱼。

（10）"其童子"句：这个小童岂不是愚蠢胡涂而无知吗！

（11）枯涸：干枯无水。

（12）有若自足焉：好像很得意的样子。

李秀才东园亭记

修友李公佐有亭⁽¹⁾，在其居之东园。今年春，以书抵洛，命修志之⁽²⁾。

李氏世家随。随，春秋时称汉东大国，鲁桓之后，楚始盛，随近之，常与为斗国相胜败。然怪其山川土地⁽³⁾，既无高深壮厚之势，封域之广，与郧、蓼相介⁽⁴⁾，才一二百里；非有古强诸侯制度，而为大国何也？其春秋世，未尝通中国盟会朝聘，僖二十年，方见于经，以伐见书。哀之元年，始约列诸侯，一会而罢，其后乃希见。僻居荆夷，盖于蒲骚、郧、蓼小国之间，特大而已⁽⁵⁾。故于今，虽名藩镇，而实下州。山泽之产无美材，土地之贡无上物，朝廷达官大人，自闽陬岭徼出而显者⁽⁶⁾，往往皆是，而随近在天子千里内，几百年间，未出一士，岂非庳贫薄陋自古然也⁽⁷⁾。

予少以江南就食居之，能道其风土，地既瘠枯，民给生不舒愉，虽丰年，大族厚聚之家，未尝有树林池沼之乐，以为岁时休暇之嬉。独城南李氏为著姓，家多藏书，训子孙以学。予为童子，与李氏诸儿戏其家，见李氏方治东园(8)，往求美草，一一手植，周视封树(9)，日日去来园间甚勤。李氏寿终，公佐嗣家，又构亭其间，益修先人之所为。予亦壮，不复至其家。已而去客汉沔，游京师，久而乃归(10)。复行城南，公佐引予登亭上，周寻童子时所见，则树之蘖者抱，昔之抱者梃，草之茁者丛，荄之甲者今果矣。问其游儿，则有子如予童子之岁矣(11)。相与逆数昔时，则于今七闰矣，然忽忽如前日事，因叹嗟徘徊不能去。噫，予方仕宦奔走，不知再至城南登此亭复几闰？幸而再至，则东园之物又几变也！计亭之梁木其蠹，瓦甓其溜，石物其泐乎(12)？随虽陋，非予乡，然予之长也，岂能忘情于随哉？

公佐好学有行，乡里推之，与予友善。

明道二年十月十二日也。

【注释】

(1) 李公佐：李尧辅之子。

(2) "今年春"句：今年春天，（李公佐）捎信到洛阳，叫我为亭写一篇记文。

(3) 怪：以其山川土地为怪，即指没有好的山川形势。

(4) 郧：在今湖北安陆。　蓼：在今河南唐河。　与郧、蓼相介：在郧、蓼二国之间。郧、蓼均为小诸侯国。

(5) "僻居荆夷"句：偏僻住居荆夷之地，对于蒲骚、郧、蓼等小国来说算是大国而已。

（6）闽陬岭徼：泛指福建、广东一带的边鄙地区。

（7）"岂非庳贫"句：难道不是它低下贫瘠，自古就是这样啊！

（8）治：修建。

（9）周视封树：环视其四周已为墓地。

（10）"已而去客"句：不久又到汉阳作客，来到京城，历久才回到洛阳。

（11）子：指小孩。

（12）"计亭之梁木"句：计算着那时东园亭上的梁木会朽烂，砖瓦会剥蚀不堪，石块会风化？

游儵亭记(1)

禹之所治大水七(2)，岷山导江，其一也。江出荆州，合沅、湘(3)，合汉、沔，以输之海，其为汪洋诞漫，蛟龙水物之所凭(4)，风涛晦冥之变怪，壮哉，是为勇者之观也。

吾兄晦叔为人慷慨(5)，喜义勇而有大志，能读前史，识其盛衰之迹，听其言，豁如也。困于位卑，无所用以老(6)，然其胸中亦已壮矣。夫壮者之乐，非登崇高之丘，临万里之流，不足以为适。今吾兄家荆州，临大江，舍汪洋诞漫壮哉勇者之所观，而方规地为池(7)，方不数丈，治亭其上，反以为乐，何哉？盖其击壶而歌，解衣而饮，陶乎不以汪洋为大，不以方丈为局，则其心岂不浩然哉！夫视富贵而不动，处卑困而浩然其心者，真勇者也。然则水波之涟漪、游鱼之上下，其为适也，与夫庄周所谓惠施游于濠梁之乐，何以异⁽⁸⁾？乌用蛟鱼变怪之为壮哉！故名其亭曰："游鯈亭"。

景祐五年四月二日舟中记。

【注释】

（1）游鯈亭：亭名。

（2）禹之所治大水七：据传说夏禹主要根治了七条大河，即弱水、黑水、河、漾、江、沈、淮。

（3）沅：指沅水； 湘：即湘水。

（4）其为汪洋句：它的水势浩大，乃是蛟龙等动物的凭借。

（5）吾兄晦叔：指其兄长欧阳昺。

（6）困於位卑句：因地位卑下而窘困，无所用于世而年老。

（7）规地为池句：量地凿池、方圆不过数丈，在上面修造亭台，反而以为快乐，为什么呢？

（8）然则水波之涟漪句：然而水波荡漾，鱼儿上下游动，它们自得其乐，这与庄周对惠施说的濠梁下游鱼之乐又有什么不同呢？

洛阳牡丹记

花品序第一

牡丹，出丹州、延州，东出青州，南亦出越州，而出洛阳者，今为天下第一。洛阳所谓丹州花、延州红、青州红者，皆彼土之尤杰者，然来洛阳，才得备众花之一种，列第不出三已下，不能独立与洛花敌[1]。而越之花以远罕识，不见齿，然虽越人，亦不敢自誉以与洛阳争高下[2]。是洛阳者，果天下之第一也。

洛阳亦有黄芍药、绯桃、瑞莲、千叶红、红郁李之类，皆不减他出者，而洛阳人不甚惜，谓之果子花，曰某花、某花。至牡丹，则不名，直曰花。其意谓天下真花独牡丹，其名之著，不假曰牡丹而可知也。其爱重之如此。

说者多言洛阳于三河间，古善地。昔周公以尺寸考日出没，测知寒暑风雨乖与顺于此。此盖天地之中，草木之华，得中气之和者多，故独与他方异。予甚以为不然。

夫洛阳于周所有之土，四方入贡，道理均，乃九州之中；在天地昆仑旁薄之间，未必中也。又况天地之和气，宜遍被四方上下，不宜限其中以自私[3]。夫中与和者，有常之气，其推于物也，亦宜为有常之形[4]。物之常者，不甚美亦不甚恶。及元气之病也，美恶隔并而不相和入，故物有极美与极恶者，皆得于气之偏也。花之钟其美，与夫瘿木臃肿之钟其恶，丑好虽异，而得分气之偏病则均。洛阳城圆数十里，而诸县之花莫及城中者，出其境则不可植焉，岂又偏气之美者独聚此数十里之地乎？此又天地之大，不可考也已。凡物不常有而为害乎人者曰灾，不常有而徒可怪骇不为害者曰妖。语曰："天反时为害，地反物为妖。"此亦草木之妖而万物之一怪也。然比夫瘿木臃肿者，窃独钟其美而见幸于人焉。

余在洛阳，四见春。天圣九年三月始至洛，其至也晚，见其晚者。明年，会与友人梅圣俞游嵩山少室、缑氏岭、石唐山、紫云洞，既还，不及见。又明年。有悼亡之戚，不暇见。又明年，以留守推官岁满解去，只见其蚤者。是未尝见其极盛时。然目之所瞩，已不胜其丽焉。

余居府中时，尝谒钱思公于双桂楼下[5]，见一小屏立坐后，细书字满其上。思公指之曰："欲作花品，此是牡丹花，凡九十余种。"余时不暇读之，然余所经见而今人多称者才三十余种，不知思公何从而得之多也。计其余，虽有名而不著，未必佳也。故今所录，但取其特著者而次第之：

姚黄　魏花　细叶寿安　鞓红（亦曰青州红）　牛家黄　潜溪绯　左花　献来红　叶底紫　鹤翎红　添色红　倒晕檀心　朱砂红　九蕊真珠　延州红　多叶紫　粗叶寿安　丹州红　莲花萼　一百五　鹿胎花　甘草黄　一㪿红　玉板白

花释名第二

牡丹之名，或以氏，或以州，或以地，或以色，或旌其所异者而志之⁽⁶⁾。姚黄、牛黄、左花、魏花以姓著，青州、丹州、延州红以州著，细叶、粗叶寿安、潜溪绯以地著，一擫红、鹤翎红、朱砂红、玉板白、多叶紫、甘草黄以色著，献来红、添色红、九蕊真珠、鹿胎花、倒晕檀心、莲花萼、一百五、叶底紫皆志其异者。

姚黄者，千叶黄花⁽⁷⁾，出于民姚氏家。此花之出，于今未十年。姚氏居白司马坡，其地属河阳。然花不传河阳，传洛阳。洛阳亦不甚多，一岁不过数朵。

牛黄亦千叶，出民牛氏家，比姚黄差小。真宗祀汾阴⁽⁸⁾，还过洛阳，留宴淑景亭，牛氏献此花，名遂著。

甘草黄，单叶，色如甘草。洛人善别花，见其树知为某花云⁽⁹⁾。独姚黄易识，其叶嚼之不腥。

魏家花者，千叶肉红花，出于魏相仁溥家⁽¹⁰⁾。始，樵者于寿安山中见之，斫以卖魏氏⁽¹¹⁾。魏氏池馆甚大，传者云，此花初出时，人有欲阅者，人税十数钱，乃得登舟渡池至花所，魏氏日收十数缗⁽¹²⁾。其后破亡，鬻其园，今普明寺后林池乃其地，寺僧耕之以植桑麦。花传民家甚多，人有数其叶者，云至七百叶。钱思公尝曰："人谓牡丹花王，今姚黄真可为王，而魏花乃后也。"

鞓黄者⁽¹³⁾，单叶深红花，出青州，亦曰青州红。故张仆射齐贤有第西京贤相坊，自青州以驼驼驮其种，遂传洛中，其色类腰带鞓，故谓之鞓红。

献来红者，大，多叶，浅红花。张仆射罢相居洛阳，人有献此花者，因曰献来红。

添色红者，多叶花，始开而白，经日渐红，至其洛乃类深红。此造化之尤巧者⁽¹⁴⁾。

鹤翎红者，多叶花，其末白而本肉红，如鸿鹄羽色。

细叶、粗叶寿安者，皆千叶肉红花，出寿安县锦屏山中，细叶者尤佳。

倒晕檀心者(15)，多叶红花。凡花，近萼色深，至其末渐浅。此花自外深色，近萼反浅色，而深檀点其心，此尤可爱。

一厮红者，多叶，浅红花，叶杪深红一点，如人以手厮之(16)。

九蕊真珠红者，千叶红花，叶上有一白点如珠，而叶密麕其蕊为九丛。

一百五者(17)，多叶白花。洛花以谷雨为开候，而此花常至一百五日开(18)，最先。

丹州、延州花，皆千叶红花，不知其至洛之因。

莲花萼者，多叶红花，青跗(19)三重如莲花萼。

左花者，千叶紫花，出民左氏家。叶密而齐如截，亦谓之平头紫。

朱砂红者，多叶红花，不知其所出。有民门氏子者，善接花以为生，买地于崇德寺前治花圃，有此花。洛阳豪家尚未有，故其名未甚著。花叶甚鲜，向日视之如猩血。

叶底紫者，千叶紫花，其色如墨，亦谓之墨紫花。在丛中，旁必生一大枝，引叶覆其上。其开也，比他花可延十日之久。噫，造物者亦惜之耶！此花之出，比他花最远。传云唐末有中官为观军容使者(20)，花出其家，亦谓之军容紫，岁久失其姓氏矣。

玉板白者，单叶白花，叶细长如拍板，其色如玉而深檀心。洛阳人家亦少有，余尝从思公至福平院见之，问寺僧而得其名，其后未尝见也。

潜溪绯者，千叶绯花，出于潜溪寺。寺在龙门山后(21)，本唐相李藩别墅[22]。今寺中已无此花，而人家或有之。本是紫花，忽于丛中特出绯者，不过一二朵，明年移在他枝，洛人谓之转枝花，故其接头尤难得。

鹿胎花者，多叶紫花，有白点如鹿胎之纹。故苏相禹珪宅今有之[23]。

多叶紫，不知其所出。

初，姚黄未出时，牛黄为第一；牛黄未出时，魏花为第一；魏花未出时，左花为第一。左花之前，惟有苏家红、贺家红、林家红之类，皆单叶花，当时为第一。自多叶、千叶花出后，此花黜矣，今人不复种也。

牡丹初不载文字，惟以药载《本草》。然于花中不为高第[24]，大抵丹、延已西及褒斜道中尤多[25]，与荆棘无异，土人皆取以为薪。自唐则天已后[26]，洛阳牡丹始盛。然未闻有以名著者[27]，如沈、宋、元、白之流，皆善咏花草，计有若今之异者，彼必形于篇咏，而寂无传焉。惟刘梦得有《咏鱼朝恩宅牡丹》诗，但云"一丛千万朵"而已，亦不云其美且异也[28]。谢灵运言永嘉竹间水际多牡丹，今越花不及洛阳甚远，是洛花自古未有若今之盛也。

风俗记第三

洛阳之俗，大抵好花。春时，城中无贵贱，皆插花，虽负担者亦然[29]。花开时，士庶竞为游遨，往往于古寺废宅有池台处，为市井，张幄帘，笙歌之声相闻[30]。最盛于月陂堤、张家园、棠棣坊、长寿寺东街郭令宅，至花落乃罢。

洛阳至东京六驿[31]，旧不进花，自今徐州李相迪为留守时始进御，岁遣衙校一员，乘驿马，一日一夕至京师。所进不过姚黄、魏花三数朵，以菜叶实竹笼子藉覆之，使马上不动摇[32]，以蜡封花蒂，乃数日不落。

大抵洛阳人家家有花而少大树者，盖其不接则不佳。春初时，洛人于寿安山中斫小栽子卖城中[33]，谓之山篦子。人家治地为畦塍种之，至秋乃接。接花工尤著者，谓之门园子[34]，豪家无不邀之。姚黄一接头直钱五千，秋时立契买之，至春见花乃归其直。洛人甚惜此花，不欲传，有权贵求其接头者，或以汤中蘸杀与之。魏花初出时，接头亦直五千，今尚直一千。

接时须用社后重阳前[35]，过此不堪矣。花之木去地五七寸许截之，乃接，以泥封裹，用软土拥之，以蒻叶作庵子罩之[36]，不令见风日，惟南向留一小户以达气，至春乃去其覆。此接花之法也。

种花必择善地，尽去旧土，以细土用白蔹末一斤和之[37]。盖牡丹根甜，多引虫食，白蔹能杀虫。此种花之法也。

浇花亦自有时，或用日未出，或日西时。九月旬日一浇，十月、十一月，三日、二日一浇，正月隔日一浇，二月一日一浇。此浇花之法也。

一本发数朵者，择其小者去之，只留一二朵，谓之打剥，惧分其脉也[38]，花才落，便剪其枝，勿令结子，惧其易老也。春初既去蒻庵，便以棘数枝置花丛上[39]，棘气暖，可以辟霜，不损花芽，他大树亦然。此养花之法也。

花开渐小于旧者，盖有蠹虫损之，必寻其穴，以硫黄簪之[40]。其旁又有小穴如针孔，乃虫所藏处，花工谓之气窗，以大针点硫黄末针之，虫乃死，虫死花复盛。此医花之法也。

乌贼鱼骨以针花树，入其肤，花辄死[41]。此花之忌也。

牡丹记跋尾

右，蔡君谟之书，八分、散隶、正楷、行狎、大小草众体皆精。其平生手书小简、残篇断稿，时人得者甚多，惟不肯与人书石，而独喜书余文也。若《陈文惠公神道碑铭》、《薛将军碣》、《真州东园记》、《杭州有美堂记》、《相州昼锦堂记》，余家《集古录目序》，皆公之所书。最后又书此记，刻而自藏其家。方走人于亳，以模本遗予，使者未复于闽，而凶讣已至于亳矣。盖其绝笔于斯文也。

于戏！君谟之笔既不可复得，而予亦老病不能文者久矣。于是可不惜哉！故书以传两家子孙。

【注释】

（1）洛阳六句：写出了各地牡丹的著名品种。

（2）远：越州僻处东南，故称"远"。

（3）夫洛阳八句：认为洛阳只是周王朝国土之中，不是天地之中，至于阴阳之和更不能为洛阳所独有。

（4）"夫中与和者"四句：古人认为气正偏决定物之美恶。

（5）府中：指河南府衙署。　钱思公：即钱惟演，思，是他死后的谥号，后又改谥文僖，时官任西京留守兼河南府尹。

（6）氏：姓氏。　或以：有的用。　旌：表彰。

（7）叶：指花瓣。

（8）真宗祀汾阴：大中祥符四年（1011）四月，宋真宗抵汾阴祀后土神。

(9) 树：指牡丹，牡丹属落叶灌木。

(10) 魏相仁溥：魏仁溥，曾与赵匡胤同仕后周，宋初曾任宰相。

(11) 斫：砍。

(12) 缗：成串的钱。

(13) 鞓红：牡丹的一种。以花色似红鞓犀带。

(14) 造化：指大自然的创造化育。

(15) 檀心：指花心处是浅红色。

(16) 厭：以手按捺。

(17) 一百五：牡丹之一种，多叶花白色。

(18) 一百五日：从冬至到寒食，共105天，即清明节前后。

(19) 跗：同"跗"，脚背，此指花萼。

(20) 中官：宦官。

(21) 龙门山：即伊阙，在洛阳南。

(22) 李藩：唐宪宗时任宰相。

(23) 苏相禹珪：苏禹珪，字元锡，后汉、后周朝任宰相。

(24) 高第：高等。

(25) 褒斜道：指秦岭中从褒城到斜谷的一条道路。为川陕的交通要道。

(26) 武则天：原为唐高宗后，684至705年称帝，改国号为周，为我国历史上唯一的女皇帝。

(27) 未闻：还没有听说。

(28) 沈、宋：沈佺期、宋之问，初唐诗人。

(29) 大抵：大都。　　负担者：肩背重物的人。　　亦然：也是这样。

（30）士庶四句：描写观花盛况。

（31）东京：指开封。　驿：驿站，供往来官吏休息、换马的地方。

（32）"以菜叶"二句：用菜叶充实竹笼子，用来覆盖牡丹，使它不受损坏。

（33）不接则不佳：不接枝就长不好。

（34）畦塍：畦，田园中用土埂分成的小区。塍：田间的土埂。

（35）社后重阳前：指秋社日以后到重阳节以前。

（36）以蒻叶作庵子罩之：用蒲叶作成庵形的罩子。

（37）白蔹：植物名，一种解毒的中草药，其根能杀虫。

（38）惧其分脉：怕花朵太多，养分不足，影响生长。

（39）棘：指酸枣树的枝条。

（40）簪之：指插入树穴。

（41）肤：另本作"皮"。　辄：立即，就。

夷陵县至喜堂记

峡州治夷陵，地滨大江，虽有椒、漆、纸以通商贾[1]，而民俗俭陋，常自足，无所仰于四方[2]。贩夫所售，不过鲉鱼腐鲍[3]，民所嗜而已；富商大贾皆无为而至[4]。地僻而贫，故夷陵为下县而峡为小州[5]。

州居无郭郛，通衢不能容车马[6]，市无百货之列，而鲍鱼之肆不可入[7]。虽邦君之过市，必常下乘掩鼻以疾趋[8]。而民之列处，灶廪匽井无异位，一室之间，上父子而下畜豕[9]。其覆皆用茅竹，故岁常火灾。而俗信鬼神[10]，其相传曰作瓦屋者不利。夷陵者，楚之西境，昔《春秋》书荆以狄之，而诗人亦曰蛮荆。岂其陋俗自古然欤。

景祐二年，尚书驾部员外郎朱公治是州，始树木，增城栅，甓南北之街，作市门市区；又教民为瓦屋，别灶廪，异人畜，以变其俗。既，又命夷陵令刘光裔治其县，起敕书楼，饰厅事，新吏舍。三年夏，县功毕。某有罪来是邦，朱公于某有旧，且哀其以罪而来[11]，为至县舍，择其厅事之东以作斯堂，度为疏洁高明而日，居之以休其心。堂成，又与宾客偕至而落之[12]。

夫罪戾之人，宜弃恶地，处穷险，使其憔悴忧思而知自悔咎[13]，今乃赖朱公而得善地，以偷宴安，顽然使忘其有罪之忧，是皆异其所以来之意[14]。

然夷陵之僻，陆走荆门、襄阳，至京师，二十有八驿[15]；水道大江，绝淮[16]，抵汴东水门，五千五百有九十里。故为吏者多不欲远来，而居者往往不得代[17]，至岁满或自罢去。然不知夷陵风俗朴野，少盗争[18]；而令之日食有稻与鱼，又有桔柚茶笋四时之味；江山美秀[19]，而邑居缮完，无不可爱。是非惟有罪者之可以忘其忧，而凡为吏者莫不始来而不乐，既至而后喜也。作至喜堂记藏其壁[20]。

夫令虽卑，而有土与民，宜志其风俗变化之善恶，使后来者有考焉耳。

【注释】

(1) 商贾：指商人。

(2) 无所仰于四方：没有什么依赖其他地方的。

(3) 鯆鱼：干鱼。 腐鲍：腌鱼，不新鲜的鱼。

(4) "富商"句：大批经营的商人都因无利可图而不到夷陵来。

(5) "故夷陵"句：所以，夷陵被列为下等县，峡州只算一个小州。

(6) 郭郛：指城墙。 通衢：大路。

(7) 鲍鱼之肆不可入：卖腌鱼的店铺气味难闻不可进入。

(8) 邦君：指知州。 下乘：指下马。 疾趋：快步走过去。

(9) "而民之列处"句：写居处简陋。

(10) 俗信鬼神：有迷信鬼神的风俗。

(11) "某有罪"句：我有罪来夷陵，朱公跟我有老交情，并同情我因罪被贬。

(12) 落之：为新堂建成而庆贺宴请。

(13) 悔咎：悔恨罪过。

(14) 是皆异其所以来之意：这都与我被贬来此的用意有差别。

(15) 驿：驿站。古时陆路设驿站，供往来的官吏歇息换马。

(16) 绝淮：渡过淮河。

(17) 居者：指在夷陵做官的人。

(18) 少盗争：盗贼少，争斗的也少。

(19) 令：指县令。 日：每天。

(20) 藏其壁：刻石砌在墙壁上。

画舫斋记

予至滑之三月，即其署东偏之室，治为燕私之居⁽¹⁾，而名曰画舫斋⁽²⁾。斋广一室，其深七室，以户相通；凡入予室者，如入乎舟中。其温室之奥⁽³⁾，则穴其上以为明⁽⁴⁾，其虚室之疏以达，则栏槛其两旁以为坐立之倚。凡偃休于吾斋者，又如偃休乎舟中⁽⁵⁾。山石崷崒⁽⁶⁾，佳花美木之植列于两檐之外，又似泛乎中流⁽⁷⁾，而左山右林之相映皆可爱者。故因以舟名焉。

《周易》之象，至于履险蹈难，必曰涉川。盖舟之为物，所以济险难而非安居之用也。今予治斋于署，以为燕安，而反以舟名之，岂不戾哉⁽⁸⁾！况予又尝以罪谪，走江湖间，自汴绝淮，浮于大江，至于巴峡；转而以入于汉沔。计其水行几万余里。其羁穷不幸，而卒遭风波之恐，往往叫号神明以脱须臾之命者，数矣⁽⁹⁾。当其恐时，顾视前后，凡舟之人非为商贾，则必仕宦。因窃自叹，以谓非冒利与不得已者⁽¹⁰⁾，孰肯至是哉⁽¹¹⁾！赖天之惠，全活其生。今得除去宿负⁽¹²⁾，列官于朝，以来是州，饱廪食而安署居⁽¹³⁾。追思曩时山川所历，舟楫之危，蛟鼍之出没，波涛之汹欻⁽¹⁴⁾，宜其寝惊而梦愕；而乃忘其险阻，犹以舟名其斋。岂真乐于舟居者邪！

然予闻古之人有逃世远去江湖之上，终身而不肯返者，其必有所乐也。苟非冒利于险，有罪而不得已，使顺风恬波⁽¹⁵⁾，傲然枕席之上，一日而千里，则舟之行岂不乐哉？顾予诚有所未暇⁽¹⁶⁾；而舫者宴嬉之舟也，姑以名予斋，奚曰不宜⁽¹⁷⁾？

予友蔡君谟善大书，颇怪伟，将乞其大字以题于楹⁽¹⁸⁾。惧其疑予之所以名斋者，故具以云；又因以置于壁⁽¹⁹⁾。

壬午十二月十二日书。

【注释】

(1) 滑：滑州，今河南滑县。

(2) 舫：方头大船，官府游船多为画舫。

(3) 温室之奥：指画舫斋最里面的屋子。

(4) 则穴其上以为明：在屋顶开个天窗来照明。

(5) 偃休：卧躺休息。

(6) 嶜崟：高峻的样子。

(7) 又似泛乎中流：又好像船在大河中间行走。

(8) 以为燕安：作休息游玩的场所。

(9) 羁穷不幸：旅途穷困多难。　卒：突然。　叫号神明：呼唤上天保祐。

(10) 冒利：贪求财利，指商人。

(11) 孰肯至是哉：谁肯这样奔波呢？

(12) 宿负：往日的过错，指前次贬谪。

(13) 廪食：官府供给的粮食，此指俸禄。

(14) 鼍：鼍龙，俗称"猪婆龙"，是鳄鱼的一种，皮可以蒙鼓。

(15) 恬波：波澜平细。

(16) 顾予诚有所未暇：考虑到我实在没有空暇。

(17) 奚曰不宜：怎么能说不对呢。

(18) 蔡君谟：蔡襄，字君谟。工书法，人称当时第一。

(19) 又因以置于壁：还把这篇记刻石嵌在墙壁间。

菱溪石记⁽¹⁾

菱溪之石有六：其四为人取去⁽²⁾；其一差小而尤奇，亦藏民家；其最大者，偃然僵卧于溪侧，以其难徙⁽³⁾，故得独存。每岁寒霜落，水涸而石出⁽⁴⁾。溪旁人见其可怪，往往祀以为神。

菱溪，按图与经皆不载⁽⁵⁾。唐会昌中，刺史李渍为《荇溪记》，云水出永阳岭，西经皇道山下。以地求之⁽⁶⁾，今无所谓荇溪者。询于滁州人，曰："此溪是也⁽⁷⁾。杨行密有淮南，淮人为讳其嫌名，以荇为菱。"理或然也⁽⁸⁾。

溪旁若有遗址，云故将刘金之宅，石即刘氏之物也；金，伪吴时贵将，与行密俱起合淝，号三十六英雄，金其一也。金本武夫悍卒，而乃能知爱赏奇异，为儿女之好；岂非遭逢乱世，功成志得，骄于富贵之佚欲而然耶⁽⁹⁾？想其陂池台榭、奇木异草与此石称，亦一时之盛哉⁽¹⁰⁾！今刘氏之后散为编民⁽¹¹⁾，尚有居溪旁者。

予感夫人物之废兴，惜其可爱而弃也，乃以三牛曳置幽谷⁽¹²⁾；又索其小者,得于白塔民朱氏⁽¹³⁾,遂立于亭之南北。亭负城而近⁽¹⁴⁾,以为滁人岁时嬉游之好。

夫物之奇者,弃没于幽远则可惜,置之耳目则爱者不免取之而去。嗟夫!刘金者虽不足道,然亦可谓雄勇之士,其平生志意,岂不伟哉!及其后世,荒堙零落,至于子孙泯没而无闻⁽¹⁵⁾,况欲长有此石乎?用此可为富贵者之戒⁽¹⁶⁾。而好奇之士闻此石者,可以一赏而足,何必取而去也哉?

【注释】

(1) 菱溪:滁州东北的一条溪水。溪水中有怪石。

(2) 为人取去:被人取走了。

(3) 偃然:倾倒的样子。

(4) "每岁"二句:每年秋冬之际,溪水干涸,才露出奇石。

(5) 按:查阅。 图与经:指地理图书。

(6) 以地求之:拿实际地域来求证书上所说的。

(7) 此溪是也:这条溪就是询问的荇溪。

(8) 理或然也:道理或许是这样。

(9) 佚欲:无节制的欲求。

(10) "想其"三句:推测刘金盛时菱溪园中的池塘、亭台和奇特花草树木,一定和这山石相称。

(11) 编民:指平民百姓。 编:编入户籍。

(12) "予感"三句:我被这人物的兴废所感动,惋惜这石头可爱却被人抛弃,就用些牛把它拖到幽谷。

(13) 白塔：滁州有白塔寺。

(14) 亭负城而近：丰乐亭靠城很近。 负城：背靠城墙，言其近。

(15) 荒堙零落：指家业衰败。 无闻：指沦为平民，没有声望。

(16) 用此可为富贵者之戒：因此可以作为富贵者的警戒。

偃虹堤记

有自岳阳至者，以滕侯之书、洞庭之图来⁽¹⁾，告曰："愿有所记⁽²⁾。"予发书按图，自岳阳门西，距金鸡之右，其外隐然隆高以长者，曰偃虹堤。问其作而名者⁽³⁾，曰："吾滕侯之所为也。"问其所以作之利害⁽⁴⁾，曰："洞庭，天下之至险；而岳阳，荆、潭、黔、蜀四会之冲也⁽⁵⁾。昔舟之往来湖中者，至无所寓，则皆泊南津⁽⁶⁾，其有事于州者远且劳，而又常有风波之恐，覆溺之虞。今舟之至者，皆泊堤下，有事于州者近而且无患。"问其大小之制、用人之力，曰："长一千尺；高三十尺⁽⁷⁾；厚加二尺而杀其上，得厚三分之二⁽⁸⁾。用民力万有五千五百工，而不逾时以成⁽⁹⁾。"问其始作之谋，曰："州以事上转运使，转运使择其吏之能者行视可否，凡三反复，而又上于朝廷，决之三司，然后曰可⁽¹⁰⁾，而皆不能易吾侯之议也⁽¹¹⁾。"曰："此君子之作也，可以书矣⁽¹²⁾。"

盖虑于民也深，则谋其始也精，故能用力少而为功多。夫以百步之堤，御天下至险不测之虞[13]，惠其民而及于荆、潭、黔、蜀，凡往来湖中，无远迩之人皆蒙其利焉[14]。且岳阳四会之冲，舟之来而止者，日凡有几[15]；使堤土石幸久不朽，则滕侯之惠利于人物，可以数计哉？夫事不患于不成，而患于易坏。盖作者未始不欲其久存，而继者常至于殆废[16]。自古贤智之士，为其民捍患兴利，其遗迹往往而在[17]。使其继者皆如始作之心，则民到于今受其赐[18]，天下岂有遗利乎[19]？此滕侯之所以虑而欲有纪于后也。

滕侯志大材高，名闻当世。方朝廷用兵急人之时，常显用之，而功未及就。退守一州，无所用心，略施其余，以利及物。夫虑熟谋审，力不劳而功倍，作事可以为后法[20]，一宜书；不苟一时之誉，思为利于无穷，而告来者不以废，二宜书；岳之民人与湖中之往来者皆欲为滕侯纪，三宜书[21]。以三宜书不可以不书，乃为之书。

庆历六年□月□日记。

【注释】

（1）岳阳：今湖南岳阳，濒临洞庭湖。　滕侯：滕宗谅。

（2）"告曰"句：使者转达滕子京的请求，说："希望您写篇记。"

（3）问其作而名者：问他堤是谁修筑和起名的。

（4）利害：这里指"利"，益处，好处。

（5）荆：荆州，泛指今湖北。　潭：潭州，泛指今湖南。　蜀：今四川。　四会：四面交汇。　冲：交通枢纽，交通要道。

（6）南津：南津港，在湖南岳阳南五里。

（7）制：规模。

(8)"厚加二尺"二句：堤底的厚度为32尺，向上逐渐减厚，堤上面的厚度为20尺，为高度的三分之二。

(9)不逾时以成：没超过原定的工期就修建完工。

(10)三司：北宋最高财政机构，下设盐铁、度支、户部三部，故曰"三司"。

(11)而皆不能易吾侯之议也：多次反复都没有变动滕子京原来的建议。

(12)可以书矣：值得写一篇记文了。书：写。

(13)御天下至险不测之虞：防备天下最险的不可预测的灾害。

(14)惠其民：使动用，使百姓得利。

(15)日凡有几：每天不知共有多少。

(16)殆废：懈怠废坏。

(17)遗迹：指古代有益于人民工程废坏后的遗址。

(18)则民到于今受其赐：那么百姓到现在都能享受他给予的好处。

(19)天下岂有遗利乎：天下还有该兴办而没有兴办的利事吗？

(20)可以为后法：可以为后人效法。此为该写的第一条理由。

(21)"不苟"几句：不为捞取一时荣誉、想为后人兴办有益事业，并永远继续下去，此为该写的第二条理由；岳阳的百姓希望给滕子京记载这些事，此为该写第三条理由。

醉翁亭记

环滁皆山也[1]。其西南诸峰,林壑尤美[2]。望之蔚然而深秀者[3],琅琊也[4]。山行六七里,渐闻水声潺潺,而泻出于两峰之间者,酿泉也[5]。峰回路转[6],有亭翼然临于泉上者[7],醉翁亭也。作亭者谁?山之僧智仙也[8]。名之者谁?太守自谓也[9]。太守与客来饮于此,饮少辄醉[10],而年又最高,故自号曰醉翁也[11]。醉翁之意不在酒,在乎山水之间也[12]。山水之乐,得之心而寓之酒也[13]。

若夫日出而林霏开[14],云归而岩穴暝[15],晦明变化者[16],山间之朝暮也。野芳发而幽香[17],佳木秀而繁阴[18],风霜高洁,水落而石出者,山间之四时也[19]。朝而往,暮而归。四时之景不同,而乐亦无穷也。

至于负者歌于途,行者休于树,前者呼,后者应,伛偻提携[20],往来而不绝者,滁人游也。临溪而渔,溪深而鱼肥;酿泉为酒,泉香而酒洌[21];山肴野蔌杂然而前陈者[22],太守宴也。宴酣之乐,非丝非竹[23];射者中[24],弈者胜[25],觥筹交错[26],坐起而喧哗者,众宾懽也[27]。苍颜白发,颓乎其中者[28],太守醉也。

已而夕阳在山,人影散乱,太守归而宾客从也。树林阴翳[29],鸣声上下[30],游人去而禽鸟乐也。然而禽鸟知山林之乐,而不知人之乐;人知从太守游而乐,而不知太守之乐其乐也[31]。醉能同其乐,醒能述以文者,太守也。太守谓谁?庐陵欧阳修也[32]。

【注释】

(1) 环滁皆山也：环绕滁州的都是山啊。 滁：滁州，今安徽滁县。

(2) 林壑尤美：树林和山谷都特别优美。 林壑：树林和山谷。

(3) 蔚然：草木茂盛的样子。

(4) 琅琊：琅琊山，在滁州西南。

(5) 酿泉：泉水名，又名醴泉，在琅琊山内。

(6) 峰回路转：山势回环，路也跟着拐弯。

(7) 有亭翼然：有个亭子像鸟展翅的样子立在泉边。

(8) 智仙：琅琊山琅琊寺的和尚。

(9) 太守：作者自称。

(10) 饮少辄醉：酒量小，稍喝一些就醉。

(11) 醉翁：以"翁"自称，含有戏谑之意。

(12) 乎：于，在。

(13) 寓：寄托。

(14) 若夫：至于。 林霏：指林间雾气。

(15) 云归而岩穴暝：云烟笼罩，山谷就阴暗了。 暝：昏暗，阴暗。

(16) 晦明变化者：指暗明交替变化。时明时暗。

(17) 野芳：野花。 芳：花。本句写春景。

(18) 秀：枝叶繁茂。此句写夏景。

(19) 风高：指天空高旷。此句写秋景。

（20）负者：挑担或背物的人，泛指背着东西的人。伛偻提携：老人拉着小孩。

（21）泉香而酒洌：指用酿泉水制成的美酒。

（22）山肴野蔌杂然而前陈：野味野菜纷纷摆在面前。

（23）非丝非竹：意谓不在于音乐。 丝竹：泛指音乐。

（24）射：指古代"投壶"的游戏，方法是用箭投向壶里，以饮酒为赏罚。

（25）弈：下棋。

（26）觥筹交错：酒杯和酒筹互相传来传去。

（27）懽：同"欢"。

（28）颓然：醉酒后昏沉的样子。 乎：同"于"。

（29）阴翳：树荫覆盖着。

（30）上下：时高时低。

（31）乐其乐：感到游乐而快乐。

（32）庐陵：今江西吉安。

丰乐亭记(1)

修既治滁之明年(2)，夏，始饮滁水而甘。问诸滁人，得于州南百步之近(3)。其上则丰山，耸然而特立(4)；下则幽谷，窈然而深藏(5)；中有清泉，滃然而仰出(6)。俯仰左右，顾而乐之。于是疏泉凿石，辟地以为亭,而与滁人往游其间。

滁于五代干戈之际,用武之地也。昔太祖皇帝,尝以周师破李景兵十五万于清流山下,生擒其将皇甫晖、姚凤于滁东门之外,遂以平滁。修尝考其山川,按其图记[7],升高以望清流之关[8],欲求晖、凤就擒之所,而故老皆无在者;盖天下之平久矣。自唐失其政,海内分裂,豪杰并起而争,所在为敌国者,何可胜数[9]?及宋受天命,圣人出而四海一[10]。向之凭恃险阻,铲削消磨[11]。百年之间,漠然徒见山高而水清;欲问其事,而遗老尽矣[12]。今滁介于江淮之间,舟车商贾[13],四方宾客之所不至;民生不见外事,而安于畎亩衣食[14],以乐生送死[15];而孰知上之功德,休养生息,涵煦于百年之深也[16]!

修之来此,乐其地僻而事简,又爱其俗之安闲。既得斯泉于山谷之间,乃日与滁人仰而望山,俯而听泉。掇幽芳而荫乔木[17],风霜冰雪,刻露清秀[18],四时之景,无不可爱。又幸其民乐其岁物之丰成,而喜与予游也。因为本其山川,道其风俗之美,使民知所以安此丰年之乐者,幸生无事之时也。夫宣上恩德,以与民共乐,刺史之事也[19]。遂书以名其亭焉[20]。庆历丙戌六月日,右正言知制诰知滁州军州事欧阳修记。

【注释】

(1) 丰乐亭:在今安徽滁县城西丰山北,为欧阳修被贬滁州后建造的。

(2) 明年:即庆历六年。

(3) 问诸滁人:向滁人打听泉水的出处。

(4) 耸然而特立：高峻挺拔地矗立着。 特：突出。

(5) 窈然：深幽的样子。

(6) 滃然：水势盛大的样子。 仰出：从地面向上涌出。

(7) 图记：指地图和文字记载。

(8) 清流之关：在滁州西北清流山上，是宋太祖大破南唐兵的地方。

(9) "所在"二句：指到处都割据称王，难以计算。

(10) 圣人句：指宋太祖赵匡胤统一天下。

(11) 向之凭恃险阻句：如先前那些凭借险阻称霸的人，有的被诛杀，有的被征服。 向：从前。

(12) 遗老：指经历战乱的老人。

(13) 舟车商贾：坐船乘车的商人。

(14) 畎：田地。

(15) 乐生送死：使生的快乐，礼葬送死。

(16) 涵煦：滋润教化。

(17) 掇幽芳而荫乔木：春天采摘清香的花草，夏天在大树荫下休息。

(18) "风霜"二句：秋天刮风下霜，冬天结冰下雪，经风霜冰雪后草木凋零，山岩裸露，更加清爽秀丽。

(19) 刺史：官名。欧阳修此时为滁州知州，自称为刺史。

(20) 名：起名，命名。

真州东园记

　　真为州,当东南之水会⁽¹⁾,故为江淮、两浙、荆湖发运使之治所⁽²⁾。龙图阁直学士施君正臣、侍御使许君子春之为使也,得监察御史里行马君仲涂为其判官⁽³⁾。三人者乐其相得之欢,而因其暇日得州之监军废营以作东园⁽⁴⁾,而日往游焉。

　　岁秋八月,子春以其职事走京师⁽⁵⁾,图其所谓东园者来以示予曰⁽⁶⁾:"园之广百亩,而流水横其前,清池浸其右⁽⁷⁾,高台起其北。台,吾望以拂云之亭⁽⁸⁾;池,吾俯以澄虚之阁⁽⁹⁾;水,吾泛以画舫之舟。敞其中以为清宴之堂⁽¹⁰⁾,辟其后以为射宾之圃⁽¹¹⁾。芙蕖芰荷之的历,幽兰白芷之芬芳⁽¹²⁾,与夫佳花美木列植而交阴⁽¹³⁾,此前日之苍烟白露而荆棘也⁽¹⁴⁾;高甍巨桷⁽¹⁵⁾,水光日景动摇而下上⁽¹⁶⁾,其宽闲深靓,可以答远响而生清风⁽¹⁷⁾,此前日之颓垣断堑而荒墟也⁽¹⁸⁾;嘉时令节,州人士女啸歌而管弦,此前日之晦冥风雨鼪鼯鸟兽之嗥音也⁽¹⁹⁾。吾于是信有力焉⁽²⁰⁾。凡图之所载,盖其一二之略也。若乃升于高以望江山之远近⁽²¹⁾,嬉于水而逐鱼鸟之浮沉⁽²²⁾,其物象意趣⁽²³⁾、登临之乐,览者各自得焉。凡工之所不能画者,吾亦不能言也。其为我书其大概焉⁽²⁴⁾。

　　又曰:"真,天下之冲也。四方之宾客往来者,吾与之共乐于此,岂独私吾三人者哉⁽²⁵⁾?然而池台日益以新,草树日益以茂,四方之士无日而不来，而吾三人者有时而皆去也，岂不眷眷于是哉[26]？不为之记，则后孰知其自吾三人者始也？"

予以谓三君之材贤足以相济[27]，而又协于其职，知所后先[28]，使上下给足[29]，而东南六路之人无辛苦愁怨之声[30]；然后休其余闲，又与四方之贤士大夫共乐于此。是皆可嘉也。乃为之书。庐陵欧阳修记。

【注释】

（1）真为州，当东南之水会：真州作为一个州，正位于东南地区的河流交汇处。

（2）发运使：为路的行政长官。

（3）龙图阁直学士：中央政府的文语官员。 侍御史：中央政府的监察官员。 里行：宋代官职低的人充任御史时，称里行。

（4）监军：监督军队的官员，此指其官署。

（5）以其职事走京师：因公事出差到京师开封。

（6）图：动词，画。 以示予曰：把图给我看说。

（7）浸：湿润。 右：古时以西为右。

（8）台，吾望以拂云之亭：在高台上建了一座拂云亭，可以看云。

（9）池，吾俯以澄虚之阁：池塘边，修了一座澄虚阁，可以观水。

（10）敞其中以为请宴之堂：扩大园的中部来修筑清静雅致的宴会大厅。

（11）射宾之圃：宾客游戏的园地。 射：古时一种游戏。

（12）芙蕖：即荷花。 芰：四角菱。 的历：鲜明。

（13）列植而交阴：成排地栽下，树荫与花荫交错。

(14)"此前日"句：这就是以前只有苍烟、白露和荆棘的地方。

(15)高甍巨桷：指高楼大厦。 甍：屋梁。 桷：方形椽。

(16)水光日景动摇而上下：在日影水光里上下动摇。

(17)靓：安静。 答远响：回应远处的声音。

(18)"比前日之颓垣"句：这就是过去坑坑洼洼，到处断砖破瓦的地方。

(19)"此前日之晦冥"句：这就是过去刮风下雨，天色昏暗，只有黄鼬、鼯鼠、怪鸟、野兽啼叫的地方。

(20)吾于是信有力焉：我对这东园确实是尽了力的。

(21)若乃：如果是。

(22)嬉于水：在水上乘船游戏。

(23)物象意趣：景色情趣。

(24)其为我书其大概焉：请替我写下东园的大概情况吧。

(25)岂独私吾三人者哉：哪里是单独为我们三人所私有呢。

(26)睠睠于是：对此地留恋不舍。

(27)以谓，同"以为"。 足以相济：可以互相辅助。 济：补益。

(28)知所后先：懂得事情的轻重缓急。

(29)使上下给足：使官府百姓都富裕充足。

(30)东南六路：指上文"江、淮、两浙、荆、湖"六路。

有美堂记

嘉祐二年⁽¹⁾,龙图阁直学士、尚书吏部郎中梅公出守于杭⁽²⁾。于其行也,天子宠之以诗。于是始作有美之堂⁽³⁾,盖取赐诗之首章而名之⁽⁴⁾,以为杭人之荣。然公之甚爱斯堂也,虽去而不忘⁽⁵⁾。今年,自金陵遣人走京师,命予志之,其请至六七而不倦⁽⁶⁾。予乃为之言曰:

夫举天下之至美与其乐,有不得而兼焉者多矣。故穷山水登临之美者,必之乎宽闲之野、寂寞之乡而后得焉;览人物之盛丽,夸都邑之雄富者,必据乎四达之冲、舟车之会而后足焉⁽⁷⁾。盖彼放心于物外,而此娱意于繁华⁽⁸⁾,二者各有适焉。然其为乐,不得而兼也。

今夫所谓罗浮、天台、衡岳、庐阜,洞庭之广,三峡之险,号为东南奇伟秀绝者,乃皆在乎下州小邑、僻陋之邦。此幽潜之士⁽⁹⁾、穷愁放逐之臣之所乐也⁽¹⁰⁾。若乃四方之所聚,百货之所交,物盛人众,为一都会,而又能兼有山水之美以资富贵之娱者,惟金陵、钱塘⁽¹¹⁾。然二邦皆僭窃于乱世⁽¹²⁾,及圣宋受命,海内为一,金陵以后服见诛⁽¹³⁾,今其江山虽在,而颓垣废址,荒烟野草,过而览者,莫不为之踌躇而悽怆⁽¹⁴⁾。独钱塘自五代时知尊中国,效臣顺⁽¹⁵⁾;及其亡也,顿首请命,不烦干戈⁽¹⁶⁾,今其民幸富完安乐。又其俗习工巧,邑屋华丽,盖十馀万家。环以湖山,左右映带。而闽商海贾,风帆浪舶,出入于江涛浩渺、烟云杳霭之间,可谓盛矣⁽¹⁷⁾!

而临是邦者⁽¹⁸⁾，必皆朝廷公卿大臣若天子之侍从⁽¹⁹⁾，又有四方游士为之宾客，故喜占形胜治亭榭⁽²⁰⁾，相与极游览之娱。然其于所取，有得于此者必有遗于彼⁽²¹⁾。独所谓有美堂者，山水登临之美，人物邑居之繁，一寓目而尽得之。盖钱塘兼有天下之美，而斯堂者又尽得钱塘之美焉。宜乎公之甚爱而难忘也。

梅公清慎，好学君子也⁽²²⁾。视其所好，可以知其人焉⁽²³⁾。

四年八月丁亥，庐陵欧阳修记。

【注释】

（1）嘉祐二年：公元1057。嘉祐：宋仁宗年号（1056—1063）。

（2）梅公：梅挚，字公仪，成都新繁（今四川）人，曾官右谏议大夫等职。

（3）有美之堂：即有美堂，在吴山上。

（4）盖取赐诗之首章而名之：取皇上诗首联中的"有美"两字命名。

（5）虽去而不忘：虽然离开了杭州却没有忘记。

（6）"命予"二句：要我给有美堂写一篇记，他请求六七次不感到厌倦。

（7）四达之冲、舟车之会：指水陆交通要道，四通八达，舟车聚会。

（8）"盖彼"二句：因为那是在自然中，任心自适，而这是在繁华中游玩，娱乐。

（9）幽潜之士：指隐士。　幽潜：隐藏。

(10) 穷愁放逐之臣：指被贬谪失志的官吏。

(11) 资：供给。 钱塘：代指杭州。

(12) 二邦皆僭窃于乱世：指五代时，南唐李氏占据金陵立国，吴越钱氏占据杭州。

(13) 金陵以后服见诛：金陵的南唐因为最后才归服而受到征伐。公元975，宋将曹彬攻入金陵，南唐后主李煜投降，南唐灭亡。

(14) 莫不为之踌躇而悽怆：没有谁不因此惋惜悲伤。

(15) "独钱塘"二句：只有钱塘的吴越，在五代时一直尊奉中原的正统，称臣服从（臣服于宋）。

(16) "及其亡也"三句：它灭亡时主动臣服于宋，没有经过战争。

(17) "而闽商海贾"句：指当时从福建和海外来的商人，经营海上贸易，往来于杭州，真是繁华极了。

(18) 临是邦者：指担任杭州长官的人。

(19) "必皆"句：一定是朝廷的公卿大臣或皇帝左右的亲信。

(20) 形胜：优美的自然风景。 治：建。

(21) "然其"二句：但是他们所得的一切，常常是得到了这点却失掉了那点。

(22) 梅公清慎，好学君子也：梅公性格清和谨慎，是一位好学的君子。

(23) 视其所好，可以知其人焉：从他的爱好，可以知道他的为人。

相州昼锦堂记

仕宦而至将相⁽¹⁾，富贵而归故乡⁽²⁾，此人情之所荣，而今昔之所同也。盖士方穷时，困厄闾里⁽³⁾，庸人孺子皆得易而侮之⁽⁴⁾。若季子不礼于其嫂⁽⁵⁾，买臣见弃于其妻⁽⁶⁾。一旦高车驷马⁽⁷⁾，旗旄导前⁽⁸⁾，而骑卒拥后，夹道之人，相与骈肩累迹⁽⁹⁾，瞻望咨嗟⁽¹⁰⁾；而所谓庸夫愚妇者，奔走骇汗，羞愧俯伏，以自悔罪于车尘马足之间。此一介之士，得志于当时，而意气之盛，昔人比之衣锦之荣者也⁽¹¹⁾。

惟大丞相魏国公则不然⁽¹²⁾。公，相人也⁽¹³⁾，世有令德，为时名卿⁽¹⁴⁾。自公少时，已擢高科⁽¹⁵⁾，登显仕⁽¹⁶⁾；海内之士，闻下风而望余光者⁽¹⁷⁾，盖亦有年矣⁽¹⁸⁾。所谓将相而富贵，皆公所宜素有⁽¹⁹⁾。非如穷厄之人，侥幸得志于一时，出于庸夫愚妇之不意，以惊骇而夸耀之也。然则高牙大纛⁽²⁰⁾，不足为公荣；桓圭衮冕⁽²¹⁾，不足为公贵；惟德被生民而功施社稷⁽²²⁾，勒之金石⁽²³⁾，播之声诗⁽²⁴⁾，以耀后世而垂无穷：此公之志，而士亦以此望于公也。岂止夸一时而荣一乡哉⁽²⁵⁾？

公在至和中，尝以武康之节，来治于相，乃作昼锦之堂于后圃⁽²⁶⁾。既又刻诗于石⁽²⁷⁾，以遗相人。其言以快恩雠、矜名誉为可薄，盖不以昔人所夸者为荣，而以为戒⁽²⁸⁾。于此见公之视富贵为如何，而其志岂易量哉？故能出入将相⁽²⁹⁾，勤劳王家，而夷险一节⁽³⁰⁾。至于临大事，决大议，垂绅正笏⁽³¹⁾，不动声气，而措天下于泰山之安⁽³²⁾，可谓社稷之臣矣$^{(33)}$！其丰功盛烈$^{(34)}$，所以铭彝鼎而被弦歌者$^{(35)}$，乃邦家之光$^{(36)}$，非闾里之荣也。

余虽不获登公之堂，幸尝窃诵公之诗；乐公之志有成，而喜为天下道也，于是乎书$^{(37)}$。

尚书吏部侍郎、参知政事欧阳修记。

【注释】

（1）仕宦而至将相：做官做到宰相、大将的地位。

（2）富贵而归故乡：富贵回到故乡。

（3）方：正。 厄：苦难，穷困。 闾里：乡里。

（4）庸人：平常人，俗人。 孺子：儿童。 易：轻视。

（5）若季子不礼于其嫂：像苏秦遭到他嫂嫂的无礼对待。

（6）买臣见弃于其妻：朱买臣被他的妻子离弃。

（7）一旦高车驷马：他们一旦坐着华贵的大车。

（8）旗旄导前：旄旗在前面引路。

（9）相与骈肩累迹：互相肩挨着肩，脚印踩着脚印。

（10）瞻望咨嗟：一面望着一面赞叹。

（11）"此一介之士"句：这就是一个普通士人，在当时得了势，因而意气洋洋，显得很神气。过去人们把它比作穿着锦绣回到故乡那样荣耀。

（12）大丞相魏国公：指韩琦，魏国公，是他的封号。

（13）公，相人也：魏国公，是相州人。

（14）令德：美德。此句指韩琦的父亲韩国华，真宗时任谏议大夫，世世代代显富贵。

(15) 擢高科：指中进士。

(16) 登显士：做了大官。　士：同"仕"。

(17) 闻下风而望余光者：闻风而无不钦佩，仰望而求沾惠。

(18) 盖亦有年矣：大概也有多年了。

(19) 素有：向来就有，原来就有。

(20) 高牙大纛：用象牙装饰旗杆的大旗，高级官员衙署的装饰。

(21) 桓圭衮冕：手执玉制礼器，穿戴华丽冠服。指高级官员服饰。

(22) 被：及、加、施。　社稷：指国家。　社：社神，土地神。稷：谷神。

(23) 勒之金石：将恩德铭刻在钟鼎、石碑上。

(24) 播之声诗：写入诗歌传诵。即下文的"被弦歌"。

(25) "岂止"句：哪里只是为了炫耀一时、荣耀一乡呢？

(26) "乃作"句：就在后园里修建了"昼锦堂"。

(27) 既：完成。

(28) "其言"三句：他在诗中，鄙薄那些以贪图报恩复仇为快，夸耀虚名的行为，不把前人所夸耀的当做光荣，却以此当做警戒。

(29) 出入将相：韩琦曾任陕西路安抚使、枢密使、参知政事。

(30) 夷险一节：平安与危险时，都不改变节操。

(31) 垂绅正笏：垂着衣带，拿着手板。

(32) 而措天下于泰山之安：却把天下治理得像泰山一样安定。

(33) 社稷之臣：国家栋梁之臣。

(34) 其丰功盛烈：他的丰功伟业。　烈：功烈。

（35）铭彝鼎而被弦歌：刻在钟鼎上，谱在乐歌里。

（36）邦家：国家。

（37）获：能够。　道：称道。　书：写，指写这篇记。

岘山亭记⁽¹⁾

岘山临汉上，望之隐然⁽²⁾，盖诸山之小者。而其名特著于荆州⁽³⁾者，岂非以其人哉？⁽⁴⁾其人谓谁？羊祜叔子、杜预元凯是已⁽⁵⁾。

方晋与吴以兵争，常倚荆州以为重，而二子相继于此，遂以平吴而成晋业，其功烈已盖于当世矣。至于风流余韵，蔼然被于江汉之间者，至今人犹思之，而于思叔子也尤深。盖元凯以其功，而叔子以其仁⁽⁶⁾，二子所为虽不同，然皆足以垂于不朽。余颇疑其反自汲汲于后世之名者，何哉⁽⁷⁾？传言叔子尝登兹山，慨然语其属，以谓此山常在，而前世之士皆已湮灭于无闻，因自顾而悲伤⁽⁸⁾。然独不知兹山待己而名著也⁽⁹⁾。元凯铭功于二石，一置兹山之上，一投汉水之渊。是知陵谷有变而不知石有时而磨灭也。岂皆自喜其名之甚而过为无穷之虑欤⁽¹⁰⁾？将自待者厚而所思者远欤⁽¹¹⁾？

山故有亭⁽¹²⁾，世传以为叔子之所游止也。故其屡废而复兴者，由后世慕其名而思其人者多也。熙宁元年，余友人史君中辉以光禄卿来守襄阳⁽¹³⁾。明年，因亭之旧，广而新之，既周以回廊之壮，又大其后轩⁽¹⁴⁾，使与亭相称。君知名当世，所至有声⁽¹⁵⁾，襄人安其政而乐从其游也。因以君之官，名其后轩为光禄堂[16]；又欲纪其事于石，以与叔子、元凯之名并传于久远。君皆不能止也，乃来以记属于余[17]。

余谓君知慕叔子之风，而袭其遗迹，则其为人与其志之所存者，可知矣。襄人爱君而安乐之如此，则君之为政于襄者，又可知矣。此襄人之所欲书也。若其左右山川之胜势，与夫草木云烟之杳霭，出没于空旷有无之间，而可以备诗人之登高，写《离骚》之极目者，宜其览者自得之。至于亭屡废兴，或自有记，或不必究其详者，皆不复道[18]。

熙宁三年十月二十有二日，六一居士欧阳修记。

【注释】

(1) 岘山：在今湖北襄阳市南，临汉水。

(2) 临：靠近。 汉上：汉水之上。 隐然：高耸的样子。

(3) 特著：最显著。 荆州：治所在今湖北襄阳。

(4) 岂非以其人哉：难道不是因为羊祜、杜预这两个人的原因吗？

(5) 羊祜叔子：221—278，字叔子，泰山南城（今山东费县西南）人。 杜预元凯：222—284，字元凯，京兆杜陵人。

(6) 盖元凯以其功：杜预领兵伐吴，平吴，功劳最大，被封当阳县侯。

(7) 余颇疑其反自汲汲：我很怀疑他们为什么反要急切地去求身后之名。

(8) 属：下属，指邹润甫等人。

(9) "然独"句：然而却不知道这座山因为自己而出名的。

（10）"是知"句：这是知道"高岸为谷，深谷为陵"的变化，但却不知道石碑因时间久远也会磨灭。

（11）"将自待"句：或者因为过于重视自己所以想得这样远吧。

（12）山故有亭：山上老早就有亭子。

（13）光禄卿：光禄寺的主管长官，掌朝廷祭祀朝会等事务。

（14）后轩：指岘山亭后面的阁子。

（15）所至有声：所到之处都有政绩，留有好的声望。

（16）"因以"二句：所以把史中辉光禄卿的官职起名新修的后轩为光禄堂。

（17）乃来以记属于余：就来嘱托我写一篇记。

（18）"至于亭"四句：至于亭子的屡次废坏与兴建，以往也会有碑记，有的也没必要详细说它兴废情况，所以我都不必再写了。

上范司谏书

月日，具官谨斋沐拜书司谏学士执事(1)。前月中得进奏吏报(2)，云：自陈州召至阙，拜司谏(3)。即欲为一书以贺，多事，匆卒未能也。

司谏，七品官尔，于执事得之，不为喜；而独区区欲一贺者，诚以谏官者，天下之得失、一时之公议系焉(4)。今世之官，自九卿、百执事，外至一郡县吏，非无贵官大职可以行其道也。然县越其封，郡逾其境(5)，虽贤守长不得行，以其有守也(6)；吏部之官不得理兵部，鸿胪之卿不得理光禄,以其有司也⁽⁷⁾。若天下之失得,生民之利害,社稷之大计,惟所见闻而不系职司者,独宰相可行之,谏官可言之尔⁽⁸⁾。故士学古怀道者仕于时⁽⁹⁾,不得为宰相,必为谏官。谏官虽卑,与宰相等。天子曰不可,宰相曰可;天子曰然,宰相曰不然:坐乎庙堂之上与天子相可否者,宰相也。天子曰是,谏官曰非;天子曰必行,谏官曰必不可行:立殿陛之前与天子争是非者,谏官也。宰相尊,行其道;谏官卑,行其言⁽¹⁰⁾。言行,道亦行也⁽¹¹⁾。九卿、百司、郡县之吏守一职者,任一职之责;宰相、谏官系天下之事,亦任天下之责。然宰相、九卿而下失职者,受责于有司⁽¹²⁾;谏官之失职也,取讥于君子⁽¹³⁾。有司之法,行乎一时;君子之讥,著之简册而昭明,垂之百世而不泯,甚可惧也⁽¹⁴⁾。夫七品之官,任天下之责,惧百世之讥,岂不重耶?非材且贤者不能为也。

近执事始被召于陈州,洛之士大夫相与语⁽¹⁵⁾,曰:"我识范君,知其材也。其来,不为御史必为谏官。"及命下,果然。则又相与语,曰:"我识范君,知其贤也。他日闻有立天子陛下,直辞正色、面争庭论者⁽¹⁶⁾,非他人,必范君也。"拜命以来,翘首企足,伫乎有闻而卒未也⁽¹⁷⁾。窃惑之,岂洛之士大夫能料于前而不能料于后也,将执事有待而为也⁽¹⁸⁾?

昔韩退之作《争臣论》,以讥阳城不能极谏,卒以谏显。人皆谓城之不谏盖有待而然,退之不识其意而妄讥;修独以谓不然。当退之作论时,城为谏议大夫已五年;后又二年始庭论陆贽,及沮裴延龄作相欲裂其麻⁽¹⁹⁾,才两事尔。当德宗时,可谓多事矣:授受失宜⁽²⁰⁾,叛将强臣罗列天下,又多猜忌,进任小人。于此之时,岂无一事可言,而须七年耶?当时之事,岂无急于沮延龄、论陆贽两事也?谓宜朝拜官而夕奏疏也[21]。幸而城为谏官七年，适遇延龄、陆贽事，一谏而罢，以塞其责；向使止五年六年而遂迁司业[22]，是终无一言而去也，何所取哉！

今之居官者率三岁而一迁，或一二岁，甚者半岁而迁也，此又非可以待乎七年也。今天子躬亲庶政[23]，化理清明[24]，虽为无事，然自千里诏执事而拜是官者[25]，岂不欲闻正议而乐谠言乎[26]？然今未闻有所言说，使天下知朝廷有正士而彰吾君有纳谏之明也[27]。

夫布衣韦带[28]之士，穷居草茅，坐诵书史，常恨不见用[29]。及用也，又曰"彼非我职，不敢言"；或曰"我位犹卑，不得言矣"；又曰"我有待"。是终无一人言也，可不惜哉！伏惟执事思天子所以见用之意，惧君子百世之讥，一陈昌言，以塞重望[30]，且解洛之士大夫之惑，则幸甚幸甚。

【注释】

（1）具官：古人书信时对个人官职的省略写法。　斋沐：斋戒沐浴，表示敬意。　执事：办事人员。以上词语，均为古人书信时的谦词。

（2）得进奏吏报：得到西京留守处向朝廷送公文官员的报告。进奏吏：指西京留守向朝廷送公文的官吏。　报：报告。

（3）司谏：为朝奉官，正六品官。下文称"七品"，极言其小。

（4）"而独区区"四句：但我却恳切地想表示祝贺，实在是因为当一个谏官，关系国家大事的得失和一时大家对它的舆论。

（5）县越其封，郡逾其境：谓县越过了县界，州超过了州界。

(6) 以其有守：因为他们各有管辖的地域。

(7) 鸿胪：即鸿胪寺。

(8) "惟所见"数句：不属哪个部门所管的，听说只有宰相和谏官，宰相可以实行它，谏官可以议论它。

(9) "故士学古怀道者"句：所以，学习古代圣贤、怀抱济世之志的人，为官不做宰相，也一定要做谏官。

(10) "宰相尊"句：宰相地位高，可以实行自己的主张；谏官位置低，可以发表自己的言论。

(11) "言行"句：言论能被采纳实行，主张也就实现了。

(12) 受责于有司：受主管部门的责备。

(13) 取讥于君子：被有道德有见识的人所讥讽。

(14) "著之简"句：写在书本，清清楚楚，过一百代也不会消失，这是非常可怕的。

(15) 相与语：互相议论。当时作者欧阳修于洛阳任西京留守推官，故云。

(16) 面争庭论者：在大庭中面向皇帝规劝议论的。

(17) "伫乎"句：立等着想听到范君（范仲淹）向朝廷进言的消息而终于没有听到。

(18) 窃：私下。 前：指范任命为谏官。 后：指范敢于直言。

(19) 沮裴延龄作相欲裂其麻：阻止德宗任命裴延龄作宰相，扬言要撕碎用白麻纸写的任命书。

(20) 授受失宜：任用官职不恰当。据史书记载指任用奸人卢杞、赵赞等。

(21) "谓宜"句：我认为应该早晨就任谏官，傍晚就要向皇帝上书。

（22）向使：假使。 迁：变动，改动，此指改任。 司业：国子司业，太学的闲职。阳城因谏裴延龄等事，而改任国子监司业，后又贬道州刺史而死。

（23）躬亲庶政：亲自处理各种政事。

（24）化理清明：政治清明。

（25）是官：指谏官。 是：指代词，此，这。

（26）谠言：正直的言论。

（27）彰吾君有纳谏之明：显明皇上有虚心接受建议的明德。

（28）布衣韦带：粗布衣，熟皮带，均为平民衣着。

（29）不见用：不被任用。 见：表被动，被。

（30）昌言：正直有益的话。

上杜中丞论举官书[1]

具官修，谨斋沐拜书中丞执事。修前伏见举南京留守推官石介为主簿[2]；近者，闻介以上书论赦被罢，而台中因举他吏代介者。主簿于台职中最卑；介，一贱士也，用不用当否，未足害政。然可惜者，中丞之举动也。

介为人，刚果，有气节，力学，喜辩是非，真好义之士也。始执事举其材[3]，议者咸曰知人之明；今闻其罢，皆谓赦乃天子已行之令，非疏贱当有说⁽⁴⁾，以此罪介，曰当罢。修独以为不然。然不知介果指何事而言也⁽⁵⁾。传者皆言介之所论，谓朱梁、刘汉不当求其后裔尔⁽⁶⁾。若止此一事，则介不为过也。然又不知执事以介为是为非也；若随以为非，是大不可也⁽⁷⁾。

且主簿于台中非言事之官，然大抵居台中者，必以正直刚明、不畏避为称职。今介足未履台门之阈⁽⁸⁾，而已用言事见罢，真可谓正直刚明、不畏避矣⁽⁹⁾。度介之才，不止为主簿，直可任御史也。是执事有知人之明，而介不负执事之知也。

修尝闻长老说赵中令相太祖皇帝也⁽¹⁰⁾：尝为某事择官，中令列二臣姓名以进，太祖不肯用。它日又问，复以进，又不用。它日又问，复以进，太祖大怒，裂其奏掷殿阶上；中令色不动，插笏带间，徐拾碎纸袖归中书⁽¹¹⁾。它日又问，则补缀之复以进⁽¹²⁾；太祖大悟，终用二臣者。彼之敢尔者，盖先审知其人之可用，然后果而不可易也⁽¹³⁾。今执事之举介也，亦先审之其可举耶，是偶举之耶？若知而举，则不可遽止⁽¹⁴⁾；若偶举之，犹宜一请介之所言，辩其是非而后已⁽¹⁵⁾。若介虽忤上⁽¹⁶⁾，而言是也⁽¹⁷⁾，当助以辩；若其言非也，犹宜曰：所举者为主簿尔，非言事也⁽¹⁸⁾，待为主簿不任职则可请罢⁽¹⁹⁾。以此辞焉可也⁽²⁰⁾。

且中丞为天子司直之臣⁽²¹⁾。上虽好之，其人不肖，则当弹而去之⁽²²⁾；上虽恶之，其人贤，则当举而申之。非谓随时好恶而高下者也。今备位之臣百千，邪者正者，其纠举一信于台臣⁽²³⁾。而执事始举介曰能，朝廷信而将用之；及以为不能，则亦曰不能，是执事自信犹不果。若遂言它事，何敢望天子之取信于执事哉？故曰主簿虽卑，介虽贱士，其可惜者，中丞之举动也。

况今斥介而他举，必亦择贤而举也。夫贤者固好辩⁽²⁴⁾，若举而入台,又有言,则又斥而它举乎⁽²⁵⁾?如此,则必得愚暗儒默者而后止也。伏惟执事如欲举愚者,则岂敢复云⁽²⁶⁾;若将举贤也,愿无易介而它取也⁽²⁷⁾。

今世之官,兼御史者例不与台事;故敢布狂言⁽²⁸⁾,窃献门下,伏惟幸察焉。

【注释】

(1) 杜中丞:杜衍,时任御史中丞,后又任枢密使,是庆历新政的主持者之一,以干练、清俭著名,史称贤相。

(2) 南京:宋真宗大中祥符七年改宋州(今河南商丘)为南京应天府。　石介:字守道,为宋初古文家,兖州奉符人,人称徂徕先生。　主簿:负责收发登记文籍,为办事人员。

(3) 执事:指杜衍。

(4) 非疏贱当有说:不是地位疏远、低下的人所该议论的。此句是说石介不该论说皇帝大赦的事。

(5) 指何事而言:不知石介是对何事发议论。

(6) "传者"数句:传闻的人都说石介所讲的是不应该优待朱梁、刘汉两朝的后代。

(7) "若随"二句:如果您(杜衍)跟随众人认为石介不对,这是不可以的。

(8) 今介足未履台门之阈:石介还没有到御史台就职。

(9) 不畏避矣:不怕祸患了。

(10) 赵中令:指赵普。　太祖皇帝:指赵匡胤。

（11）"中令"句：中书令面不改色，将手上的朝板插到衣带里，再慢慢地拾起碎纸放回袖中，回到中书省。

（12）则补缀之复以进：就把碎纸拼补起来再上报。

（13）彼：指代词，他，指中书令赵普。　易：变动，更换。

（14）遽（jù）止：突然停止不管。

（15）已：了结，完了。

（16）若介虽忤上：如果石介虽然触怒了皇上。

（17）而言是也：议论都是对的。

（18）"所举"句：我所推荐的人是一个主簿，不是议论政事的大臣。

（19）请罢：请求罢免。

（20）以此辞焉可也：用这样言辞说明一下就可以了。

（21）司直之臣：主管直言劝谏的大臣。

（22）不肖：不贤，不好。　弹：弹劾。

（23）纠举一信于台臣：弹劾或举荐完全根据御史台官员的评价。

（24）夫贤者固好辩：那些贤德的人本来喜好辩论。

（25）斥：退掉，辞退。

（26）岂敢复云：岂敢再说什么。

（27）愿无易介而它取也：我希望不要把石介换掉而另举别人。

（28）故敢布狂言：所以敢陈述狂言。

与黄校书论文章书⁽¹⁾

修顿首启⁽²⁾：蒙问及邱舍人所示杂文十篇⁽³⁾，窃尝览之，惊叹不已。其《毁誉》等数篇，尤为笃论⁽⁴⁾。然观其用意在于策论，此古人之所难工，是以不能无小阙⁽⁵⁾。

其救弊之说甚详，而革弊未之能至；见其弊而识其所以革之者，才识兼通，然后其文博辩而深切，中于时病，而不为空言。盖见其弊，必见其所以弊之因⁽⁶⁾，若贾生论秦之失，而推古养太子之礼，此可谓知其本矣。

然近世应科目文辞求若此者盖寡，必欲其极致⁽⁷⁾，则宜少加意，然后焕乎其不可御矣⁽⁸⁾。文章系乎治乱之说，未易谈⁽⁹⁾。况乎愚昧，恶能当此。愧畏愧畏⁽¹⁰⁾！修谨白。

【注释】

(1) 校书：宋时校正文字，校勘黄本的职任。

(2) 修顿首启：欧阳修请安并回答说。

(3) 蒙问句：蒙您所问及邱舍人展示的十篇文章。

(4) 窃尝览之四句：我都看过，使我惊叹不已，其中《毁誉》等几篇文章，尤其是恳切的议论。

(5) 此古人之所难工二句：这是古人都难以写得十分完美的，所以不能没有小的缺憾。

(6) 盖见其弊二句：发现社会的弊端，还一定要知道所以为弊端的原因。

(7) 极致：达到完美程度。

(8) 焕乎：光明之意。

(9) 文章系乎治乱二句：文章涉及到国家的治与乱，就不容易谈。

(10) 惭畏：实在惭愧！ 畏：程度副词，惶恐之意。

与高司谏书

修顿首再拜白司谏足下⁽¹⁾。某年十七时，家随州⁽²⁾，见天圣二年进士及第榜，始识足下姓名⁽³⁾。是时予年少，未与人接⁽⁴⁾，又居远方，但闻今宋舍人兄弟与叶道卿、郑天休数人者，以文学大有名，号称得人⁽⁵⁾。而足下厕其间⁽⁶⁾，独无卓卓可道说者，予固疑足下⁽⁷⁾，不知何如人也。

其后更十一年，予再至京师⁽⁸⁾。足下已为御史里行⁽⁹⁾，然犹未暇一识足下之面，但时时于予友尹师鲁问足下之贤否⁽¹⁰⁾。而师鲁说足下正直有学问，君子人也。予犹疑之。夫正直者，不可屈曲；有学问者，必能辨是非。以不可屈之节，有能辨是非之明，又为言事之官，而俯仰默默，无异众人⁽¹¹⁾，是果贤者耶？此不得使予之不疑也。

自足下为谏官来，始得相识。侃然正色[12]，论前世事，历历可听[13]，褒贬是非，无一谬说[14]。噫！持此辩以示人，孰不爱之[15]？虽予亦疑[16]足下真君子也。

是予自闻足下之名及相识，凡十有四年，而三疑之。今者，推其实迹而较之[17]，然后决知足下非君子也。

前日范希文贬官后，与足下相见于安道家。足下诋诮希文为人[18]。予始闻之，疑是戏言。及见师鲁，亦说足下深非希文所为，然后其疑遂决[19]。希文平生刚正好学，通古今，其立朝有本末[20]，天下所共知；今又以言事触宰相得罪。足下既不能为辨其非辜，又畏有识者之责己，遂随而诋之，以为当黜。是可怪也。

夫人之性，刚果懦软，禀之于天[21]，不可勉强，虽圣人亦不以不能责人之必能。今足下家有老母，身惜官位，惧饥寒而顾利禄，不敢一忤宰相以近刑祸，此乃庸人之常情，不过作一不才[22]谏官尔；虽朝廷君子，亦将闵[23]足下之不能，而不责以必能也。今乃不然，反昂然自得，了无愧畏，便毁其贤以为当黜[24]，庶乎饰己不言之过。夫力所不敢为，乃愚者之不逮；以智文其过，此君子之贼也[25]。

且希文果不贤耶？自三四年来，从大理寺丞至前行员外郎；作待制日，日备顾问[26]，今班行中无与比者[27]。是天子骤用不贤之人[28]？夫使天子待不贤以为贤，是聪明有所未尽。足下身为司谏，乃耳目之官，当其骤用时，何不一为天子辨其不贤，反默默无一语，待其自败，然后随而非之？若果贤耶，则今日天子与宰相以忤意逐贤人[29]，足下不得不言。是则足下以希文为贤，亦不免责；以为不贤，亦不免责。大抵罪在默默尔。

昔汉杀萧望之与王章，计其当时之议，必不肯明言杀贤者也，必以石显、王凤为忠臣，望之与章为不贤而被罪也。今足下视石显、王凤果忠耶，望之与章果不贤耶？当时亦有谏臣，必不肯自言畏祸而不谏，亦必曰当诛而不足谏也。今足下视之，果当诛耶？是直可欺当时之人，而不可欺后世也。今足下又欲欺今人，而不惧后世之不可欺耶？况今之人未可欺也！

伏以今皇帝即位已来，进用谏臣，容纳言论⁽³⁰⁾。如曹修古、刘越，虽殁犹被褒称，今希文与孔道辅皆自谏诤擢用。足下幸生此时，遇纳谏之圣主如此，犹不敢一言，何也？前日又闻御史台榜朝堂，戒百官不得越职言事，是可言者惟谏臣尔⁽³¹⁾。若足下又遂不言，是天下无得言者也。足下在其位而不言，便当去之，无妨他人之堪其任者也。昨日安道贬官、师鲁待罪，足下犹能以面目见士大夫，出入朝中称谏官，是足下不复知人间有羞耻事尔！所可惜者，圣朝有事，谏官不言，而使他人言之。书在史册，他日为朝廷羞者，足下也。

《春秋》之法，责贤者备⁽³²⁾。今某区区犹望足下之能一言者⁽³³⁾，不忍便绝足下而不以贤者责也⁽³⁴⁾。若犹以谓希文不贤而当逐，则予今所言如此，乃是朋邪之人尔⁽³⁵⁾。愿足下直携此书于朝，使正予罪而诛之，使天下皆释然知希文之当逐，亦谏臣之一效也⁽³⁶⁾。

前日足下在安道家召予往论希文之事，时坐有他客，不能尽所怀，故辄布区区，伏惟幸察，不宣。修再拜。

【注释】

（1）白：表白，报告。 司谏：指高若讷，字敏之，当时任左司谏之职。

（2）家随州：家住随州。

（3）天圣二年：公元1024年。 天圣：宋仁宗年号。

（4）未与人接：没有跟名人交往。

（5）但闻：只听说。 宋舍人兄弟：指宋庠、宋祁二兄弟。

（6）厕其间：勉强参与其间。 厕：置身，参与。

（7）卓卓：不平常。意思是说，可惜独没有很突出而值得称赞的地方，我因而自然产生怀疑。

（8）更：经过。

（9）御史里行：指那些不具有御史资格而担任这项工作的官员，即见习御史。

（10）尹师鲁：尹洙，字师鲁，欧阳修的好友，与其同倡古文。贤否：好坏。

（11）夫正直者，不可屈曲：判断句。那正直的人，是不可能屈服的。

（12）侃然正色：刚正严肃。

（13）历历可听：讲得清清楚楚。

（14）褒贬是非，无一谬说：表扬对的，批评错的，没有一句错话。

（15）孰不爱之：谁不爱慕你呢。

（16）疑：以为，认为。

（17）推其实迹而较之：研究你的实际所为并拿来衡量一下。

（18）诋诮：诽谤。

（19）其疑遂决：我的疑问就坐实了。

（20）立朝有本末：在朝廷立身行事有始终如一的原则。 本末：

有始有终。

（21）禀之于天：指天生的，天赋的。

（22）不才：无能，不称职。

（23）闵：同"悯"，同情。

（24）便毁其贤以为当黜：就任意诋毁贤能的范希文，说他应该贬谪。

（25）不逮：不及，赶不上。 以智文其过：用小聪明来掩饰自己的过失。

（26）待制：即作天章阁待制，为皇帝顾问之类的官衔。 日备顾问：每天为皇帝咨询各种事情。

（27）班行中无与比者：朝廷中同行的官员没有谁跟他相比的。

（28）骤用：破格提拔。

（29）忤意逐贤人：违反自己意志而驱逐贤人。

（30）进用谏臣，容纳言论：提拔任用谏臣，听取采纳众臣的建议。

（31）榜朝堂：在朝廷贴出榜文。

（32）《春秋》二句：《春秋》的笔法，对贤德人的责备是很严格的。

（33）区区：忠诚的样子，有诚恳希望的意思。

（34）"不忍"句：不忍心与您断绝关系因而不按照贤者的标准来要求您。

（35）乃是朋邪之人：就是范希文的朋党。

（36）正予罪而诛之：指正我的罪过，处罚我。

与尹师鲁书

某顿首，师鲁十二兄书记[1]。前在京师相别时，约使人如河上[2]。既受命，便遣白头奴出城，而还言不见舟矣。其夕，及得师鲁手简，乃知留船以待，怪不如约。方悟此奴懒去而见绐[3]。

临行，台吏催苛百端，不比催师鲁人长者有礼[4]，使人惶迫不知所为。是以又不留下书在京师[5]，但深托君贶因书道修意以西。始谋陆赴夷陵，以大暑，又无马，乃作此行[6]。沿汴绝淮，泛大江，凡五千里，用一百一十程才至荆南[7]。在路无附书处，不知君贶曾作书道修意否？

及来此问荆人，云去郢止两程[8]，方喜得作书以奉问。又见家兄[9]言：有人见师鲁过襄州，计今在郢久矣。师鲁欢戚[10]不问可知；所渴欲问者[11]：别后安否？及家人处之如何，莫苦相尤否？六郎旧疾平否[12]？

修行虽久，然江湖皆昔所游，往往有亲旧留连，又不遇恶风水。老母用术者言[13]，果以此行为幸。又闻夷陵有米、面、鱼，如京洛[14]；又有梨栗、桔柚、大笋、茶荈[15]，皆可饮食，益相喜贺。昨日因参转运，作庭趋[16]，始觉身是县令矣[17]。其余皆如昔时。

师鲁简中言，疑修有自疑之意者[18]，非他，盖惧责人太深以取直尔[19]。今而思之自决，不复疑也。然师鲁又云暗于朋友[20]。此似未知修心。当与高书时,盖已知其非君子,发于极愤而切责之,非以朋友待之也;其所为何足惊骇?路中来颇有人以罪出不测见吊者[21],此皆不知修心也。师鲁又云"非忘亲",此又非也。得罪虽死,不为忘亲[22],此事须相见可尽其说也。

五六十年来,天生此辈,沉默畏慎,布在世间,相师成风。忽见吾辈作此事,下至灶门老婢,亦相惊怪,交口议之。不知此事古人日日有也,但问所言当否而已。又有深相赏叹者[23],此亦是不惯见事人也。可嗟世人不见如往时事久矣!往时砧斧鼎镬,皆是烹斩人之物[24],然士有死不失义,则趋而就之,与几席枕藉之无异。有义君子在傍,见有就死,知其当然,亦不甚叹赏也。史册所以书之者[25],盖特欲警后世愚懦者,使知事有当然而不得避尔,非以为奇事而诧人也[26]。幸今世用刑至仁慈,无此物[27];使有而一人就之,不知作何等怪骇也。然吾辈亦自当绝口不可及前事也[28]。居闲僻处,日知进道而已[29]。此事不须言,然师鲁以修有自疑之言,要知修处之如何,故略道也。

安道与予在楚州[30],谈祸福事甚详,安道亦以为然;俟到夷陵写去,然后得知修所以处之之心也[32]。又常与安道言,每见前世有名人,当论事时,感激不避诛死,真若知义者[32];及到贬所,则戚戚怨嗟,有不堪之穷愁形于文字,其心欢戚无异庸人,虽韩文公不免此累。用此戒安道,慎勿作戚戚之文。师鲁察修此语,则处之之心,又可知矣。近世人因言事亦有被贬者,然或傲逸狂醉,自言我为大不为小[33]。故师鲁相别自言:"益慎职,无饮酒[34]。"此事修今亦遵此语。咽喉自出京愈矣,至今不曾饮酒。到县后勤官,以惩洛中时懒慢矣。

夷陵有一路,只数日可至郢,白头奴足以往来。秋寒矣,千万保重。不宣。修顿首。

【注释】

（1）书记：尹洙当时仍带山南东道节度掌书记官衔。

（2）如河上：到船上相见。

（3）方悟此奴懒去而见绐：才知道这个仆人懒去送行，用假言欺骗我。

（4）台吏：御史台的吏卒。　长者：有厚道的意思。

（5）是以：因此。　书：指书信。

（6）陆：指走陆路。　以大暑：因为天气大热。　此行：指水路船行。

（7）程：此指一天的路程。　荆南：指江陵府（今湖北江陵）。

（8）荆人：指湖北当地人。　郢：郢州，时尹洙贬郢州酒税。

（9）家兄：欧阳晔，欧阳修的异母兄。

（10）计：计算。　欢戚：欢乐与忧愁。

（11）所渴欲问者：我急于问候的。　渴：渴望，急于。

（12）六郎：指尹洙之子。　平：痊愈。

（13）老母用术者言：老母亲相信算卦先生的话。

（14）京洛：开封、洛阳。

（15）茶荈：茶叶。

（16）参：参拜。　转运：官名，转运使。　庭趋：对下级谒见上级官员的称谓。

（17）此句欧阳修始觉有屈辱感、失意感。

（18）"师鲁简"二句：你的便条中说，怀疑我对自己的行为有所担心。

　　(19)"非他"二句：不是别的，是害怕对高司谏责备太重，有想获得忠直名声的动机。

　　(20)暗于朋友：对朋友的为人不清楚。指没有估计到高若讷将欧阳修写给他的信，向朝廷告发。

　　(21)颇有人以罪出不测见吊者：很有人以"太出意外的被贬获罪"，来安慰同情我。

　　(22)其句谓由于坚持正义，即使得罪被杀，也不算忘亲。只要符合"义"，忠孝也就两全了。

　　(23)深相叹赏：深深赞叹我们的行为。

　　(24)砧斧：砍杀的刑具。　砧：砧板。　鼎镬：烹人的刑具。镬：比鼎大而无脚的刑具。

　　(25)史册：史书。　书：书写，记载。

　　(26)诧人：使动用，使人惊异。

　　(27)"幸今"二句：所幸现在朝廷讲究仁慈，没有砧板、斧头、大鼎、大锅这类刑具。

　　(28)"然吾辈"句：我们这些人也要绝口再不谈以前作的事了。

　　(29)知进道而已：只知道加强自己的圣道修养罢了。

　　(30)安道：余靖，字安道。欧阳修在往夷陵途中，曾与余靖在淮安舟中会晤。

　　(31)处之之心：指对待被贬谪一事的态度。

　　(32)真若知义者：真像一个坚持正义人的样子。　若：像，如。

　　(33)自言我为大不为小：自称只为大事不拘小节。

　　(34)益慎职：更加谨慎地做本职工作。　益：更加。

与乐秀才第一书

某白，秀才乐君足下(1)：昨者舟行往来，皆辱见过(2)。又蒙以所业一册，先之启事，宛然如后进之见先达之仪(3)。某年始三十矣，其不从乡进士之后者，于今才七年(4)。而官仅得一县令，又为有罪之人，其德、爵、齿三者皆不足以称足下之所待(5)，此其所以为惭。自冬涉春，阴泄不止，夷陵水土之气比频作疾，又苦多事，是以阙(6)。

然闻古人之于学也，讲之深而信之笃(7)，其充于中者足，而后发乎外者大以光。譬夫金玉之有英华，非由磨饰染濯之所为，而由其质性坚实，而光辉之发自然也(8)。《易》之《大畜》曰："刚健笃实，辉光日新。"谓夫畜于其内者实，而后发为光辉者日益新而不竭也。故其文曰："君子多识前言往行，以畜其德。"此之谓也(9)。

古人之学者非一家，其为道虽同，言语文章未尝相似。孔子之系《易》，周公之作《书》，奚斯之作《颂》，其辞皆不同，而各自以为经(10)。子游、子夏、子张与颜回同一师(11)，其为人皆不同，各由其性而就于道耳。今之学者或不然。不务深讲而笃信之徒，巧其词以为华，张其言以为大。夫强为则用力艰，用力艰则有限，有限则易竭。又其为辞不规模于前人，则必屈曲变态以随时俗之所好，鲜克自立。此其充于中者不足，而莫自知其所守也(12)。

窃读足下之所为⁽¹³⁾，高健，志甚壮而力有余。譬夫良骏之马，有其质矣，使驾大辂而王良驭之，节以和銮而行大道，不难也⁽¹⁴⁾。夫欲充其中，由讲之深，至其深，然后知自守⁽¹⁵⁾。能如是矣，言出其口而皆文⁽¹⁶⁾。

修见恶于时，弃身此邑，不敢自齿于人。人所共弃，而足下过礼之，以贤明巧正见待。虽不敢当，是以尽所怀为报，以塞其惭。某顿首。

【注释】

（1）白：陈述。　乐秀才：名不详。作者另有《与荆南乐秀才书》。

（2）皆辱见过：承蒙您慰问我。　辱：承蒙。　见过：访问。

（3）所业：所从事的，指文章。　后进：晚辈。　先进：前辈。唐宋时读书人拜见名人显官，往往先送自己的诗文作为进见礼。

（4）从乡进士之后：指随同众人应举赴试。意谓考举进士到现在才七年。

（5）德、爵、齿：指品德、官职、年龄。其谓品德、官职、年龄三个方面都领受不起您对我的礼节。

（6）阴泄：阴寒腹泻。　比频作疾：经常生病。

（7）讲之深而信之笃：钻研深入，信仰坚定。

（8）"譬夫金玉"句：就像金、玉有美丽的光辉，不是由于磨砺、装饰、染色、洗濯才得到的，而是自然具有的。

（9）此之谓也：说的就是这个道理。为宾语前置句，即"谓此

(10) 各自以为经：都成了经典作品。　经：经典。

　　(11) 子游、子夏、子张、颜回：都是孔子的弟子。

　　(12) "此其"二句：这就是由于品德学识不足，而不知道所坚持的主张、原则。

　　(13) 所为：所写的文章。

　　(14) 大辂：大车。　王良：春秋时著名的御马者。

　　(15) 至其深，然后知自守：钻研得深，然后才知道坚持什么主张、原则。

　　(16) 言出其口而皆文：话说出口来就成好文章。

答吴充秀才书

　　修顿首白，先辈吴君足下⁽¹⁾：前辱示书及文三篇⁽²⁾，发而读之，浩乎若千万言之多⁽³⁾，及少定而视焉，才数百言尔。非夫辞丰意雄，沛然有不可御之势，何以至此！然犹自患伥伥莫有开之使前者，此好学之谦言也。

　　修材不足用于时，仕不足荣于世，其毁誉不足轻重，气力不足动人。世之欲假誉以为重，借力而后进者，奚取于修焉？先辈学精文雄，其施于时，又非待修誉而为重、力而后进者也⁽⁴⁾。然而惠然见临，若有所责⁽⁵⁾，得非急于谋道，不择其人而问焉者欤？

夫学者未始不为道，而至者鲜焉⁽⁶⁾。非道之于人远也，学者有所溺焉尔⁽⁷⁾。盖文之为言，难工而可喜，易悦而自足。世之学者往往溺之⁽⁸⁾，一有工焉，则曰："吾学足矣！"甚者至弃百事不关于心，曰："吾文士也，职于文而已⁽⁹⁾。"此其所以至之鲜也⁽¹⁰⁾。

昔孔子老而归鲁，六经之作，数年之顷尔。然读《易》者如无《春秋》，读《书》者如无《诗》，何其用功少而至于至也！圣人之文虽不可及，然大抵道胜者文不难而自至也。故孟子皇皇不暇著书，荀卿盖亦晚而有作⁽¹¹⁾。若子云、仲淹，方勉焉以模言语，此道未足而强言者也⁽¹²⁾。后之惑者，徒见前世之文传，以为学者文而已，故愈力愈勤而愈不至⁽¹³⁾。此足下所谓终日不出于轩序⁽¹⁴⁾，不能纵横高下皆如意者，道未足也⁽¹⁵⁾。若道之充焉，虽行乎天地，入于渊泉，无不之也。

先辈之文浩乎沛然，可谓善矣。而又志于为道⁽¹⁶⁾，犹自以为未广，若不止焉，孟、荀可至而不难也。修学道而不至者，然幸不甘于所悦，而溺于所止。因吾子之能不自止，又以励修之少进焉⁽¹⁷⁾，幸甚幸甚。修白。

【注释】

（1）吴君：指吴充，字冲卿，建州浦城（今福建松溪北）人。

（2）辱示书：承蒙您写信给我。

（3）浩乎：即"浩然"，本义形容水势大，此形容文章气势大。

（4）"又非待修"二句：也不必靠我的赞誉来抬高，靠我的力量来进取。

（5）惠然见临：承蒙您来找我，来访问我。　责：一作"求"，求教。

(6) 而至者鲜焉：但达到目的却很少。

(7) 有所溺焉尔：有沉溺于某一方面的偏向。 溺：沉迷不悟。

(8) 溺之：指沉溺于文章的词句即形式方面。

(9) 职于文而已：专心写文章就够了。

(10) "此其"句：这就是少有人达到目标的原因吧！

(11) 荀卿：荀况，字卿。战国末期人。

(12) "若子云"数句：至于扬雄、王通，他们都是勉强用力模仿前人著作来写书，这是道不足而勉强写作的表现。

(13) 徒：只，只是。

(14) 终日不出于轩序：整天局限在房子里写文章。轩序：同"门户"，房屋。 序：为堂前东西两厢的墙。

(15) 纵横高下：指写文章随心所欲，变化无穷。

(16) 志于为道：有志于在道的修养方面下功夫。

(17) 因吾子句：因为您能够不停止地进取，从而激励了我也稍稍有所进步。 少：逐渐，稍稍。

答祖择之书[1]

修启。秀才人至，蒙示书一通，并诗赋杂文两策，谕之曰："一览以为如何[2]？"某既陋，不足以辱好学者之问；又其少贱而长穷，其素所为未有足称以取信于人。亦尝有人问者，以不足问之愚，而未尝答人之问。足下卒然及之⁽³⁾，是以愧惧不知所言。虽然，不远数百里走使者以及门，意厚礼勤，何敢不报⁽⁴⁾。

某闻古之学者必严其师，师严然后道尊，道尊然后笃敬，笃敬然后能自守，能自守然后果于用⁽⁵⁾，果于用然后不畏而不迁⁽⁶⁾。三代之衰，学校废。至两汉，师道尚存，故其学者各守其经以自用⁽⁷⁾。是以汉之政理文章与其当时之事，后世莫及者，其所从来深矣。后世师法渐坏⁽⁸⁾，而今世无师，则学者不尊严，故自轻其道⁽⁹⁾。轻之则不能至⁽¹⁰⁾，不至则不能笃信，信不笃则不知所守，守不固则有所畏而物可移⁽¹¹⁾。是故学者惟俯仰徇时，以希禄利为急，至于忘本趋末，流而不返⁽¹²⁾。夫以不信不固之心，守不至之学，虽欲果于自用，而莫知其所以用之之道，又况有禄利之诱、刑祸之惧以迁之哉⁽¹³⁾！此足下所谓志古知道之士世所鲜，而未有合者，由此也。

足下所为文，用意甚高，卓然有不顾世俗之心⁽¹⁴⁾，直欲自到于古人⁽¹⁵⁾。今世之人用心如足下者有几？是则乡曲之中能为足下之师者谓谁？交游之间能发足下之议论者谓谁⁽¹⁶⁾？学不师则守不一，议论不博则无所发明而究其深。足下之言高趣远⁽¹⁷⁾，甚善；然所守未一而议论未精，此其病也⁽¹⁸⁾。窃惟足下之交游能为足下称才誉美者不少，今皆舍之，远而见及⁽¹⁹⁾，乃知足下是欲求其不至⁽²⁰⁾。此古君子之用心也，是以言之不敢隐。

夫世无师矣，学者当师经⁽²¹⁾。师经必先求其意。意得则心定，心定则道纯，道纯则充于中者实，中充实则发为文者辉光，施于世者果致。三代、两汉之学，不过此也。足下患世未有合者，而不弃其愚，将某以为合⁽²²⁾，故敢道此。未知足下之意合否？

【注释】

（1）祖择之：祖无择，字择之，上蔡（今河南上蔡）人。

（2）一览以为如何：你看看认为怎样？指看祖择之送来的文章的内容。

（3）卒然及之：突然来信询问我。卒：同"猝"，突然。

（4）何敢不报：怎么敢不回答呢？报：答复，回答。

（5）果于用：果断地应用。果：果断。

（6）不畏而不迁：才能无所畏惧，不改变信仰。迁：变化。

（7）两汉：西汉、东汉。当时从师学道的风气很盛。

（8）后世师法渐坏：后代从师的风气逐渐破坏。

（9）故自轻其道：所以自己轻视所从事的事业。

（10）不能至：指对"道"不能深刻理解。

（11）而物可移：而被外界事物动摇。

（12）至于忘本趋末，流而不返：至于舍本求末，贪图小利而忘了信道守固。

（13）"又况有"二句：又何况官位、金钱的诱惑和对刑祸的恐惧来使他改变志向呢！

（14）不顾世俗之心：不投合世俗的爱好。

（15）直欲自到于古人：径直想达到古人那样的境界。

（16）"交游"句：朋友之间能跟你互相议论的又有谁呢？

（17）言高趣远：文章高明，志向远大。趣：志向。

（18）此其病也：这就是毛病。病：缺点。

（19）远而见及：远远地来找我。

（20）求其不至：探求不能掌握"道"的原因。

（21）学者当师经：求学的人应当以经典当老师。　师经：以儒家经典为师。

（22）将某以为合：把我当做志同道合的人。

与陈员外书

修本愚无似，固不足以希执友之游，然而群居平日，幸得肩从齿序，跪拜起居，窃兄弟行，寓书存劳，谓宜有所款曲以亲之之意[1]。奈何一幅之纸，前名后书，且状且牒，如上公府。退以寻度，非谦即疏，此乃世之浮道之交，外阳相尊者之为，非宜足下之所以赐修也[2]。古之书具，惟有铅刀竹木，而削札为刺[3]，止于达名姓，寓书于简，止于舒心意，为问好。惟官府吏曹，凡公之事，上而下者，则曰符曰檄；问讯列对、下而上者，则曰状；位等相以往来，曰移曰牒。非公之事，长吏或自以意晓其下，以戒以饬者[4]，则曰教；下吏以私自达于其属长而有所候问请谢者，则曰戕记书启。故非有状牒之仪，施于非公之事。相参如今所行者，其原盖出唐世大臣，或贵且尊、或有权于时，缙绅凑其门以傅响者，谓旧礼不足为重，务稍增之。然始于刺谒，有参候起居，因为之状。及五代，始复以候问请谢。加状牒之仪，如公之事，然止施于官之尊贵及吏之长者，其伪谬所从来既远，世不根古，以为当然[5]。居今之世，无不如此而莫以易者，盖常俗所为，积习以牢，而不得以更之也[6]。然士或同师友缔交游以道谊相期者，尚有手书、勤勤之意，犹为近古[7]。噫，候问请谢，非公之事，有状牒之仪，以施于尊贵长吏，犹曰非古之宜用，况又用之于肩从齿序跪拜起居如兄弟者乎！岂足下不以道义交游期我，而惜手书之勤也[8]？将待以牵俗积习者，而姑用世礼以遇我之勤也；不然，是为浮道以阳相尊也。是以不胜拳拳之心，谨布左右[9]。

【注释】

（1）执友：亲密知心的朋友。　肩从齿序：肩膀相从，齿序相挨之意，即地位相当，年龄相仿。

（2）退以寻度五句：我考虑这样做不是谦恭就是疏远。是社会上虚浮的交往，表面上互相尊敬的人所做的，您不应当写给我这样的信啊。　寻度：思想考虑。

（3）削札为刺：刻削木板做成名片。　刺：名刺、名片。

（4）以戒以饬：以引起注意或训示。　饬：指上级命令下级。

（5）及五代八句：到五代时候，又以问候请谢增加状牒的仪式。像办公事一样，然而也只是用于高官大吏，它的虚伪荒谬的根源由来已久，世人不知道以古为根据，以为当然如此。

（6）居今之世四句：现在世人都这样做而没有改变它，大概是风俗已成不能更改它啊！

（7）然士或同师友缔交游四句：然而士大夫或师友以友谊相交往的，还有用手书互致殷勤之意，同古人相仿。

(8) 岂足下不以道义二句：难道您不希望与我以兄弟般情谊交往，而吝惜用手书表达情意吗？

(9) 是以不胜拳拳之心二句：因此，这片真心愿传达到您。 拳拳：诚恳。

与曾巩论氏族书[1]

修白：贬所僻远，不与人通[2]。辱遣专人惠书，甚勤，岂胜愧也！示及见托撰次碑文事，修于人事多故，不近文字久矣[3]，大惧不能称述世德之万一，以满足下之意[4]。然近世士大夫于氏族，尤不明其迁徙，世次多失其序，至于始封得姓，亦或不真。如足下所示，云曾元之曾孙乐为汉都乡侯，至四世孙据，遭王莽乱，始去都乡而家豫章，考于史记，皆不合[5]。盖曾元去汉近二百年，自元至乐，似非曾孙[6]。然亦当仕汉初，则据遭莽世失侯而徙，盖又二百年，疑亦非四世。以诸侯年表推之，虽大功德之侯，亦未有终前汉而国不绝者，亦无自高祖之世至平帝时候才四传者[7]。宣帝时，分宗室赵顷王之子景封为都乡侯，则据之去国，亦不在莽世，而都乡已先别封宗室矣[8]。又乐、据姓名，皆不见于年表，盖世次久远而难详如此。若曾氏出于鄫者，盖其支庶自别有为曾氏者尔，非鄫子之后皆姓曾也，盖今所谓鄫氏者是也。杨允恭据国史所书，尝以西京作坊使为江浙发运制置茶盐使，乃至道之间耳[9]。今云洛苑使者，虽且从所述，皆宜更加考正，山州无文字寻究，不能周悉，幸察。

【注释】

（1）曾巩，字子固，嘉祐进士。南丰（今江西南丰县）人，世称"南丰先生"，欧阳修弟子。

（2）贬所二句：贬所之地偏远，不便与人沟通交往。

（3）示及见托三句：来信所说和委托撰写碑文一事，我近来人事多杂，不执笔很久了。

（4）大惧不能称述二句：实在担心不能表述曾氏累世功德的万分之一，以令你满意。

（5）如足下所示七句：像你所写的，说曾元的曾孙叫做曾乐的是汉代的都乡侯，到他的四世孙曾据，因王莽的祸乱而离开了都乡安家豫章，考查史料，上述所示都不符合。

（6）盖曾元去汉三句：曾元离汉近二百年之久，自曾元到曾乐，好像不应该是曾孙。

（7）以诸侯年表推之四句：从诸侯年表推查，虽然立有大功的侯爵，也没有前汉终结而封国不断的，也没有从高祖到平帝才传四世的。

（8）宣帝时五句：宣帝时，宗室赵顷王之子刘景封为都乡侯，未曾据离开封国也不在王莽当世之时，而都乡侯早已先封别的宗室的人了。

（9）杨允恭：宋绵竹人，咸平初，累官荆湖江浙都巡检使。至道：宋太宗年号。

答李大临学士书[1]

　　修再拜，人至，辱书，甚慰！

　　永阳穷僻而多山林之景，又尝得贤士君子居焉。修在滁[2]之三年，得博士杜君与处，甚乐，每登临览泉石之际，惟恐其去也。其后徙官[3]广陵，忽忽[4]不逾岁而求颍[5]，在颍逾年，差自适。然滁之山林泉石与杜君共乐者，未尝辄一日忘于心也[6]。今足下在滁，而事陈君[7]与居。足下知道之明者，固能达于进退穷通之理，能达于此而无累于心，然后山林泉石可以乐。必与贤者共，然后登临之际，有以乐也。足下所得，与修之得者同；而有小异者，修不足以知道，独其遭世忧患多，齿发衰，因得闲处而为宜尔，此为与足下异也。不知足下之乐，惟恐其去，能与修同否？况足下学至文高，宜有所施于当世，不得若某之恋恋，此其与某异也。得陈君所寄二图，览其景物之宛然，复思二贤相与之乐，恨不得追逐于其间。

　　因人还，草率。

【注释】

（1）李大临学士：作者友人，此时当供职滁州府。

（2）滁：即滁州，今安徽滁县。

（3）徙官：改任官职。

（4）忽忽：喻时光之快。

（5）颍：即颍州，今安徽阜阳县。

（6）然滁之山林泉石与杜君共乐者二句：对于山林泉石与杜君共同欣赏的乐趣，则一天也不能忘怀。

（7）陈君：当为滁州知州，作者的继任者。

与田元均论财计书

修启⁽¹⁾。承有国计之命，朝野忻然⁽²⁾。引首西望，近审已至阙下⁽³⁾。道路劳止，寝味多休。

弊乏之余，谅烦精虑⁽⁴⁾。建利害、更法制，甚易，若欲其必行而无沮改；则实难；裁冗长，塞侥幸非难，然欲其能久而无怨谤，则不易。为大计既迟久而莫待，收细碎又无益而徒劳⁽⁵⁾。凡相知为元均虑者，多如此说，不审以为如何？但日冀公私蒙福尔。

春暄，千万为国自厚，不宣⁽⁶⁾。修再拜⁽⁷⁾。

【注释】

（1）启：陈述，说。　修启：意谓欧阳修陈述如下。

（2）"承有"二句：听说您被任命为三司使，朝廷内外都很高兴。

承：谦词。承闻、听说。　国计：指三司使。

(3)"引首"二句：翘首西望，知道您近日已到京城。　阙下：指京城开封。　阙：皇宫门前面两边的楼。

(4)弊乏：国家积弊已久，财政经济困乏。　谅烦精虑：这会费尽您的思虑。

(5)大计：指国家进行彻底的改革。　迟久而莫待：所费时间长，人们不能久久地等待。　收细碎：从小处点滴去做。

(6)"春暄"三句：春日渐暖，千万为国自重。

(7)再拜：再次致意。

新五代史·唐明宗论

呜呼，自古治世少而乱世多(1)！三代之王有天下者，皆数百年，其可道者数君而已，况于后世邪，况于五代邪！

予闻长老为予言："明宗虽出夷狄，而为人纯质，宽仁爱人，于五代之君，有足称也。"尝夜焚香仰天而祝曰："臣本蕃人，岂足治天下！世乱久矣，愿天早生圣人。"自初即位，减罢宫人、伶官，废内藏库，四方所上物悉归之有司。广寿殿火灾，有司理之，请加丹艧(2)，喟然叹曰："天以火戒我，岂宜增以侈邪！"岁尝旱，已而雪，暴坐庭中，诏武德司宫中无扫雪，曰："此天所以赐我也。"(3)数问宰相冯道等民间疾苦，闻道等言谷帛贱，民无疾疫，则欣然曰："吾何以堪之，当与公等作好事，以报上天。"吏有犯赃，则置之死，曰："此民之蠹也！"以诏书褒廉吏孙岳等，以风示天下[4]。其爱人恤物，盖亦有意于治矣。

其即位时，春秋已高，不迩声色，不乐游畋[5]。在位七年，于五代之君最为长世，兵革粗息，年屡丰登，生民实赖以休息。然夷狄性果，仁而不明，屡以非辜诛杀臣下[6]。至于从荣父子之间，不能虑患为防，而变起仓卒，卒陷之以大恶，帝亦由此饮恨而终。

当是时，大理少卿康澄上疏言时事。其言曰："为国者有不足惧者五，深可畏者六：三辰失行不足惧，天象变见不足惧，小人讹言不足惧，山崩川竭不足惧，水旱虫蝗不足惧也；贤士藏匿深可畏，四民迁业深可畏，上下相徇深可畏，廉耻道消深可畏，毁誉乱真深可畏，直言不闻深可畏也[7]。"识者皆多澄言切中时病。若从荣之变，任圜、安重诲等之死，可谓上下相徇而毁誉乱真之敝矣。然澄之言，岂止一时之病，凡为国者，可不戒哉！

【注释】

（1）"呜呼"二句：唉，自古以来，太平治世少动荡乱世多！ 呜呼：唉，感叹词。

（2）丹臒：油漆用的颜料。

（3）"岁尝旱"五句：长兴三年天旱，不久下起大雪，明宗冒雪坐在庭院中，诏令武德司宫中不要扫雪，说："这是上天恩赐给我的啊！"

（4）"以诏书"二句：指天成元年颍州刺史孙岳被加检校太保，以为嘉奖一事。

（5）春秋已高：年岁已老。 明宗即位时，年已六十岁。 迩：

近。　　游畋：打猎。

（6）"夷狄性果"：少数民族性格粗鲁。　　性果：性格果断，这里指粗暴。

（7）三辰：日、月、星。　　小人讹言：指童谣。　　四民：士、农、工、商。　　上下相徇：指君臣互相猜忌。　　毁誉乱真：对人对事的褒贬不符合实际情况。

新五代史·周臣传论

呜呼！作器者，无良材而有良匠；治国者，无能臣而有能君⁽¹⁾。盖材待匠而成，臣待君而用。故曰：治国譬之于奕，知其用而置得其处者胜⁽²⁾，不知其用而置非其处者败。败者临棋注目，终日而劳心，使善奕者视焉，为之易置其处则胜矣。胜者所用，败者之棋也；兴国所用，亡国之臣也。王朴⁽³⁾之材，诚可谓能矣！不遇世宗⁽⁴⁾，何所施哉。世宗之时，外事征伐，攻取战胜；内修制度，议刑法，定律历，讲求礼乐之遗文。所用者五代之士也。岂皆愚怯于晋、汉，而材智于周哉⁽⁵⁾？惟知所用尔⁽⁶⁾。

夫乱国之君，常置愚不肖于上，而强其不能，以暴其短恶；置贤智于下，而泯灭其材能。使君子、小人皆失其所，而身蹈危亡⁽⁷⁾。治国之君，能置贤智于近，而置愚不肖于远，使君子、小人各适其分，而身享安荣⁽⁸⁾。治乱相去虽远甚，而其所以致之者不多也，反其所置而已。

呜呼！自古治君少而乱君多[9]，况于五代！士之遇、不遇者[10]，可胜叹哉！

【注释】

（1）"作器者"四句：制作器物的，不在于有没有好的材料，而在于有没有好的工匠；治理国家的，不在于有没有贤能的大臣，而在于有没有贤能的君主。

（2）知其用而置其处者胜：懂得棋子的作用，把它放在恰当位置的人就能取胜。 其：指棋子。

（3）王朴：五代时后周东平（今属山东）人。

（4）世宗：即周世宗柴荣（921—959），后周皇帝，为后周太祖郭威的养子。

（5）"岂皆"二句：难道这些人在后晋、后汉都是愚蠢怯弱的，而到了后周就变得聪明有才干了吗？

（6）惟知所用尔：只在于君主懂得任用他们的方法而已。 尔：罢了。

（7）失其所：处在不应处的地方。 身蹈危亡：使君主自身走向危险、灭亡。

（8）于近：安排在身边。 于远：安排在疏远的岗位。 各适其身：各自作适合他们身份的工作。

（9）自古句：自古以来，贤明的君主少，而昏乱的君主多。

（10）士之遇，不遇者：士人有能遇上贤明君主的，有不能遇上的。

新五代史·伶官传论⁽¹⁾

呜呼！盛衰之理，虽曰天命，岂非人事哉⁽²⁾！原庄宗之所以得天下，与其所以失之者，可以知之矣。

世言晋王之将终也⁽³⁾，以三矢赐庄宗而告之曰："梁，吾仇也；燕王，吾所立⁽⁴⁾，契丹，与吾约为兄弟⁽⁵⁾，而皆背晋以归梁。此三者，吾遗恨也。与尔三矢，尔其无忘乃父之志⁽⁶⁾！"庄宗受而藏之于庙。其后用兵，则遣从事以一少牢告庙，请其矢，盛以锦囊，负而前驱⁽⁷⁾，及凯旋而纳之⁽⁸⁾。

方其系燕父子以组，函梁君臣之首，入于太庙，还矢先王⁽⁹⁾，而告以成功，其意气之盛，可谓壮哉！及仇雠已灭⁽¹⁰⁾，天下已定，一夫夜呼，乱者四应，仓皇东出，未及见贼而士卒离散，君臣相顾，不知所归。至于誓天断发，泣下沾襟，何其衰也！岂得之难而失之易欤？抑本其成败之迹，而皆自于人欤⁽¹¹⁾！

《书》曰："满招损，谦得益⁽¹²⁾。"忧劳可以兴国，逸豫可以亡身⁽¹³⁾，自然之理也。故方其盛也，举天下之豪杰⁽¹⁴⁾，莫能与之争；及其衰也，数十伶人困之，而身死国灭，为天下笑。夫祸患常积于忽微，而智勇多困于所溺，岂独伶人也哉⁽¹⁵⁾！作《伶官传》。

【注释】

（1）伶官：宫廷中的乐官、艺人。

（2）天命：天的意志。

（3）晋王：指李克用。

（4）燕王，吾所立：指燕王刘守光的父亲仁恭。

（5）契丹：后称辽，为我国北方的一个游牧部落。

（6）尔：你，指庄宗李存勖。

（7）盛以锦囊、负而前驱：将箭用织锦的袋子装着，背在身上，一马当先。

（8）及凯旋而纳之：等到打了胜仗回来，把箭再放回太庙。

（9）先王：指晋王李克用。

（10）仇雠：敌人。

（11）"岂得"三句：难道是取得天下困难而失天下却很容易吗？推究其成功和失败的道理，都是由于人的作用吧！ 本：考究原因。

（12）满招损，谦受益：自满就要遭到损失，谦逊就能得到益处。

（13）忧劳可以兴国，逸豫可以亡身：忧虑劳苦可以使国家兴盛，安乐可以使自己亡身。　逸豫：安乐。　（14）举：全，全部。

（15）"而智"二句：而有才干的人常为自己的偏爱所蒙蔽，哪里是只有伶人才能造成危害呢！

新五代史·宦者传论⁽¹⁾

（节选）

　　自古宦者乱人之国，其源深于女祸⁽²⁾。

　　女，色而已；宦者之害，非一端也⁽³⁾。盖其用事也近而习⁽⁴⁾，其为心也专而忍⁽⁵⁾；能以小善中人之意⁽⁶⁾，小信固人之心⁽⁷⁾，使人主必信而亲之。待其已信，然后惧以祸福而把持之。虽有忠臣硕士列于朝廷⁽⁸⁾，而人主以为去己疏远，不若起居饮食、前后左右之亲为可恃也。故前后左右者日益亲，则忠臣硕士日益疏，而人主之势日益孤⁽⁹⁾。势孤，则惧祸之心日益切，而把持者日益牢⁽¹⁰⁾。安危出其喜怒，祸患伏于帷闼，则向之所谓可恃者，乃所以为患也⁽¹¹⁾。患已深而觉之，欲与疏远之臣图左右之亲近，缓之则养祸而益深，急之则挟人主以为质⁽¹²⁾。虽有圣智，不能与谋。谋之而不可为，为之而不可成。至其甚，则俱伤而两败。故其大者亡国，其次亡身，而使奸豪得借以为资而起，至抉其种类，尽杀以快天下之心而后已。此前史所载宦者之祸常如此者，非一世也！夫为人主者，非欲养祸于内，而疏忠臣硕士于外，盖其渐积而势使之然也⁽¹³⁾。

夫女色之惑，不幸而不悟，则祸斯及矣；使其一悟，捽而去之可也⁽¹⁴⁾。宦者之为祸，虽欲悔悟，而势有不得而去也。唐昭宗之事是已。故曰：深于女祸者，谓此也。可不戒哉⁽¹⁵⁾！

【注释】

(1)《宦者传》：也是《新五代史》中的一篇，写后唐庄宗时张承业、张居翰二人的事。

(2)"自古"二句：自古以来，宦官扰乱国家，它的祸患比女色造成的祸患还要深重。

(3) 非一端也：不仅仅在一个方面。 一端：事情的一点或一个方面。

(4) 近而习：与皇帝亲近。 习：亲狎。

(5) 专而忍：专横而且残忍。

(6) "能以"句：善于用微小的好处来迎合人君的心意。 中：迎合。

(7) 小信固人之心：用小的信义去牢固地骗取人君的信任。

(8) 硕士：品德高尚，学识渊博的人。

(9) 日益亲：（宦官）一天天地更加亲近。 日益疏：（忠臣贤士）一天天地更加疏远。 日益孤：（人君）一天天地更加孤立。

(10) 日益切：一天天地更加严重。 日益牢：一天天地更加巩固。　牢：指宦官把持人君的地位一天天地巩固。

（11）向：以前。　把持者：指宦官。　乃所以为患也：就成为发生祸患的原因。

（12）"患已深"四句：当祸患已经很严重，君主才觉察，想同疏远了的忠臣贤士图谋除掉宦官，行动慢了，会酿成更大的灾难；操之过急，就会使宦官挟持人君，作为人质。

（13）盖其渐积而势使之然也：而是由于逐渐积累，形势把他逼成这样。　之：代词，指人主。

（14）捽而去之可也：揪住她的头发，把她撵出去就行了。　捽：揪，指揪着头发。

（15）"故曰"几句：所以说宦官比女色造成的祸患还要深重，就是这个道理。怎么能不警戒呢！

唐书兵志论⁽¹⁾

古之有天下国家者，其兴亡治乱，未始不以德，而自战国、秦、汉以来，鲜不以兵。夫兵岂非重事哉⁽²⁾！然其因时制变，以苟利趋，便至于无所不为，而考其法制，虽可用于一时，而不足施于后世者多矣，惟唐立府兵制，颇有足称焉。

盖古者兵法起于井田⁽³⁾，自周衰，王制坏而不复；至于府兵，始一寓之于农，其居处、教养、畜材、待事、动作、休息，皆有节目，虽不能尽合古法，盖得其大意焉，此高祖、太宗之所以盛也⁽⁴⁾。至其后世子孙，骄弱不能谨守，屡变其制。夫置兵所以止乱，及其弊也，适足为乱，又其甚也，至困天下以养乱，而遂至于亡焉。

盖唐有天下二百余年，而兵之大势三变，其始盛时，有府兵，府兵后废而为彍骑，彍骑又废而方镇之兵盛矣。及其末也，强臣悍将兵布天下；而天子亦自置兵于京师，曰禁军。其后，天子弱，方镇彊，而唐遂以亡灭者，措置之势使然也。若乃将卒、营阵、车骑、器械、征防、守卫，凡兵之事，不可以悉记。记其废置、得失、终始、治乱、兴灭之迹，以为后世戒云。

【注释】

（1）本篇是《新唐书·兵志》的文前序言。论：文体的一种。

（2）夫兵岂非重事哉：管好军队难道不是很重要的事情吗！ 兵：（治理）军队。

（3）井田：是周代农业经济的主要形式。

（4）至于府兵六句：隋唐之际的府兵制，从一开始就实行寓兵于农的原则,军队的居处、教养、畜材、待事、动作、休息,都有节制和名目,虽然不完全合乎古代的原则,但符合它的基本精神。　　高祖:唐高祖李渊。　　太宗:唐太宗李世民。

贾谊不至公卿论⁽¹⁾

论曰:汉兴,本恭俭,革弊末⁽²⁾,移风俗之厚者,以孝文为称首;议礼乐,兴制度,切当世之务者,惟贾生为美谈。天子方忻然说之,倚以为用,而卒遭周勃、东阳之毁,以谓儒学之生纷乱诸事,由是斥去,竟以忧死。班史赞之以"谊天年早终,虽不至公卿,未为不遇"⁽³⁾。予切惑之,尝试论之曰:

孝文之兴,汉三世矣⁽⁴⁾。孤秦之弊未救,诸吕之危继作。南北兴两军之诛,京师新蹀血之变⁽⁵⁾。而文帝由代邸嗣汉位。天下初定,人心未集,方且破觚斫雕,衣绨履革,务率敦朴,推行恭俭⁽⁶⁾。故改作之议谦于未遑,制度之风阙然不讲者,二十余年矣⁽⁷⁾。而谊因痛哭以悯世,太息而著论。况是时方隅未宁,表里未辑⁽⁸⁾:匈奴桀黠,朝那、上郡,萧然苦兵⁽⁹⁾;侯王僭拟,淮南、济北,继以见戮。谊指陈当世之宜,规画亿载之策⁽¹⁰⁾:愿试属国,以系单于之颈⁽¹¹⁾,请分诸子,以弱侯王之势⁽¹²⁾。上徒善其言而不克用。

又若,鉴秦俗之薄恶⁽¹³⁾;指汉风之奢侈:叹屋壁之被帝服,愤优倡之为后饰。请设庠序,述宗周之长久⁽¹⁴⁾;深戒刑罚,明孤秦之速亡。

譬人主之如堂,所以优臣子之礼⁽¹⁵⁾;置天下于大器,所以见安危之几。诸"所以"曰不可胜⁽¹⁶⁾。而文帝卒能拱默化理、推行恭俭、缓除刑罚、善养臣下者,谊之所言,略施行矣⁽¹⁷⁾。故天下以谓可任公卿,而刘向亦称远过伊、管。然卒以不用者,得非孝文之初立日浅,而宿将老臣方握其事?或艾旗、斩级、矢石之勇,或鼓刀、贩缯、贾竖之人,朴而少文,昧于大体,相与非斥,至于谪去。则谊之不遇,可胜叹哉!

且以谊之所陈,孝文略施其术,犹能比德于成、康⁽¹⁸⁾。况用于朝廷之间,坐于廊庙之上,则举大汉之风,登三皇之首,犹决壅裨坠耳。奈何俯抑佐王之略,远致诸侯之间?故谊过长沙作赋以吊汨罗;而太史公传于屈原之后,明其若屈原之忠而遭弃逐也。而班固不讥文帝之远贤,痛贾生之不用,但谓其天年早终。且谊以失志忧伤而横夭,岂曰天年乎?则固之善志,逮与《春秋》褒贬万一矣⁽¹⁹⁾!谨论。

【注释】

(1) 这是一篇应试论文。宋代进士考试,除试诗赋外还试策论,以此来衡量应试人的学识。策是对问题提出解决办法,论是对事件作出评判。

(2) 本:提倡。 弊末:弊端。

(3) 班史:即班固的《汉书》。 赞:传记后的评论。 天年:指人的自然寿命。

(4) 三世:文帝即位时,汉已经高祖、惠帝二世。

(5) 南北二句,指周勃诛死诸吕之事。南北:汉初,长安驻南北二军,后周勃夺得南北两军权,平定诸吕叛乱。蹀血:蹀血而行,形容杀人之多。

(6) 此几句指汉文帝一心提倡谦恭节俭,即史称"恭让廉俭"。破觚斫雕:比喻反对奢侈。 觚:酒器。 斫:砍,破除。 雕:装饰。

(7) 遑:同"皇",空暇。 阙然:荒废。 二十余年:从高祖建国至文帝即位,共27年。

(8) 方隅未宁:四方边境还没有安宁。方隅:四方八隅。 表里未辑:内外还没有安定。 表里:内外。 辑:统一,安定。

(9) 桀黠:指匈奴凶悍而狡诈。 朝那:地名,故址在今甘肃平凉县西北。 上郡:地名,故址在今陕西绥德县东南。

(10) 亿载之策:长治久安之策。

(11) "愿试"句:贾谊曾愿意担任典属国,试用计谋制服匈奴。属国:即典属国,汉官名。

(12) "请分"句:贾谊又提出侯王可将土地、人民分给几个儿子,以削弱诸侯王的势力。

(13) 鉴:鉴戒。指以秦朝的坏风俗为戒。

(14) 庠序:学校。 宗周:周朝,传位八百余年。

(15) 堂:大堂。把人主比做大堂。

(16) 日不可胜:每天都不间断。 日:每天。 胜:尽。

(17) 拱默:拱着手,不说话。指无为而治的主张。 略:少许。

(18) 比德于成、康:可以跟周成王、周康王功德比美。

(19) 其谓班固的《汉书》在评价历史人物方面只及《春秋》的万分之一。 善志:善于写历史。

原　弊

孟子曰：养生送死，王道之本⁽¹⁾。管子曰：仓廪实而知礼节⁽²⁾。故农者，天下之本也⁽³⁾，而王政所由起也，古之为国者未尝敢忽⁽⁴⁾。而今之为吏者不然，簿书听断⁽⁵⁾而已矣，闻有道农之事，则相与笑之曰"鄙"。夫知赋敛财用⁽⁶⁾之为急，不知务农为先者，是未原为政之本末也；知务农而不知节用以爱农，是未尽务农之方也。

古之为政者，上下相移用以济：下之用力者甚勤，上之用物者有节；民无遗力，国不过费，上爱其下，下给其上，使不相困⁽⁷⁾。三代之法⁽⁸⁾皆如此，而最备于周。周之法曰：井牧其田，十而一之⁽⁹⁾。一夫之力，督之必尽其所任⁽¹⁰⁾；一日之用，节之必量其所入；一岁之耕，供公与民食，皆出其间，而常有余，故三年而余一年之备。今乃不然，耕者不复督其力，用者不复计其出入，一岁之耕供公仅足，而民食不过数月。甚者，场功甫毕⁽¹¹⁾，簸糠麸而食秕稗，或采橡实、畜菜根以延冬春。夫糠核橡实，孟子所谓狗彘之食也，而卒岁之民不免食之⁽¹²⁾！不幸一水旱，则相枕为饿殍，此甚可叹也夫！

三代之为国，公卿士庶之禄廪，兵甲车牛之材用，山川宗庙鬼神之供给⁽¹³⁾，未尝缺也。是皆出于农，而民之所耕不过今九州⁽¹⁴⁾之地也。岁之凶荒⁽¹⁵⁾，亦时时而有，与今无以异。今固尽有向时之地，而制度无过于三代者。昔者用常有余，而今常不足，何也？其为术⁽¹⁶⁾相反而然也。昔者知务农又知节用；今以不勤之农，赡无节之用，故也。非徒不勤农，又为众弊以耗之；非徒不量民力以为节，又直不量天力之所任也^(17)。

何谓众弊？有诱民之弊，有兼并之弊，有力役之弊。请详言之。

今坐华屋享美食而无事者，曰浮图之民^(18)；仰衣食而养妻子者，曰兵戎之民^(19)。此在三代时，南亩之民也^(20)。今之议者以浮图并周孔之事曰三教^(21)，不可以去；兵戎曰国备，不可以去。浮图不可并周孔，不言而易知；请试言兵戎之事。国家自景德罢兵，三十三岁矣。兵尝经用者，老死今尽，而后来者未尝闻金鼓^(22)、识战阵也。生于无事而饱于衣食也，其势不得不骄惰。今卫兵入宿^(23)，不自持被而使人持之；禁兵给粮，不自荷而雇人荷之^(24)。其骄如此，况肯冒辛苦以战斗乎？前日西边之衅，如高化军、齐宗举两用兵而辄败，此其效也夫。就使兵耐辛苦而能斗战，惟耗农民，为之可也；奈何有为兵之虚名，而其实骄惰无用之人也？

古之凡民长大壮健者皆在南亩，农隙则教之以战。今乃大异，一遇凶岁，则州郡吏以尺度量民之长大而试其壮健者，招之去为禁兵；其次不及尺度而稍怯弱者，籍之以为厢兵。吏招人多者有赏，而民方穷时争投之。故一经凶荒，则所留在南亩者惟老弱也。而吏方曰："不收为兵，则恐为盗^(25)。"噫！苟知一时之不为盗，而不知其终身骄惰而窃食也。古之长大壮健者任耕，而老弱者游惰；今之长大壮健者游惰，而老弱者留耕也。何相反之甚邪！然民尽力乎南亩者，或不免乎狗彘之食，而一去为僧、兵，则终身安佚而享丰腴，则南亩之民不得不日减也。故曰有诱民之弊者，谓此也。其耗之一端也。

古者计口而受田，家给而人足^(26)。井田既坏，而兼并乃兴。今大率一户之田及百顷者，养客数十家[27]。其间，用主牛而出己力者，用己牛而事主田以分利者，不过十余户；其余皆出产租而侨居者曰浮客，而有畲田。夫此数十家者，素非富而畜积之家也，其春秋神社婚姻死葬之具[28]，又不幸遇凶荒与公家之事[29]，当其乏时，尝举债于主人[30]，而后偿之，息不两倍则三倍。及其成也，出种与税而后分之，偿三倍之息，尽其所得，或不能足[31]。其场功朝毕而暮乏食[32]，则又举之。故冬春举食则指麦于夏而偿；麦偿尽矣，夏秋则指禾于冬而偿也。似此数十家者，常食三倍之物，而一户常尽取百顷之利也[33]。夫主百顷而出税赋者一户，尽力而输一户者数十家也[34]。就使国家有宽征薄赋之恩，是徒益一家之幸，而数十家者困苦常自如也。故曰有兼并之弊者，谓此也。此亦耗之一端也。

民有幸而不役于人[35]，能有田而自耕者，下自二顷至一顷，皆以等书于籍[36]。而公役之多者为大役，小者为小役，至不胜，则贱卖其田或逃而去。故曰有力役之弊者，谓此也。此亦耗之一端也。

夫此三弊，是其大端。又有奇邪之民[37]，去为浮巧之工；与夫兼并商贾之人，为僭侈之费[38]；又有贪吏之诛求[39]，赋敛之无名。其弊不可以尽举也。既不劝之使勤，又为众弊以耗之。大抵天下中民之士富且贵者，化粗粝为精善[40]，是一人常食五人之食也。为兵者养父母妻子，而计其馈运之费，是一兵常食五农之食也。为僧者养子弟而自丰食，是一僧常食五农之食也。贫民举倍息而食者，是一人常食二人三人之食也。天下几何其不乏也！

何谓不量民力以为节？方今量国用而取之民，未尝量民力而制国用也。古者冢宰制国用[41]，量入以为出，一岁之物三分之，一以给公上，一以给民食，一以备凶荒。今不先制乎国用，而一切临民而取之。

故有支移之赋，有和籴之粟，有入中之粟，有和买之绢，有杂料之物，茶盐山泽之利，有榷有征。制而不足，则有司屡变其法，以争毫末之利(42)。用心益劳而益不足者，何也？制不先定而取之无量也。

何谓不量天力之所任？此不知水旱之谓也。夫阴阳在天地间，腾降而相推，不能无愆伏；如人身之有血气，不能无疾病也。故善医者不能使人无疾病，疗之而已；善为政者不能使岁无凶荒，备之而已。尧、汤大圣，不能使无水旱，而能备之者也。古者丰年补救之术，三年耕必留一年之蓄，是凡三岁期一岁以必灾也。此古之善知天者也。今有司之调度，用足一岁而已，是期天岁岁不水旱也。故曰不量天力之所任。是以前二三岁连遭旱蝗，而公私乏食，是期天之无水旱，卒(43)而遇之，无备故也。

夫井田什一之法(44)，不可复用于今。为计者莫若就民而为之制(45)，要在下者尽力而无耗弊，上者量民而用有节，则民与国庶几乎俱富矣。今士大夫方共修太平之基，颇推务本以兴农，故辄原其弊而列之，以俟兴利除害者采于有司也。

【注释】

(1) 孟子：名轲，战国时的思想家，儒家的代表人物。他的主张、言论，由他的弟子编为《孟子》。　本：王道的根本。

(2) 仓廪实：仓库中堆满粮食。

(3) 本：根本。古代以农业为本，工商为末。

(4) 国：动词，执政的。　忽：轻视。

(5) 簿书听断：征收钱财谷物和审判案件。　簿书：登记财谷的册子，此作动词用。　听判：审判案件。

(6) 赋敛：征集赋税。

(7) "民无遗力"五句：为欧阳修的政治理想。　上：皇上。

(8) 三代：指夏、商、周。

(9) 十而一：以十抽一的税法。

(10) 其句谓官府督责每一个农民尽力耕种。

(11) 场功甫毕：秋收后刚刚打完场。甫：始，才。

(12) 辛岁：年终，渡过一年。

(13) "山川"句：写古代统治者祭祀鬼神规模巨大，耗费大量资财。

(14) 是：指代词，这些。　九州：天下。传说夏禹治水，分天下为九州。

(15) 岁之凶荒：灾荒的年成。　凶：谷物不收。

(16) 术：治理国家的方法。

(17) 非徒：非但，不仅。　天力之所任：指自然条件的负担能力。

(18) 浮图之民：指和尚。宋代佛教流行，而和尚不负担赋税。

(19) 兵戎之民：指军士，兵士。　戎：武装。

(20) 南亩：泛指农田。

(21) "浮图"句：是说佛教和儒教不能相提并论。　三教：儒、释、道。

(22) 金鼓：指战争。古代作战，以锣（金）鼓作为进退号令。

(23) 卫兵入宿：禁军宿卫皇宫。宋代兵制，中央的部队为禁军，地方部队为厢军。

(24)荷：背负，担。宋太祖曾规定军需粮食必须由士兵亲自背运，而这一规定现已废除。

(25)不收为兵，则恐为盗：不招收他们当兵，就怕他们去当强盗。

(26)计口而受田：按人口而分配田地。　家给而人足：家家富裕，人人富足。

(27)户：主户，即大庄园主。　客：即客户，就是逃亡他乡无地的佃农。　顷：百亩。

(28)春秋神社婚姻死葬之具：有春秋祭神、婚姻、丧事的备用。春秋神社：指春秋两季祭祀土地神。　具：备用。

(29)公家之事：指赋役。

(30)举债于主人：向庄园主借债。　举债：借债。

(31)成：收获。

(32)其场功朝毕而暮乏食：他们早上打完场，晚上便没米下锅。其：指代词，他们。　功：指场事。

(33)一户常尽取百顷之利：指主户经常以剥削的手段全部占有土地的收获。

(34)"夫主"二句：其谓庄主只不过向官府缴纳一户的赋税，而数十户庄客都将全部收获缴给庄主。

(35)不役于人：不被列入（主户）当差服役。于：表被动，被。

(36)等分于籍：按等登记于官府。宋代将民户分为五等，每户按等纳税、服役。

(37)奇邪之民：指制造精巧奢侈品的手艺人。邪：不走正道。

(38)僭侈：超过本份的奢侈浪费。

（39）诛求：指贪官的勒索。

（40）化粗粝为精善：不吃普通粮食而改吃精美食品。

（41）冢宰：周代官名。

（42）有司变其法：官府一再改变办法。　有司：指负责具体事务的官府部门。

（43）卒：同"猝"，突然。

（44）什一之法：十分抽一的税收办法。

（45）莫若：不如。　就民而为之制：根据农民所能负担的实际情况，相应制定各种赋税制度。

纵囚论

信义行于君子(1)，而刑戮施于小人(2)。刑入于死者，乃罪大恶极，此又小人之尤甚者也。宁以义死，不苟幸生，而视死如归，此又君子之尤难者也(3)。

方唐太宗之六年，录大辟囚三百余人(4)，纵使还家，约其自归以就死(5)。是以君子之难能，期小人之尤者以必能也。其囚及期(6)，而卒自归无后者(7)，是君子之所难，而小人之所易也。此岂近于人情哉？或曰(8)："罪大恶极，诚小人矣；及施恩德以临之，可使变而为君子(9)。盖恩德入人之深，而移人之速(10)。有如是者矣。"曰："太宗之为此，所以求此名也。然安知乎纵之去也，不意其必来以冀免，所以纵之乎？又安知乎被纵而去也，不意其自归而必获免，所以复来乎⁽¹¹⁾？夫意其必来而纵之，是上贼下之情也；意其必免而复来，是下贼上之心也。吾见上下交相贼以成此名也，乌有所谓施恩德与夫知信义者哉⁽¹²⁾？不然，太宗施德于天下，于兹六年矣，不能使小人不为极恶大罪，而一日之恩，能使视死如归而存信义，此又不通之论也。"

然则何为而可？曰："纵而来归，杀之无赦，而又纵之，而又来，则可知为恩德之致尔。"然此必无之事也。若夫纵而来归而赦之，可偶一为之尔；若屡为之，则杀人者皆不死，是可为天下之常法乎？不可为常者，其圣人之法乎？是以尧、舜、三王之治⁽¹³⁾，必本于人情，不立异以为高，不逆情以干誉⁽¹⁴⁾。

【注释】

（1）信义行于君子：信义只能在君子中行用。　信：信用。　义：礼义。

（2）刑戮施于小人：对小人要施行刑罚和杀戮。

（3）其谓：就是在君子中也很少能做到"视死如归"。此：指代词，指"视死如归"。　尤：更。

（4）方：正。　唐太宗：李世民，在位23年，年号贞观。在位时政治、经济最为昌盛，史称"贞观之治"。　录：选取，汇集。　大辟：杀头，死刑。

（5）就死：接受死刑。　就：接近，接受。

（6）其囚及期：那些囚犯到了期限。　其：指代词，那些。　期：期限。

（7）卒：最终。 后：超过期限。

（8）或曰：有的人说。

（9）"罪大"四句：罪大恶极，的确是小人了；但当恩德降临到他的头上时，就可以使他变成君子。

（10）移人之速：改变人的品质之快。

（11）"又安知"几句：推论囚徒之心。其谓又怎么知道被放走后自动回来一定能获得赦免，所以又回来的呢？

（12）"乌有"句：哪里有什么施加恩德和懂得信义呢？ 乌：疑问代词，哪里。

（13）三王之治：三王治理天下。 三王：指夏禹、商汤、周文王。

（14）不逆情以干誉：不违背人情来求取名誉。干誉：求取名誉。

准诏言事上书

月日，臣修谨昧死再拜上书于皇帝陛下⁽¹⁾。臣近准诏书⁽²⁾，许臣上书言事。臣学识愚浅，不能广引深远，以明治乱之原；谨采当今急务，条为三弊五事⁽³⁾，以应诏书所求。伏惟陛下裁择。

臣闻自古王者之治天下，虽有忧勤之心而不知致治之要，则心愈劳而事愈乖；虽有纳谏之明而无力行之果断，则言愈多而听愈惑。故为人君者，以细务而责人⁽⁴⁾，专大事而独断，此致治之要术也；纳一言而可用，虽众说不得以沮之，此力行之果断也⁽⁵⁾。知此二者⁽⁶⁾，天下无难治矣。

伏见国家自大兵一动，中外骚然。陛下思社稷之安危⁽⁷⁾，念兵民之疲弊，四五年来，圣心忧劳，可谓至矣。然而兵日益老⁽⁸⁾，贼日益强，并九州之力讨一西戎小者，尚无一人敢前⁽⁹⁾。今又北戎大者违盟而动，其将何以御之？从来所患者夷狄⁽¹⁰⁾，今夷狄叛矣；所恶者盗贼，今盗贼起矣⁽¹¹⁾；所忧者水旱，今水旱作矣；所赖者民力，今民力困矣；所须者财用，今财用乏矣。陛下之心，日忧于一日；天下之势，岁危于一岁⁽¹²⁾。此臣所谓用心虽劳，不知求致治之要者也。近年朝廷开发言路，献计之士不下数千，然而事绪转多，枝梧不暇⁽¹³⁾。从前所采，众议纷纭；至于临事，谁策可用？此臣所谓听言虽多，不如力行之果断者也。

伏思圣心所甚忧而当今所尚阙者⁽¹⁴⁾，不过曰无兵也，无将也，无财用也，无御戎之策也，无可任之臣也。此五者，陛下忧其未有，而臣谓今皆有之，然陛下未得而用者，未思其术也。国家创业之初，四方割据，中国地狭，兵民不多，然尚能南取荆楚，收伪唐，定闽岭，西平两蜀，东下并、潞，北窥幽、燕。当时所用兵财将吏，其数几何？惟善用之，故不觉其少。何况今日承百年祖宗之业⁽¹⁵⁾，尽有天下之富强，人众物盛，十倍国初。故臣敢言有兵、有将、有财用、有御戎之策、有可任之臣。然陛下皆不得而用者，其故何哉？由朝廷有三大弊故也。

何谓三大弊？一曰不慎号令，二曰不明赏罚，三曰不责功实⁽¹⁶⁾。此三弊因循于上，则万事弛慢废坏于下。臣闻号令者，天子之威也⁽¹⁷⁾，赏罚者，天子之权也。若号令不信，赏罚不当，则天下不服；故又须责臣下以功实[18]，然后号令不虚出而赏罚不滥行。是以慎号令、明赏罚、责功实，此三者，帝王之奇术也。自古人君，英雄如汉武帝，聪明如唐太宗，皆知用此三术而自执威权之柄，故所求无不得，所欲皆如意。汉武好用兵，则诛灭四夷，立功万里，以快其心[19]；欲求将，则有卫、霍之材以供其指使[20]；欲得贤士，则有公孙、董、汲之徒以称其意[21]。唐太宗好用兵，则诛突厥、服辽东，威振夷狄以逞其志；欲求将，则有李靖、李勣之徒入其驾驭[22]；欲得贤士，则有房、杜之徒在其左右[23]。此二帝者，可谓所求无不得，所欲皆如意。无他术也，惟能自执威权之柄耳。

伏惟陛下以圣明之姿，超出二帝，又尽有汉、唐之天下。然而欲御边则常患无兵，欲破贼则常患无将，欲赡军则常患无财用，欲威服四夷则常患无策，欲任使贤材则常患无人。是所求皆不得，所欲皆不如意。其故无他，由不用威权之术也。自古帝王，或为强臣所制，或为小人所惑，则威权不得出于己。今朝无强臣之患，旁无小人偏任之溺，内外臣庶[24]，尊陛下如天，爱陛下如父，倾耳延首[25]，愿听陛下之所为，然何所惮而不为乎[26]！若一日赫然执威权以临之，则万事皆办，何患五者之无？奈何为三弊之因循，一事之不集？

臣请言三弊。夫言多变则不信，令频改则难从。今出令之初，不加详审，行之未久，寻又更张[27]。以不信之言，行难从之令，故每有处置之事，州县知朝廷未是一定之命[28]，则官吏或相谓曰："且未要行，不久必须更改。"或曰："备礼行下[29]，略与应破指挥[30]。"且夕之间，果然又变。至于将吏更易，道路疲于送迎[31]；符牒纵横[32]，上下莫能遵守。中外臣庶或闻而叹息，或闻而窃笑。叹息者有忧天下之心，窃笑者有轻朝廷之意。号令如此，欲威天下，其可得乎？此不慎号令之弊也。

用人之术，不过赏罚。然赏及无功则恩不足劝[33]，罚失有罪则威无所惧，虽有人，不可用矣。太祖时，王全斌破蜀而归，功不细矣，犯法一贬十年不问。是时方讨江南，故黜全斌与诸将立法[34]。太祖神武英断，所以能平定天下者，其赏罚之法皆如此也。昨关西用兵四五年矣，大将以无功罢者依旧居官[35]。军中见无功者不妨得好官[36]，则诸将谁肯立功矣？裨将畏懦逗留者，皆当斩罪；或暂贬而寻迁，或不贬而依旧。军中见有罪者不诛，则诸将谁肯用命矣？所谓赏不足劝，威无所惧。赏罚如此，而欲用人，其可得乎？此不明赏罚之弊也。

自兵动以来，处置之事不少，然多有名而无实。臣请略言其一二，则其他可知。数年以来，点兵不绝，诸路之民半为兵矣[37]，其间老弱病患、短小怯懦者不可胜数。是有点兵之虚名而无得兵之实效也[38]。新集之兵，所在教习，追呼上下，民不安居。主教者非将领之材，所教者无旗鼓之节。往来州县，愁叹嗷嗷。既多是老、病、小、怯之人，又无训齐精练之法，此有教兵之虚名而无训兵之实艺也[39]。诸路、州、军[40]，分造器械，工作之际已劳民力，辇运搬送又苦道途。然而铁刃不刚，筋胶不固，长短大小多不中度；造作之所但务充数而速了，不计所用之不堪，经历官司又无检责[41]。此有器械之虚名而无器械之实用也。以草草之法，教老怯之兵，执钝折不堪之器械，百战百败，理在不疑。临事而悟[42]，何可及乎！故事无大小，悉皆卤莽，则不责功实之弊也。臣故曰三弊因循于上，则万事弛慢废坏于下。万事不可尽言，臣请言大者五事。

其一曰兵。臣闻攻人以谋不以力，用兵斗智不斗多。前代用兵之人，多者常败，少者常胜[43]。汉王寻等以百万之兵遇光武九千人而败，是多者败而少者胜也；苻坚以百万之兵遇东晋二三万人而败，是多者败而少者胜也[44]。曹操以三十万青州兵大败于吕布，退而归许；复以二万人破袁绍十四五万，是用兵多则败、少则胜之明验也。况于夷狄，尤难以力争，只可以计取。李靖破突厥于定襄，只用三千人；其后破颉利于阴山，亦不过一万[45]。盖兵不在多，能以计取尔。故善用兵者，以少为多；不善用者，虽多而愈少也。为今计者，添兵则耗国，减兵则破贼[46]。今沿边之兵不下七八十万，可谓多矣。然训练不精，又有老弱虚数，则十人不当一人，是七八十万之兵不当七八万人之用。加又军无统制，分散支离；分多为寡，兵法所忌[47]。此所谓不善用兵者虽多而愈少，故常战而常败也。臣愿陛下赫然奋威，敕励诸将精加训练，去其老弱，七八十万中可得五十万数。古人用兵，以一当百；今既未能，但得以一当十，则五十万精兵可当五百万兵之用。此所谓善用兵者以少而为多。古人所以少而常胜者以此也。今不思实效，但务添多，耗国耗民，积以年岁，贼虽不至，天下已困矣。此一事也。

其二曰将。臣又闻古语曰，将相无种。故或出于奴仆，或出于军卒，或出于盗贼，惟能不次而用之[48]，乃为名将耳。国家求将之意虽劳，选将之路太狭。今诏近臣举将而限以资品[49]，则英豪之士在下位者不可得矣；试将材者限以弓马一夫之勇，则智略万人之敌皆遗之矣；山林奇杰之士召而至者，以其贫贱而薄之，不过与一主簿、借职，使其怏怏而去，则古之屠钓饭牛之杰皆激怒而失之矣[50]。至于无人可用，则宁用龙钟跛躄[51]；庸懦暗劣之徒，皆授之兵柄。天下三尺童子皆为朝廷危之。前日澶渊之卒几为国家生事[52]，此可见也。议者不知取将之无术，但云当今之无将。臣愿陛下革去旧弊，奋然精求。有贤豪之士，不须限于下位；有智略之人，不必试以弓马；有山林之杰，不可薄其贫贱。惟陛下能以非常之礼待人，人臣亦将以非常之效报国。此二事也。

其三曰财用。臣又闻善治病者，必医其受病之处；善救弊者，必寻其起弊之源。今天下财用困乏，其弊安在？起于用兵而费大故也。汉武好穷兵，用尽累世之财[53]；当时勒兵单于台不过十八万，尚能困其国力，况未若今日七八十万连四五年而不罢！所以罄天地之所生[54]，竭万民之膏血，而用不足也。今虽有智者，物不能增而计无所出矣。惟有减冗卒之虚费[55]，练精兵而速战，功成兵罢[56]，自然足矣。今兵有可减之理，无人敢当其事；贼有速击之便[57]，无将敢奋其勇。后时败事[58]，徒耗国而耗民[59]。此三事也。

其四曰御戎之策。臣又闻兵法曰："上兵伐谋，其次伐交。"北虏与朝廷通好仅四十年[60]，不敢妄动，今一旦发其狂谋者，其意何在？盖见中国频为元昊所败，故敢启其贪心，伺隙而动尔[61]。今若敕励诸将，选兵秣马，疾入西界，但能痛败昊贼一阵，则吾军威大振，而虏计沮矣[62]。此所谓上兵伐谋者也。今询事者皆知北虏与西贼通谋[63]，欲并二国之力窥我河北、陕西。今若我能先击败其一国，则虏势减半，不能独举。此兵法所谓伐交者也。元昊地狭，贼兵不多，向来攻我[64]，传闻北虏常有助兵。今若虏中自有点集之谋[65]，而元昊骤然被击必求助于北虏。北虏分兵助昊，则可牵其南寇之力；若不助昊，则二国有隙，自相疑贰。此亦伐交之策也。假令二国克期分路来寇[66]，我能先期大举，则元昊苍皇自救不暇，岂能与北虏相为表里？是破其素定之约[67]，乖其克日之期。此兵法所谓"亲而离之"者，亦伐交之策也。元昊叛逆以来，幸而屡胜，常有轻视诸将之心[68]；今又见朝廷北忧戎虏，方经营于河朔[69]，必谓我师不能西出。今乘其骄怠，正是疾驱急击之时。此兵法所谓"出其不意"者，取胜之上策也。前年西将有请出攻者，当时贼气力方盛，我兵未练，朝廷尚许其出师[70]。况今元昊有可攻之势，此不可失之时。彼方幸吾忧河北，而不虞我能西征[71]，出其不意，此可攻之势也。自四路分帅，今已半年，训练恩信，兵已可用，故近日屡奏小捷。是我师渐振，贼气渐衄[72]，此可攻之势也。苟失此时，而使二虏先来，则吾无策矣。臣愿陛下诏执事之臣，熟议而行之。此四事也。

其五曰可任之臣。臣又闻仲尼曰："十室之邑，必有忠信。"况今文武列职遍于天下，其间岂无材智之臣？而陛下总治万机之大，既不暇尽识其人，故不能躬自进贤而退不肖[73]；执政大臣动拘旧例，又不敢进贤而退不肖；审官、吏部、三班之职，但掌文簿差除而已，又不敢越次进贤而退不肖[74]。是上自天子，下至有司，无一人得进贤而退不肖者。所以贤愚混杂，侥幸相容，三载一迁，更无甄别。平居无事，惟患太多，而差遣不行[75]，一旦临事要人，常患乏人使用。自古任官之法，无如今日之缪也[76]。今议者或谓举主转官为进贤，犯罪黜责为退不肖。此不知其弊之深也。大凡善恶之人，各以类聚。故守廉慎者各举清干之人，有赃污者各举贪浊之人，好徇私者各举请求之人[77]，性庸暗者各举不材之人。朝廷不问是非，但见举主数足便与改官，则清干者进矣，贪浊者亦进矣，请求者亦进矣，不材者亦进矣。混淆如此，便可为进贤之法乎？方今黜责官吏，岂有澄清纠举之术哉[78]？惟犯赃之人因民论诉者，乃能黜之耳。夫能舞弄文法而求财赂者，亦强黠之吏，政事必由己出，故虽诛剥豪民，尚或不及贫弱；至于不材之人，不能主事，众胥群吏，共为奸欺，则民无贫富，一时受弊[79]。以此而言，则赃吏与不材之人为害等耳。今赃吏因自败者，乃加黜责，十不去其一二；至于不材之人，上下共知而不问，宽缓容奸。其弊如此，便可谓退不肖之法乎？贤不肖既无别，则宜乎设官虽多，而无人可用也。

臣愿陛下明赏罚，责功实，则材皆列于陛下之前矣。臣故曰五者皆有，然陛下不得而用者，为有弊也。三弊五事，臣既已详言之矣，惟陛下择之。天下之务不过此也。

方今天文变于上，地理逆于下，人心怨于内，四夷攻于外，事势如此矣，非是陛下迟疑宽缓之时，惟愿为社稷生民留意(80)。臣修昧死再拜。

【注释】

（1）昧死：冒犯死罪。

（2）准：依据。

（3）条：动词，分为数条。　三弊：不慎号令、不明赏罚、不责功实。　五事：兵、将、财用、御戎之策、可任之臣事。

（4）以细务而责人：把一些小事交给别人做。指小事分头去办。

（5）纳：采纳。　沮：阻止。

（6）二者：指大权独揽，果断力行。

（7）社稷：本指土神和谷神。后用作泛指国家。

（8）兵日益老：指军队一天比一天没有战斗力。　兵：指军队。　日：一天天地。　益老：越发士气消沉。

（9）贼、西戎：皆指西夏。

（10）夷狄：对中原以外少数民族的蔑称。

（11）今盗贼起矣：现在又有盗贼起来造反。

（12）"陛下"二句：皇上的心情一天比一天忧郁，天下的形势，一年比一年危险。

（13）枝梧不暇：无法应付。　枝梧：矛盾，此指应付。

（14）所尚阙者：最缺乏的东西。　阙：同"缺"，缺乏，缺少。者：指示代词，……的东西。

（15）承百年祖宗之业：继承了百年祖宗建立的基业。百年：宋自太祖赵匡胤建国，到庆历初已八十余年，百年是取其成数。

（16）"一曰"三句：欧阳修上书所说的三大弊病：一叫号令不慎重，二叫赏罚不分明，三叫不讲求实效。

（17）"臣闻"二句：我听说号令是关系到皇帝的威势。

（18）责臣下以功实：要求臣下办事讲实效。

（19）"汉武"四句：写汉武帝在位时武功显赫，称心如意。

（20）卫、霍：卫青、霍去病，汉武帝时的名将。

（21）公孙、董、汲：指公孙弘、董仲舒、汲黯，都是汉武帝的名臣。

（22）李靖、李勣：唐太宗时的名将。

（23）房、杜：指房玄龄、杜如晦，二人皆为唐太宗时的名臣。

（24）内外臣庶：朝廷内外的臣子、百姓。

（25）倾耳延首：侧着耳朵，伸着头。

（26）"然何"句：既然如此，陛下还怕什么而不敢有所作为呢？何：疑问代词，为什么。

（27）寻又更张：实行不久就变化了。　寻：不久。

（28）是一定之命：坚决地推行决定了的命令。　是：决定，肯定。

(29) 备礼行下：按照定例把公文转发下去。

(30) 与应破指挥：稍稍应付一下新的措施。

(31) 道路疲于送迎：所在沿途欢送迎接，疲劳不堪。 送迎：欢送迎接。

(32) 符牒纵横：公文又多又杂。 符牒：指公文。 纵横：纷乱。

(33) 恩不足劝：恩惠就不能产生鼓励的作用。 劝：鼓励。

(34) 其句谓黜免王全斌的作用，是让其他将领遵守法规。 黜：罢免。

(35) 此句指延州知州范雍，虽造成康定元年的大败，但仍然为安州知州。

(36) 没有功劳却当好的官职。其指陕西经略安抚使夏守赟、夏竦等。

(37) "数年"几句：几年以来，不断征兵，各路的老百姓几乎有一半人当了兵。 路：是宋代行政区划名。

(38) 实效：一作"实数"。

(39) 无训兵之实艺：达不到实际练兵的目的。 艺：目的，标准。

(40) 路、州、军：皆为宋代行政区划。

(41) "铁刃不刚"数句：写宋初兵器由各地制造，制度混乱，质量低差，而官府又不检查要求。筋胶：制造弓箭的材料。 不中度：不合规格。 检责：检查要求。

(42) 临事而悟：事到临头才醒悟。

（43）多者常败，少者常胜：用兵多的常常打败仗，用兵少的还常常打胜仗。

（44）"符坚"二句：指秦、晋于公元383年淝水之战。

（45）"李靖"四句：以实例论述兵不在多，而在于用计策的道理。李靖：贞观四年，唐太宗派李靖等只用三千人攻打突厥，首破定襄。定襄：今山西朔县，为东突厥所据的军事要地。　阴山：今内蒙古自治区境内，为东突厥的根据地。

（46）"添兵"二句：再增加军队就会消耗财力，只有精简军队，才能战胜敌人。

（47）分多为寡，兵法所忌：把聚集一起的多数分散为零星的少数，是兵法上的禁忌。

（48）惟能不次而用之：只因为能够破格提拔重用。　不次：不依平常的次序，即破格。

（49）举将而限以资品：荐举将领，却用资历和品级来限制。　资品：资历和品级。

（50）主簿：文官中的吏职。　借职：即三班借职，有职无权的虚职。　屠钓：屠宰牲畜与钓鱼，指周吕望（尚）事。

（51）龙钟：指年老衰弱的人。　跛躄：腿有病的人，指残废人。

（52）卒：指军队。　生事：造成乱子。

（53）穷兵：不断用兵。　穷：不止。　累世：几代，即高祖、文帝、景帝三代。

（54）罄天地之所生：用尽了大自然生长出来的东西。　罄：用尽。与下句"竭"同义。

（55）减冗卒：裁减多余军队。　冗卒：多余部队。　虚费：白花了的费用。

（56）功成兵罢：成功了就马上罢兵归田里。

（57）贼有速击之便：有迅速击败敌人的好机会。

（58）后时败事：失掉时机，弄坏事情。 后时：拖延时间，失去机会。

（59）徒：只。

（60）仅四十年：北方辽国跟朝廷和好快四十年了。从景德初宋辽澶渊议和到庆历二年（1042），实为39年。

（61）其谓所以启发了他们的贪心，想找空子发动战争。 其：指代词，他们，指北方辽国。

（62）而虏计沮矣：辽国的贪心就会打消。

（63）诇事者：间谍，探听情报的人。

（64）向来攻我：过去进攻我们。 向来：以前。

（65）点集：调动军队。

（66）克期：约定时间。

（67）素定之约：平日定的条约。 素：平日，平常。

（68）叛逆：指称帝。夏王在元昊前称臣于宋。

（69）方经营于河朔：正在黄河以北布置防务。 河：指黄河。朔：北方。

（70）朝廷尚许其出师：朝廷还曾同意他乘机出兵。

（71）"彼方"二句：他们正在为我们担心黄河北面的防务而幸灾乐祸，不会考虑到我们向西出兵。虞：考虑，防备。

（72）贼气渐衄：敌人的气焰逐渐受挫折。 衄：挫折。

（73）万机：指皇帝治理万事。

(74) 审官、吏部、三班：都是主管官吏的部门。 但掌文簿差除而已：只根据文书办理官员派遣任命等工作。 越次：指破格。

(75) 差遣不行：冗官太多，无法派给实际职务。

(76) 缪：通"谬"，错误。

(77) 好徇私者各举请求之人：好顺从私人感情的人就举荐奉迎求情的人。

(78) "方今"二句：现在贬谪官吏，难道有使混浊变清明，矫正弊病的好办法吗？ 纠举：矫正检举。

(79) 至于不材几句：至于那些没有能力的官员就更糟了，他们不能办事，下边的吏役舞文弄法，互相勾结，人民不分贫富皆受其害。

(80) "非是"二句：不是陛下还犹豫不决的时候，只希望陛下为国家、老百姓着想。

为君难论下⁽¹⁾

呜呼！用人之难，难矣，未若听言之难也。夫人之言，非一端也⁽²⁾。巧辩纵横而可喜，忠言质朴而多讷⁽³⁾，此非听言之难，在听者之明暗也。谀言顺意而易悦⁽⁴⁾，直言逆耳而触怒，此非听言之难，在听者之贤愚也。是皆未足为难也⁽⁵⁾。若听其言则可用，然用之有辄败人之事者；听其言若不可用，然非如其言不能以成功者，此然后为听言之难也⁽⁶⁾。请试举其一二。

战国时，赵将有赵括者，善言兵⁽⁷⁾，自谓天下莫能当⁽⁸⁾。其父奢，赵之名将，老于用兵者也⁽⁹⁾，每与括言，亦不能屈。然奢终不以括为能也，叹曰："赵若以括为将，必败赵事。"其后奢死，赵遂以括为将。其母自见赵王，亦言括不可用。赵王不听，使括将而攻秦⁽¹⁰⁾。括为秦军射死，赵兵大败，降秦者四十万人，坑于长平。盖当时未有如括善言兵，亦未有如括大败者也。此听其言可用，用之辄败人事者，赵括是也⁽¹¹⁾。

　　秦始皇欲伐荆⁽¹²⁾，问其将李信：用兵几何？信方年少而勇，对曰："不过二十万足矣。"始皇大喜。又以问老将王翦，翦曰："非六十万不可。"始皇不悦，曰："将军老矣，何其怯也⁽¹³⁾！"因以信为可用，即与兵二十万，使伐荆。王翦遂谢病⁽¹⁴⁾，退老于频阳⁽¹⁵⁾。已而信大为荆人所败，亡七都尉而还⁽¹⁶⁾。始皇大惭，自驾如频阳谢翦，因强起之⁽¹⁷⁾。翦曰："必欲用臣，非六十万不可。"于是卒与六十万而往⁽¹⁸⁾，遂以灭荆。夫初听其言若不可用，然非如其言不能以成功者，王翦是也。

　　且听计于人者宜如何⁽¹⁹⁾？听其言若可用，用之宜矣，辄败事；听其言若不可用，舍之宜矣，然必如其说则成功。此所以为难也。

　　予又以谓秦、赵二主⁽²⁰⁾，非徒失于听言⁽²¹⁾，亦由乐用新进，忽弃老成，此其所以败也。大抵新进之士喜勇锐⁽²²⁾，老成之人多持重。此所以人主之好立功名者，听勇锐之语则易合，闻持重之言则难入也。

　　若赵括者，则又有说焉⁽²³⁾。予略考《史记》所书，是时赵方遣廉颇攻秦。颇，赵名将也。秦人畏颇，而知括虚言易与也⁽²⁴⁾，因行反间于赵曰⁽²⁵⁾："秦人所畏者，赵括也，若赵以为将，则秦惧矣。"赵王不悟反间也，遂用括为将以代颇。蔺相如力谏，以为不可。赵王不听，遂至于败。由是言之，括虚谈无实而不可用，其父知之，其母亦知之，赵之诸臣蔺相如等亦知之，外至敌国亦知之，独其主不悟尔。

夫用人之失⁽²⁶⁾，天下之人皆知其不可，而独其主不知者，莫大之患也⁽²⁷⁾。前世之祸乱败亡由此者，不可胜数也。

【注释】

（1）为君难论：论说做国君的难处。

（2）非一端：不止一种情况。

（3）讷：说话迟钝。

（4）悦：高兴。

（5）是皆未足为难：这些都不能算是困难。　是：指示代词，指以上论说的问题。

（6）此然后为听言之难也：这才是听取意见的困难所在。

（7）善言兵：善于谈论军事问题。　兵：指军事。

（8）自谓：自己认为。　莫：没有谁。　当：抵挡。

（9）老于用兵者也：是长期率领军队打仗的人。

（10）将：带兵。

（11）赵括是也：判断句，赵括是这种人。　是：指示代词。

（12）荆：即楚国。

（13）何其怯也：为什么这样怯懦呢？　何：疑问代词，为什么。

（14）谢病：托病辞官。

（15）频阳：秦代县名，今陕西富平县东北。

（16）都尉：战国时一种武职。

（17）因强起之：于是硬要重新起用他。 之：代词，他，指王翦。

（18）卒：终于。

（19）听计于人者：听取别人意见的人。 宜如何：应该怎么办。

（20）以谓：以为，认为。

（21）非徒失于听言：不仅在听取意见方面有错误。

（22）大抵：大概，大体上。

（23）又有说焉：在这里还可以说些看法。

（24）虚言易与：只说空话，容易对付。

（25）反间：指反间计。

（26）失：错失，不当。

（27）莫大之患：没有什么比它更大的祸患了。

朋党论

臣闻朋党之说[1]，自古有之；惟幸人君辨其君子小人而已。大凡君子与君子，以同道为朋[2]；小人与小人，以同利为朋。此自然之理也。

然臣谓小人无朋，惟君子则有之。其故何哉？小人所好者，禄利也[3]；所贪者，财货也。当其同利之时，暂相党引以为朋者[4]，伪也；

及其见利而争先，或利尽而交疏，则反相贼害，虽其兄弟亲戚，不能相保。故臣谓小人无朋，其暂为朋者，伪也。君子则不然：所守者道义(5)，所行者忠信，所惜者名节(6)。以之修身，则同道而相益(7)；以之事国，则同心而共济，始终如一。此君子之朋也。故为人君者，但当退小人之伪朋(8)，用君子之真朋，则天下治矣(9)。

尧之时，小人共工、驩兜等四人为一朋，君子八元、八恺十六人为一朋(10)。舜佐尧，退四凶小人之朋，而进元、恺君子之朋，尧之天下大治。及舜自为天子，而皋、夔、稷、契等二十二人(11)，并列于朝，更相称美，更相推让(12)，凡二十二人为一朋，而舜皆用之，天下亦大治。《书》曰："纣有臣亿万，惟亿万心；周有臣三千，惟一心(13)。"纣之时，亿万人各异心，可谓不为朋矣，然纣以亡国(14)。周武王之臣，三千人为一大朋，而周用以兴。后汉献帝时，尽取天下名士囚禁之，目为党人(15)。及黄巾贼起，汉室大乱，后方悔悟，尽解党人而释之，然已无救矣(16)。唐之晚年，渐起朋党之论，及昭宗时，尽杀朝之名士，或投之黄河(17)，曰："此辈清流，可投浊流。"而唐遂亡矣。

夫前世之主，能使人人异心不为朋，莫如纣；能禁绝善人为朋，莫如汉献帝；能诛戮清流之朋，莫如唐昭宗之世。然皆乱亡其国。更相称美、推让而不自疑。莫如舜之二十二臣，舜亦不疑而皆用之；然而后世不诮舜为二十二人朋党所欺，而称舜为聪明之圣者，以能辨君子与小人也。周武之世，举其国之臣三千人共为一朋，自古为朋之多且大莫如周；然周用此以兴者，善人虽多而不厌也。

夫兴亡治乱之迹，为人君者，可以鉴矣！

【注释】

（1）朋党：以共同的目的而结成的集团。

(2) 以同道为朋：因志同道合结为朋党。

(3) 小人所好者，禄利也：小人所喜欢的，是私利和地位。

(4) 暂相党引以为朋：暂时引为同党，结成帮伙。

(5) 所守者道义：坚持的是理想和正义。

(6) 所惜者名节：所珍惜的是名誉和气节。

(7) 用这些来修养自己的品德，就会思想一致，互相促进。

(8) 但当退小人之伪朋：只应当不用小人的假朋党。但：只。退：不用。

(9) 用：进用。

(10) 君子八元、八恺十六人结成一个朋党。

(11) 皋：即皋陶，相传掌管刑法为舜的狱官长。

(12) 互相赞扬，互相推让。

(13) 纣王有亿万个臣子，有亿万条心：周王有三千个臣子，只有一条心。

(14) 然纣以亡国：然而纣王却因此而亡国。

(15) "后汉献帝"四句：献帝刘协是东汉末代皇帝。

(16) "及黄巾"五句：汉灵帝中平元年（公元184），在张角等人的领导下，爆发了大规模的农民起义，史称"黄巾起义"。

(17) "及昭宗"几句：唐昭宗末年，政权实际上掌握在朱温手中，他的谋士李振于唐昭宣帝天祐二年（905）向朱温建议杀死朝官三十余人。

王安石卷

翰林学士除三司使

三司使⁽¹⁾,天下之盛选⁽²⁾也。自尚书六官名存实去,而三司之职事所揔⁽³⁾居多。则非夫仁明肃艾⁽⁴⁾足以辅世济物者,奚宜任此哉⁽⁵⁾?

具官某,有疏通之才,有真亮之操。闳言崇议,足以经纶⁽⁶⁾王家;高文典策,足以鼓动当世。遂以人望⁽⁷⁾,扬于禁林。若夫施政之后先,生财之本末,盖尝深思而熟讲,殚见而洽闻⁽⁸⁾。则居天下之盛选,主朝廷之大计,询考在位,孰如汝宜⁽⁹⁾?

夫聚天下之众者莫如财,治天下之财者莫如法,守天下之法者莫如吏,维予任汝,其听勿疑!法之不善者汝得以议而更⁽¹⁰⁾,吏之不良者汝得以察而去⁽¹¹⁾。则夫调度之不时,费出之无常⁽¹²⁾,邦用之不给⁽¹³⁾,元元⁽¹⁴⁾困于征求⁽¹⁵⁾而愁怨于下者,真汝之耻也。夫行己有耻而

后可以为士,矧⁽¹⁶⁾吾左右任信,询谋所同⁽¹⁷⁾,而观听之所在⁽¹⁸⁾者乎?往祗厥官⁽¹⁹⁾,其亡以宠利⁽²⁰⁾而为士耻!

【注释】

(1) 三司使:北宋统管户部、度支、盐铁事务的官职。因所涉皆中央财政,故权位甚重。

(2) 盛选:重要的职位。

(3) 揔:通"总"。统揽。

(4) 乂:治理。

(5) 奚宜任此哉:哪里适合担此重任呢?

(6) 经纶:即经营管理。

(7) 人望:众望所归的人。

(8) 殚见而洽闻:即广闻博见。殚,竭、尽。洽,广博。

(9) 询考在位,孰如汝宜:考察在位的诸官,谁比你合适呢?

(10) 议而更:议论并更改。

（11）察而去：鉴别并罢黜。

（12）无常：没有规律。

（13）邦用之不给：供不上国家财政开支。

（14）元元：黎民百姓。

（15）征求：横征暴敛。

（16）矧：况且。

（17）询谋所同：向大臣征询，共同揣摩，都认为你是合适人选。

（18）观听之所在：大家都在看着你今后的作为，听着你今后的政声。

（19）往祗厥官：去恭敬地任职吧。

（20）以宠利：因为贪财。

起居舍人直秘阁同修起居注司马光改天章阁待制

扬雄⁽¹⁾曰："周之士也贵，秦之士也贱；周之士也肆⁽²⁾，秦之士也拘。"盖言先王以礼让为国⁽³⁾，士之有为有守⁽⁴⁾，得伸其志，而在上不敢以势加焉⁽⁵⁾。朕率是道，以君多士。以尔具官某，文学行义，有称于时，故明试以言，使司告命⁽⁶⁾。而乃固执辞让，至于八九。改序厥职，以伸尔志。是亦高选，往其懋哉⁽⁷⁾！

【注释】

(1) 扬雄：西汉经学家、文学家。

(2) 肆：随意施为而不出规矩。

(3) 为国：治理国家。

(4) 有守：即有所守，指志向，德操。

(5) 以势加焉：以权位胁迫于他。

(6) 使司告命：让你主管为朕起草敕令、文告，即"诰"，天子的文告、训敕。

(7) 此句意为：这也是很重要的职位，你努力去任职吧！

辞拜相表

臣某言：臣近上表辞免恩命[1]，伏蒙圣慈特降批答不允者。天地之施[2]，厚矣不訾[3]，蝼蚁之情，微而未达。重烦奖训，弥集震兢[4]。臣某诚惶诚恐，顿首顿首。臣闻论德序官，明主所以御世，度能就位，忠臣所以事君。臣偶以薄材，过私[5]荣禄。虽以捐躯而自誓，顾于诿上[6]而多惭。窃观圣制之所以褒扬，终非朽质之所能副称。矧叨任遇[7]，稍历岁时[8]，必欲诡责其后勋[9]，谓宜考观于已事[10]。今内或怵奇邪之俗，无喻德宣誉[11]之忠，外或扇苟简[12]之风，有犯令陵政[13]

之悖。百姓以安平无事之时,而未免流离饿莩,四夷⁽¹⁴⁾以衰弱仅存之势,而犹能跋扈飞扬。陛下以圣人之高材,有天下之利势,忧劳已积,功化未昭⁽¹⁵⁾。此亦由臣陈力就列⁽¹⁶⁾以来,不能助国立经陈纪⁽¹⁷⁾之故。方谋自弛,以谢素餐,岂意误恩,更加崇秩⁽¹⁸⁾。诚忧官谤⁽¹⁹⁾,能上累⁽²⁰⁾于明时,所望天慈,遂收还于新命。庶以通贤者之路,且又协众人之言⁽²¹⁾。

【注释】

（1）臣近上表辞免恩命：据史载,在此以前,王安石曾上《辞参知政事表》及《辞仆射表》。辞免恩命,请求免去朝廷对他的任命。

（2）天地之施：指天子（宋神宗）对他所施的恩泽。

（3）不訾：无法计量。

（4）弥集震兢：不胜恩泽,诚惶诚恐的样子。

（5）过私：过分地贪图。

（6）诿上：推辞圣命。

（7）豞叨任遇：贪恋天子任职、知遇之恩。

（8）稍历岁时：稍稍经历一些时日。

（9）后勋：任职后的业绩。

（10）已事：已经干过的政事。

(11 喻德宣誉：以优异的政绩，向百姓传达、张扬天子的美德和盛誉。

(12 苟简：胡乱应付，敷衍从事。

(13) 犯令陵政：违反天子敕令，行事超越职分。

(14) 四夷：对边疆少数民族的蔑称。

(15) 功化未昭：朝廷的事功和教化之效尚未令百姓看见。

(16) 陈力就列：位列朝班为国家效力。

(17) 立经陈纪：制定治理国家的大政方针。

(18) 岂意误恩，更加崇秩：谁料到误被皇恩，越发加高了官级。秩：官级。

(19) 官谤：众官的谤议。

(20) 累：牵赘。

(21) 庶以通贤者之路，且又协众人之言：可以为真正有才能的人让路，并且还可以投合于众人的议论。

拟上殿进札子

臣蒙恩奉使⁽¹⁾，归报陛下，敢因边事⁽²⁾之所及，冒言天下之事，伏惟陛下详思而择其中，天下幸甚！

臣切见陛下有恭俭之德，有聪明睿智之才，有仁民爱物之意。顾内不能无以社稷为忧，则外不能无患于夷狄。天下之才力日以穷困，而风俗日以衰坏，四方有智之士，谡谡然常恐天下之不久安，此其故何也？患在无法度故也。今朝廷法严令具，无所不有，而臣以谓无法度者，方今之法度多不合于先王之法度也。孟子曰："有仁心仁闻而人不被其泽[3]者，为政不法[4]先王之道故也。"非此之谓乎？

以今之时，方先王之时远矣。所遭之时、所遇之变不同，而欲一二修先王之政[5]，虽甚愚者犹知其难也。而臣以谓当今之失，患在不法先王之政者，以谓当法其意[6]而已。夫五帝、三王相去[7]，盖千有余岁，一治一乱，盛衰之时具矣。其所遭之变、所遇之时不同，其施设之方亦皆殊，而其为国家之意，本末先后未尝不同也。臣故曰，当法其意而已。法其意，则吾所改易更革，不至乎倾骇天下之耳目，嚣天下之口[8]，而固已合乎先王之政矣。

虽然，以方今之势揆之，陛下虽欲改易更革天下之事，合于先王之意，其势未必能也。陛下有恭俭之德，有聪明睿智之才，有仁民爱物之意，则何为而不成，何欲而不得。而臣固以谓虽欲改易更革天下之事，合于先王之意，其势未必能者何也？方今天下之吏才少故也。朝廷之人才，固尝简在陛下之聪明。以臣使事[9]，之所及，则一路数千里之间，能推行朝廷之法，知其所缓急，而一切能修其职事[10]者甚少；而不才苟简贪鄙之人至不可胜数；其能讲先王之意，以合当世之变者，盖阖郡[11]之间，往往而绝也。夫人才不足，则陛下虽欲改易更革天下之事，以合先王之意，大臣虽有能当陛下之意而领此者，九州之大，四海之远，万官之众，孰能一二推行之，使人人蒙其施者乎？臣故曰，其势未必然也。

然则方今之急，在乎人才而已。今之天下，亦先王之天下，先王之时，人才尝众矣，盖其所以陶冶而成之者有道。所谓陶冶以成之者，诗书传记之所载，其大略可见矣。陛下尝试详延^(12)大臣左右及天下智能才谞^(13)之士，使其论先王所以成天下之才者，其施设之方如何？今之所以异于先王而人才不足者，其咎安在？其欲变而通之以合于先王之意而成天下之才，宜何施为而可？陛下因择其言之近于理者，使之相与上下反复为论焉，因取其宜于时者施焉，则人才宜众矣。

夫成人之才甚不难。人所愿得者尊爵厚禄；而所荣者善行，所耻者恶名也^(14)。今操利势以临天下之士，劝之以其所荣，而予之以其所愿^(15)，则孰肯背而不为者？特患不能尔。而吾所以责之者，又中人之所能为，则不能者又少矣。夫成人之才甚不难，而自古往往不能成人之才，何也？以人主之才不足故也。盖人主无恭俭之德，无聪明睿智之才，无仁民爱物之意，则嬖幸谄谀、奸罔蔽欺、残贼放恣之人，皆得志于时，而推其类^(16)，以乱天下，虽有良法不能成天下之才矣。

今陛下有恭俭之德，有聪明睿智之才，有仁民爱物之意，而又因^(17)天下之所愿以为辅相者，公听并观，以进退天下之士，则所以成天下之才，特患无良法。而陛下推至诚恻怛之心^(18)以行之，则臣虽愚固知人之才不难成也。人才既众，则陛下何为而不成？何欲而不得？夫然后改易更革天下之事，以合乎先王之意甚易也。陛下不能如此，苟于积敝之末流，因^(19)不足任之才，而修不足为之法，臣恐在军者日以劳，而士民愈以穷困污滥，而于天下国家愈其无补也。

臣幸以使事归报，徒举利害之一二，而无补于世，非臣之所以事陛下惓惓之义也。辄不自知其驽下^(20)，而敢言国家之大体，伏惟陛下详择其中，天下幸甚也。

【注释】

（1）据史载：嘉祐四年，王安石伴北国使臣返回辽国。

（2）边事：宋与辽界地方的情况。

（3）人不被其泽：百姓感受不到他的恩泽。

（4）法：效法，模仿。

（5）一二修先王之政：修举先王之政的十分之一二。谓不能全面仿效。

（6）法其意：效法先王之政的精神、精髓。

（7）相去：指时间距离。

（8）嚣天下之口：使天下之人嚣然反对。

（9）该句指作者任江南东路提点刑狱职事。

（10）修其职事：认真对待自己所从事的工作。

（11）阖郡：即全郡。

（12）详延：召集大臣并详细征求意见。

（13）諝：才智。

（14）此句意为：人们愿意得到高官厚禄，并且以好的品行为荣，以坏的名声为耻。

（15）此句意为：以他所引为光荣的东西来鼓励他，将他所想得到的东西给予他。

（16）推其类：使他们这种人越来越多。

（17）因：顺应。

（18）恻怛之心：诚惶诚恐的心情。

(19) 因：凭借，依赖。

(20) 驽下：愚笨无能，材质低下。

本朝百年无事札子

臣前蒙陛下问及本朝所以享国百年，天下无事之故。臣以浅陋[1]，误承[2]圣问，迫于日晷[3]，不敢久留，语不及悉，遂辞而退。窃惟念圣问及此，天下之福，而臣遂无一言之献，非近臣所以事君之义，故敢昧冒而粗有所陈。

伏惟太祖躬上智独见之明，而周知人物之情伪[4]。指挥付托，必尽其材；变置[5]施设，必当其务。故能驾驭将帅，训齐[6]士卒；外以捍夷狄，内以平中国[7]。于是除苛赋，止虐刑，废强横之藩镇，诛贪残之官吏，躬以简俭为天下先[8]。其于出政发令之间，一以安利元元[9]为事。太宗[10]承之以聪武；真宗守之以谦仁；以至仁宗、英宗，无有逸德[11]。此所以享国百年而天下无事也。

仁宗在位，历年最久。臣于时实备从官，施为本末，臣所亲见。尝试为陛下陈其一二，而陛下详择其可，亦足以申鉴于方今[12]。

伏惟仁宗之为君也，仰畏天，俯畏人；宽仁恭俭，出于自然，而忠恕诚悫[13]，终始如一。未常妄兴一役，未尝妄杀一人。断狱[14]务在生之，而特恶吏之残扰。宁屈己弃财于夷狄，而终不忍加兵。刑平而公，赏重而信；纳用谏官御史，公听并观而不蔽于偏至之谗[15]；因任[16]众人耳目,拔举疏远[17],而随之以相坐之法。盖监司之吏,以至州县,无敢暴虐残酷,擅有调发,以伤百姓。自夏人[18]顺服,蛮遂无大变,边人父子夫妇,得免于兵死;而中国之人,安逸蕃息[19],以至今日者,未尝妄兴一役,未尝妄杀一人,断狱务在生之,而特恶吏之残扰,宁屈己弃财于夷狄,而不忍加兵之效也。大臣贵戚,左右近习[20],莫敢强横犯法,其自重慎,或甚于闾巷之人[21],此刑平而公之效也。募天下骁雄横猾[22]以为兵,几至百万,非有良将以御之,而谋变者辄败;聚天下财物,虽有文籍,委之府史,非有能吏以钩考,而断盗者辄发,凶年饥岁,流者填道,死者相枕,而寇攘者[23]辄得,此赏重而信之效也。大臣奸慝[24],随辄上闻;贪邪横猾,虽间或见用,未尝得也,此纳用谏官御史,公听并观,而不蔽于偏至之谗之效也。自县令京官以至监司台阁,升擢之任,虽不皆得人;然一时之所谓才士,亦罕蔽塞而不见收举者,此因任众人之耳目,拔举疏远,而随以相坐之法之效也。升遐[25]之日,天下号恸[26],如丧考妣[27],此宽仁恭俭,出于自然,忠恕诚悫,终始如一之效也。

然本朝累世因循末俗之弊[28],而无亲友群臣之议。人君朝夕与处,不过宦官女子[29],出而视事,又不过有司之细故[30],未尝如古大有为之君,与学士大夫讨论先王之法,以措之天下也。一切因任自然之理势,而精神之运,有所不加,名实[31]之间,有所不察。君子非不见贵,然小人亦得厕[32]其间;正论非不见容,然邪说亦有时而用。以诗赋记诵求天下之士,而无学校养成之法;以科名资历叙[33]朝廷之位,而无官司课试之方。监司无检察之人,守将非选择之吏。转徙之亟[34],既难于考绩;而游谈之众[35],因得以乱真。交私养望者多得显官,独立营职者[36]或见排沮。故上下偷惰取容而已,虽有能者在职,亦无以异于庸人。农民坏于徭役，而未尝特见救恤；又不为之设官，以修其水土之利。兵士杂于疲老，而未尝申饬[37]训练；又不为之择将，而久其疆埸[38]之权。宿卫则聚卒伍无赖之人，而未有以变五代姑息羁縻之俗[39]。宗室则无教训选举之实，而未有以合先王亲疏隆杀之宜。其于理财，大抵无法，故虽俭约而民不富，虽忧勤而国不强。赖非夷狄昌炽[40]之时，又无尧汤水旱之变[41]，故天下无事，过于百年。虽曰人事，亦天助也。盖累圣[42]相继，仰畏天，俯畏人，宽仁恭俭，忠恕诚悫，此其所以获天助也。

伏惟陛下躬上圣之质，承无穷之绪[43]，知天助之不可常恃，知人事之不可怠终[44]，则大有为之时，正在今日。臣不敢辄废将明之义，而苟逃讳忌之诛。伏惟陛下幸赦而留神，则天下之福也。取进止[45]。

【注释】

(1) 浅陋：学问浅薄，见识不广。

(2) 误承：旧时的应酬语，有辜负或误受的意思。

(3) 日晷：日影，这里指时间。

(4) 情伪：真伪。情：真情，诚实。伪：虚伪。

(5) 变置：变革旧的，设置新的。

(6) 训齐：训练整齐。

(7) 内以平中国：指宋太祖平定中原地区的统一战争。

(8) 先：带头，作榜样。

(9) 安利元元：使老百姓安定和得到好处。元元：老百姓。

(10) 太宗：太祖弟赵匡义，在位23年。

(11) 无有逸德：没有失德，即没有什么过错的意思。逸：失。

(12) 申鉴于方今：作为今天的借鉴。

(13) 诚悫：诚实，谨慎。

(14) 断狱：判决案件。

(15) 公听并观：多听多观察。偏至之谗，片面的谗言。

(16) 因任：依靠。

(17) 拔举疏远：提拔和自己疏远而有德才的人。

(18) 夏人：即建立西夏贵族政权的党项族，是居住在今甘肃西北部和宁夏回族自治区一带的民族。

(19) 蕃息：繁盛，指人口繁殖。

(20) 左右近习：皇帝左右亲近的人，意指太监。

(21) 闾巷之人：即里巷之人，指平民。

(22) 骁雄：勇健有力。横猾：强横，奸诈。

(23) 寇攘者：强盗。攘，抢夺。

(24) 奸慝：奸邪。

(25) 升遐：封建时代对皇帝的死叫升遐。

(26) 号恸：痛哭。

(27) 考妣：旧时父死后称考，母死后称妣。

(28) 因循：沿习守旧。末俗：乱世的风俗习惯。

(29) 宦官女子：指太监宫女等。

(30) 细故：细小的事情。故，事情。

(31) 名实：名义和实效。

(32) 厕：参与，混杂在里面。

(33) 叙：安排，排列。

(34) 转徙：迁移，调动。亟，急切，频繁。

(35) 游谈之众：指夸夸其谈的人。

(36) 独立营职者：指不依靠后台，能忠于职守的人。

(37) 申饬：告诫，整顿的意思。

(38) 久其疆场，让他们久守边疆。疆场，边界。

(39) 五代：指北宋以前的梁、唐、晋、汉、周。

(40) 昌炽：兴旺势盛的意思。

(41) 尧汤水旱之变：传说尧时有过九年的水灾，商汤时有过七年的旱灾。

(42) 累圣：指上面提到的几位皇帝。累，是列的意思。

(43) 无穷之绪：本义是无数的线头，这里指前人未完成的功业。

(44) 常恃：经常依靠。怠终：以懒怠结束。

(45) 取进止：这是封建时代写给皇帝奏章上的套语。

上仁宗皇帝言事书

臣愚不肖，蒙恩备使一路[1]，今又蒙恩召还阙廷[2]，有所任属，而当以使事归报陛下。不自知其无以称职，而敢缘使事之所及，冒言天下之事，伏惟陛下详思而择其中，幸甚。

臣窃观陛下有恭俭之德，有聪明睿智之才，夙兴夜寐，无一日之懈，声色狗马，观游玩好之事，无纤介之蔽，而仁民爱物之意，孚[3]

于天下，而又公选天下之所愿以为辅相者，属之以事，而不贰⁽⁴⁾于谗邪倾巧之臣，此虽二帝、三王之用心，不过如此而已，宜其家给人足，天下大治。而效不至于此，顾内则不能无以社稷为忧，外则不能无惧于夷狄，天下之财力日以困穷，而风俗日以衰坏，四方有志之士，偲偲然⁽⁵⁾常恐天下之久不安。此其故何也？患在不知法度故也。

今朝廷法严令具，无所不有，而臣以谓无法度者，何哉？方今之法度，多不合乎先王之政故也。孟子曰："有仁心仁闻，而泽不加于百姓者，为政不法于先王之道故也。"以孟子之说，观方今之失，正在于此而已。

夫以今之世，去先王之世远，所遭之变，所遇之势不一，而欲一二修先王之政，虽甚愚者，犹知其难也。然臣以谓今之失，患在不法先王之政者，以谓当法其意而已。夫二帝、三王，相去盖千有余载，一治一乱，其盛衰之时具矣，其所遭之变，所遇之势，亦各不同，其施设之方亦皆殊，而其为天下国家之意，本末先后，未尝不同也，臣故曰：当法其意而已。法其意则吾所改易更革，不至乎倾骇天下之耳目，嚣天下之口，而固已合乎先王之政矣。

虽然，以方今之势揆之，陛下虽欲改易更革天下之事，合于先王之意，其势必不能也。陛下有恭俭之德，有聪明睿智之才，有仁民爱物之意，诚加之意，则何为而不成，何欲而不得？然而臣顾以谓陛下虽欲改易更革天下之事，合于先王之意，其势必不能者，何也？以方今天下之才不足故也。

臣尝试窃观天下在位之人，未有乏于此时者也。夫人才乏于上，则有沈废伏匿在下，而不为当时所知者矣。臣又求之于闾巷草野之间，而亦未见其多焉。岂非陶冶而成之者非其道而然乎⁽⁶⁾？臣以谓方今在位之人才不足者，以臣使事之所及，则可知矣。今以一路数千里之间⁽⁷⁾，能推行朝廷之法令，知其所缓急，而一切能使民以修其职事者甚少，而不才苟简贪鄙之人，至不可胜数。其能讲先王之意以合当时之变者，盖阖郡之间，往往而绝也。朝廷每一令下，其意虽善，在位者犹不能推行，使膏泽加于民，而吏辄缘之为奸⁽⁸⁾，以扰百姓。臣故曰：在位之人才不足，而草野闾巷之间，亦未见其多也。夫人才不足，则陛下虽欲改易更革天下之事，以合先王之意，大臣虽有能当陛下之意而欲领此者，九州之大，四海之远，孰能称陛下之指，以一二推行此，而人人蒙其施乎？臣故曰：其势必未能也。孟子曰："徒法不能以自行。"非此之谓乎？然则方今之急，在于人才而已。诚能使天下人才众多，然后在位之才可以择其人而取足焉。在位者得其才矣，然后稍视时势之可否，而因人情之患苦⁽⁹⁾，变更天下之弊法，以趋先王之意，甚易也。今之天下，亦先王之天下，先王之时，人才尝众矣，何至于今而独不足乎？故曰：陶冶而成之者，非其道故也。

商之时，天下尝大乱矣。在位贪毒祸败，皆非其人⁽¹⁰⁾，及文王之起，而天下之才尝少矣。当是时，文王能陶冶天下之士，而使之皆有士君子之才，然后随其才之所有而官使之⁽¹¹⁾。《诗》曰："岂弟君子，遐不作人。"此之谓也。及其成也，微贱兔罝之人，犹莫不好德⁽¹²⁾，《兔罝》之诗⁽¹³⁾是也。又况于在位之人乎？夫文王惟能如此，故以征则服，以守则治。《诗》曰："奉璋峨峨，髦士攸宜。"又曰："周王于迈，六师及之。"⁽¹⁴⁾言文王所用，文武各得其才，而无废事。及至夷、厉大乱，天下之才，又尝少矣。至宣王⁽¹⁵⁾之起，所与图天下之事者，仲山甫⁽¹⁶⁾而已。故诗人叹曰："德輶⁽¹⁷⁾如毛，维仲山甫举之，爱莫助之。"盖闵人才之少，而山甫之无助也。宣王能用仲山甫，推其类以新美天下之士[18]，而后人才复众。于是内修政事，外讨不庭[19]，而复有文、武[20]之境土。故诗人美之[21]曰："薄言采芑，于彼新田，于此菑亩。"言宣王能新美天下之士，使之有可用之才，如农夫新美其田，而使之有可采之芑也。由此观之，人之才，未尝不自人主陶冶而成之者也。

所谓陶冶而成之者何也？亦教之、养之、取之、任之有其道而已。

所谓教之之道何也？古者天子诸侯，自国王至乡党皆有学[22]，博置教道之官[23]而严其选[24]。朝廷礼乐、刑政之事，皆在于学，学士所观而习者，皆先王之法言德行治天下之意，其材亦可以为天下国家之用。苟不可以为天下国家之用，则不教也。苟可以为天下国家之用者，则无不在于学。此教之之道也。

所谓养之之道何也？饶之以财[25]，约之以礼，裁之以法也。何谓饶之以财？人之情，不足于财，则贪鄙苟得，无所不至。先王知其如此，故其制禄[26]，自庶人之在官者，其禄已足以代其耕[27]矣。由此等而上之，每有加焉，使其足以养廉耻，而离于贪鄙之行。犹以为未也，又推其禄以及其子孙，谓之世禄。使其生也，既于父子、兄弟、妻子之养，婚姻、朋友之接，皆无憾矣；其死也，又于子孙无不足之忧焉。何谓约之以礼？人情足于财而无礼以节之，则又放僻邪侈，无所不至。先王知其如此，故为之制度。婚丧、祭养、燕享之事，服食、器用之物，皆以命数为之节[28]，而齐之以律度量衡之法。其命可以为之，而财不足以具，则弗具也；其财可以具，而命不得为之者，不使有铢两分寸之加焉。何谓裁之以法？先王于天下之士，教之以道艺[29]矣，不帅[30]教而待之以屏弃远方终身不齿之法。约之法礼则待之以流[31]、杀之法。《王制》曰："变衣服者，其君流。"《酒诰》曰："厥或诰曰：

'群饮⁽³²⁾,汝勿佚。尽执拘以归于周,予其杀!"夫群饮、变衣服,小罪也;流、杀,大刑也。加小罪以大刑,先王所以忍而不疑⁽³³⁾者,以为不如是,不足以一天下之俗而成吾治。夫约之以礼裁之以法,天下所以服从无抵冒者,又非独其禁严而治察之所能致也。盖亦以吾至诚恳恻之心,力行而为之倡。凡在左右通贵之人⁽³⁴⁾,皆顺上之欲而服行之,有一不帅者,法之加必自此始。夫上以至诚行之,而贵者知避上之所恶矣,则天下之不罚而止者众矣。故曰:此养之之道也。

所谓取之之道者,何也?先王之取人⁽³⁵⁾也,必于乡党,必于庠序,使众人推其所谓贤能,书之以告于上而察⁽³⁶⁾之。诚贤能也,然后随其德之大小、才之高下而官使之。所谓察之者,非专用耳目之聪明,而私听于一人之口也。欲审知其德,问以行;欲审知其才,问以言。得其言行,则试之以事。所谓察之者,试之以事是也。虽尧之用舜,亦不过如此而已,又况其下乎?若夫九州之大,四海之远,万官亿丑⁽³⁷⁾之贱,所须士大夫之才则众矣,有天下者,又不可以一二自察之也,又不可以偏属于一人,而使之于一日二日之间考试其行能⁽³⁸⁾而进退之也。盖吾已能察其才行之大者,以为大官矣,因使之取其类以持久试之,而考其能者以告于上,而后以爵命、禄秩予之而已。此取之之道也。

所谓任之之道者,何也?人之才德,高下厚薄不同,其所任有宜有不宜。先王知其如此,故知农者以为后稷⁽³⁹⁾,知工者以为共工。其德厚而才高者以为之长,德薄而才下者以为之佐属。又以久于其职,则上狃习⁽⁴⁰⁾而知其事,下服驯而安其教,贤者则其功可以至于成,不肖者则其罪可以至于著⁽⁴¹⁾,故久其任而待之以考绩之法。夫如此,故智能才力之士,则得尽其智以赴功⁽⁴²⁾,而不患其事之不终、其功之不就也。偷惰苟且之人，虽欲取容于一时，而顾谬⁽⁴³⁾辱在其后，安敢不勉乎！若夫无能之人，固知辞避而去矣。居职任事之久，不胜任之罪，不可以幸而免故也。彼且不敢冒而知辞避矣，尚何有比周⁽⁴⁴⁾、谗陷、争进之人乎？取之既已详，使之既已当，处之既已久，至其任之也又专焉，而不一二以法束缚之，而使之得行其意，尧、舜之所以理百官而熙众工⁽⁴⁵⁾者，以此而已。《书》曰："三载考绩，三考，黜陟幽明。"此之谓也。然尧、舜之时，其所黜者则闻之矣，盖四凶⁽⁴⁶⁾是也。其所陟者，则皋陶、稷⁽⁴⁷⁾、契⁽⁴⁸⁾皆终身一官而不徙。盖其所谓陟者，特加之爵命，禄赐而已耳。此任之之道也。

夫教之、养之、取之、任之之道如此，而当时人君，又能与其大臣，悉其耳目心力，至诚恻怛，思念而行之，此其人臣之所以无疑，而于天下国家之事，无所欲为而不得也⁽⁴⁹⁾。

方今州县虽有学，取墙壁具而已⁽⁵⁰⁾，非有教导之官，长育人才之事也。唯太学有教导之官，而亦未尝严其选。朝廷礼乐刑政之事，未尝在于学。学者亦漠然自以礼乐刑政为有司之事，而非己所当知也。学者之所教，讲说章句⁽⁵¹⁾而已。讲说章句，固非古者教人之道也。而近岁乃始教之以课试之文章。夫课试之文章，非博诵强学穷日之力则不能。及其能工也，大则不足以用天下国家，小则不足以为天下国家之用。故虽白首于庠序⁽⁵²⁾，穷日之力以师上之教⁽⁵³⁾，及使之从政，则茫然不知其方者，皆是也。盖今之教者，非特不能成人之才而已，又从困苦毁坏之，使不得成才者，何也？夫人之才，成于专而毁于杂。故先王之处民才⁽⁵⁴⁾：处工于官储，处农于畎亩，处商贾于肆⁽⁵⁵⁾，而处士于庠序，使各专其业而不见异物，惧异物之足以害其业也。所谓士者，又非特使之不得见异物而已，一示之以先王之道，而百家诸子之异说，皆屏之而莫敢习者焉。今士之所宜学者，天下国家之用也。今悉使置之不教，而教之以课试之文章，使其耗精疲神，穷日之力以从事于此。及其任之以官也，则又悉使置之，而责之以天下国家之事。夫古之人，以朝夕专其业于天下国家之事，而犹才有能有不能，今乃移其精神，夺其日力，以朝夕从事于无补之学⁽⁵⁶⁾，及其任之以事，然后卒然责之以为天下国家之用，宜其才之足以有为者少矣。臣故曰：非特不能成人之才，又从而困苦毁坏之，使不得成才也。又有甚害者，先王之时，士之所学者，文武之道也。士之才，有可以为公卿大夫，有可以为士。其才之大小、宜不宜则有矣，至于武事，则随其才之大小，未有不学者也。故其大者，居⁽⁵⁷⁾则为六官之卿⁽⁵⁸⁾，出⁽⁵⁹⁾则为六军⁽⁶⁰⁾之将也；其次则比、闾、族、党之师，亦皆卒、伍、师、旅之师也。故边疆，宿卫⁽⁶¹⁾，皆得士大夫为之，而小人不得奸其任。今之学者，以为文武异事，吾知治文事而已，至于边疆、宿卫之任，则推而属之于卒伍，往往天下奸悍无赖之人。苟其才行足以自托于乡里者，未有肯去亲戚而从召募者也。边疆、宿卫，此乃天下之重任，而人主之所当慎重者也。故古者教士，以射、御⁽⁶²⁾为急，其他伎⁽⁶³⁾能，则视其人才之所宜，而后教之，其才之所不能，则不强⁽⁶⁴⁾，也。至于射，则为男子之事。苟人之生，有疾则已，苟无疾，未有去射而不学者也。在庠序之间，固常从事于射也。有宾客之事则以射，有祭祀之事则以射，别士之行同能偶则以射⁽⁶⁵⁾，于礼乐之事，未尝不寓以射，而射亦未尝不在于礼乐、祭祀之间也。《易》曰："弧矢之利，以威天下。"先王岂以射为可以习揖让之仪而已乎⁽⁶⁶⁾？固以为射者武事之尤大，而威天下、守国家之具也。居则以是习礼乐，出则以是从战伐。士既朝夕从事于此而能者众，则边疆、宿卫之任，皆可以择而取也。夫士尝学先王之道，其行义尝见推于乡党矣，然后因其才而托之以边疆、宿卫之事，此古之人君，所以推干戈以属之人，而无内外之虞也。今乃以夫天下之重任，人主所当至慎之选，推而属之奸悍无赖、才行不足自托于乡里之人，此方今所以谡谡然常抱边疆之忧，而虞$^{(67)}$宿卫之不足恃以为安也。今孰不知边疆、宿卫之士不足恃以为安哉？顾以为天下学士以执兵为耻，而亦未有能骑射行阵之事者，则非召募之卒伍，孰能任其事者乎？夫不严其教，高其选，则士之以执兵为耻，而未尝有能骑射行阵之事，固其理也，凡此皆教之非其道也。

方今制禄$^{(68)}$，大抵皆薄。自非朝廷侍从之列，食口稍众，未有不兼农商之利而能充其养者也$^{(69)}$。其下州县之吏，一月所得，多者钱八九千，少者四五千，以守选$^{(70)}$、待除$^{(71)}$、守阙$^{(72)}$通之，盖六七年而后得三年之禄，计一月所得，乃实不能四五千，少者乃实不能及三四千而已。虽厮养之给，亦窘于此矣，而其养生、丧死、婚姻、葬送之事，皆当出于此。夫出中人$^{(73)}$之上者，虽穷而不失为君子；出中人以下者，虽泰而不失为小人。唯中人不然，穷则为小人，泰则为君子。计天下之士，出中人之上下者，千百而无十一，穷而为小人，泰而为君子者，则天下皆是也。先王以为众不可以力胜也，故制行不以己，而以中人为制，所以因其欲而利道之$^{(74)}$，以为中人之所能守，则其志可以行乎天下，而推之后世。以今之制禄，而欲士之无毁廉耻，盖中人之所不能也，故今官大者，往往交赂遗、营赀产，以负贪污之毁；官小者，贩鬻$^{(75)}$、乞丐，无所不为。夫士已尝毁廉耻以负累于世矣，则其偷堕取容之意起，而矜奋自强之心息，则职业安得而不弛，治道何从而兴乎？又况委法受赂，侵牟百姓者，往往而是也。此所谓不能饶之以财也。

婚丧、奉养、服食、器用之物，皆无制度以为之节，而天下以奢为荣，以俭为耻。苟其财之可以具，则无所为而不得，有司既不禁，而人又以此为荣。苟其财不足，而不能自称于流俗，则其婚丧之际，往往得罪于族人亲姻，而人以为耻矣。故富者贪而不知止，贫者则强勉其不足以追之。此士之所以重困，而廉耻之心毁也。凡此所谓不能约之以礼也。

方今陛下躬行俭约，以率天下，此左右通贵之臣所亲见。然而其闺门之内，奢靡无节，犯上之所恶，以伤天下之教者，有已甚者矣。未闻朝廷有所放绌，以示天下。昔周之人，拘群饮而被之以杀刑者，以为酒之末流生害，有至于死者众矣，故重禁其祸之所自生。重禁祸之所自生，故其施刑极省，而人之抵于祸败者少矣。今朝廷之法所尤重者，独贪吏耳。重禁贪吏，而轻奢靡之法，此所谓禁其末而弛其本。然而世之识者，以为方今官冗[76]，而县官财用已不足以供之，其亦蔽于理矣。今之人官诚冗矣，然而前世[77]置员盖甚少，而赋禄又如此之薄，则财用之所不足，盖亦有说矣。吏禄岂足计哉？臣于财利，固未尝学，然窃观前世治财之大略矣。盖因天下之力，以生天下之财，取天下之财，以供天下之费。自古治世，未尝以不足为天下之公患也。患在治财无其道耳。今天下不见兵革之具[78]，而元元安土乐业，人致其力，以生天下之财，然而公私尝以困穷为患者，殆亦理财未得其道，而有司不能度世之宜而通其变耳。诚能理财以其道，而通其变，臣虽愚，固知增吏禄不足以伤经费也。方今法严令具，所以罗天下之士，可谓密矣。然而亦尝教之以道艺，而有不帅教之刑以待之乎？亦尝约之以制度，而有不循理之刑[79]以待之乎？亦尝任之以职事，而有不任事之刑以待之乎？亦尝约之以制度，而有不循理之刑以待之乎？亦尝任之以职事，而有不任事之刑以待之乎？夫不先教之以道艺，诚不可以诛其不帅教；不先约之以制度，诚不可以诛其不循理；不先任之以职事，诚不可以诛其不任事。此三者，先王之法所先急也，今皆不可得诛，而薄物细故，非害治之急者，为之法禁，月异而岁不同，为吏者至于不可胜记，又况能一二避之而无犯者乎？此法令所以滋而不行，小人有增而免者，君子有不幸而及者焉。此所谓不能裁之以刑也。凡此皆治之非其道也。

方今取士，强记博诵而略通于文辞，谓之茂才异等、贤良方正，茂才异等、贤良方正者，公卿之选也。记不必强，诵不必博，略通于文辞，而又尝学诗赋，则谓之进士。进士之高者，亦公卿之选也。夫此二科所得之技能，不足以为公卿，不待论而后可知。而世之议者，乃以为吾常以此取天下之士，而才之可以为公卿者，常出于此，不必法古之取人然后得士也。其亦蔽于理矣。先王之时，尽所以取人之道[80]，犹惧贤者之难进，而不肖者之杂于其间也。今悉废先王所以取士之道，而驱天下之才士，悉使为贤良、进士，则士之才可以为公卿者，固宜为贤良、进士，而贤良、进士亦固宜有时而得才之可以为公卿者也[81]。然而不肖者，苟能雕虫篆刻之学，以此进至乎公卿，才之可以为公卿者，困于无补之学[82]，而以此绌死于岩野，盖十八九矣。夫古之人有天下者，其所慎择者，公卿而已。公卿既得其人，因使推其类以聚于朝廷，则百司庶府[83]，无不得其人也。今使不肖之人，幸而至乎公卿，因得推其类聚之朝廷，此朝廷所以多不肖之人，而虽有贤智，往往困于无助，不得行其意[84]也。且公卿之不肖，既推其类以聚于朝廷；朝廷之不肖，又推其类以备四方之任使；四方之任使者，又各推其不肖以布于州郡。则虽有同罪举官之科，岂足恃哉？适足以为不肖之资而已。其次九经、五经[85]、学究、明法之科，朝廷固已尝患其无用于世，而稍责之以大义矣。然大义之所得，未有以贤于故也[86]。今朝廷又开明经之选[87]，以进经术之士。然明经之所取，亦记诵而略通于文辞者，则得之矣。彼通先王之意，而可以施于天下国家之用者，顾未必得与于此选也。其次则恩泽子弟，庠序不教之以道艺，官司不考问其才能，父兄不保任其行义，而朝廷辄以官予之，而任之以事。武王数纣之罪，则曰："官人以世。"[88]夫官人以世，而不计其才行，此乃纣之所以乱亡之道，而治世之所无也。又其次曰流外。朝廷固已挤之于廉耻之外，而限其进取之路矣，顾属之以州县之事，使之临士民之上。岂所谓以贤治不肖者乎？以臣使事之所及，一路数千里之间，州县之吏，出于流外者，往往而有，可属任以事者，殆无二三，而当防闲[89]其奸者，皆是也。盖古者有贤不肖之分，而无流品[90]之别。故孔子之圣，而尝为季氏吏，盖虽为吏，而亦不害其为公卿。及后世有流品之别，则凡在流外者，其所成立[91]，固尝自置于廉耻之外，而无高人之意[92]矣。夫以近世风俗之流靡，自虽士大夫之才，势足以进取，而朝廷尝奖之以礼义者，晚节末路，往往怵而为奸，况又其素所成立，无高人之意，而朝廷固已挤之于廉耻之外，限其进取者乎？其临人亲职[93]，放僻邪侈，固其理也。至于边疆、宿卫之选，则臣固已言其失矣。凡此皆取之非其道也。

方今取之既不以其道，至于任人，又不问其德之所宜，而问其出身之后先，不论其才之称否，而论其历任之多少。以文学进者，且使之治财。已使之治财矣，又转而使之典狱。已使之典狱矣，又转而使之治礼。是则一人之身，而责之以百官之所能备，宜其人才之难为也。夫责人以其所难为，则人之能为者少矣。人之能为者少，则相率而不为。故使之典礼，未尝以不知礼为忧，以今之典礼者未尝学礼故也。使之典狱，未尝以不知狱为耻，以今之典狱者，未尝学狱故也。天下之人，亦已渐渍于失教，被服于成俗，见朝廷有所任使，非其资序，则相议而讪之，至于任使之不当其才，未尝有非之者也。且在位者数徙⁽⁹⁴⁾，则不得久于其官，故上不能狃习而知其事，下不肯服驯而安其教，贤者则其功不可以及于成，不肖者则其罪不可以至于著。若夫迎新将故之劳⁽⁹⁵⁾，缘绝簿书之弊，固其害之小者，不足悉数也。设官大抵皆当久于其任，而至于所部者远，所任者重，则尤宜久于其官，而后可以责其有为。而方今尤不得久于其官，往往数日辄迁之矣。

　　取之既已不详⁽⁹⁶⁾，使之既已不当，处之既已不久，至于任之则又不专，而又一二以法束缚之，使不得行其意，臣固知当今在位多非其人，稍假借之权，而不一二以法束缚之，则放恣而无不为。虽然，在位非其人，而恃法以为治，自古及今，未有能治者也。即使在位皆得其人矣，而一二以法束缚之，不使之得行其意，亦自古及今，未有能治者也。夫取之既已不详，使之既已不当，处之既已不久，任之又不专，而一二以法束缚之，故虽贤者在位，能者在职，与不肖而无能者，殆无以异。夫如此，故朝廷明知其贤能足以任事，苟非其资序，则不以任事而辄进之，虽进之，士犹不服也。明知其无能而不肖，苟非有罪，为在上者所劾，不敢以其不胜任而辄退之，虽退之，士犹不服也。彼诚不肖而无能，然而士不服者何也？以所谓贤能者任其事，与不肖而无能者，亦无以异故也。臣前以谓不能任人以职事，而无不任事之刑以待之者，盖谓此也。

　　夫教之、养之、取之、任之，有一非其道，则足以败乱天下之人才，又况兼此四者而有之？则在位不才、苟简、贪鄙之人，至于不可胜数，而草野闾巷之间，亦少可任之才，固不足怪。《诗》曰："国虽靡止，或圣或否。民虽靡膴或哲或谋，或肃或艾。如彼泉流，无沦胥以败。"此之谓也。

夫在位之人不足矣，而闾巷草野之间，亦少可用之才，则岂特行先王之政而不得也，社稷之托，封疆之守，陛下其能久以天幸为常，而无一旦之忧乎？盖汉之张角⁽⁹⁷⁾，三十六方同日而起，而所在郡国，莫能发其谋；唐之黄巢，横行天下，而所至将吏，无敢与之抗者。汉、唐之所以亡，祸自此始。唐既亡矣，陵夷以至五代，而武夫用事，贤者伏匿消沮而不见，在位无复有知君臣之义、上下之礼者也。当是之时。变置社稷⁽⁹⁸⁾，盖甚于弈棋之易，而元元肝脑涂地，幸而不转死于沟壑者无几耳⁽⁹⁹⁾。夫人才不足，患盖如此，而方今公卿大夫，莫肯为陛下长虑后顾，为宗庙⁽¹⁰⁰⁾万世计，臣切惑之。昔晋武帝趋过目前⁽¹⁰¹⁾，而不为子孙长远谋，当时在位，亦皆偷合苟容，而风俗荡然，弃礼义，捐法制，上下同失，莫以为非，有识固知其将必乱矣。而其后果海内大扰，中国列于夷狄者，二百余年⁽¹⁰²⁾。伏惟三庙祖宗神灵所以付属陛下，固将为万世血食，而大庇元元于远穷也。臣愿陛下鉴汉、唐、五代之所以乱亡，惩⁽¹⁰³⁾晋武苟且因循之祸，明诏大臣，思所以陶成天下之才，虑之以谋，计之以数，为之以渐，期为合于当世之变，而无负于先王之意，则天下之人才不胜用矣。人才不胜用，则陛下何求而不得，何俗而不成哉？夫虑之以谋，计之以数，为之以渐，则成天下之甚易也。

臣始读《孟子》，见孟子言王政之易行，心则以为诚然。及见与慎子论齐、鲁之地，以为先王之制国，大抵不过百里者，以为今有王者起，则凡诸侯之地，或千里，或五百里，皆将损之至于数十百里而后止。于是疑孟子虽贤，其仁智足以一^((104))天下，亦安能毋劫之以兵革，而使数百千里之强国，一旦肯损其地之十八九，而比于先王之诸侯？至其后，观汉武帝用主父偃之策，令诸侯王地悉得推恩分其子弟，而汉亲临定其号名，辄别属汉。于是诸侯王之子弟，各有分土，而势强地大者，卒以分析^((105))弱小。然后知虑之以谋，计之以数，为之以渐，则大者固可使小，强者固可使弱，而不至乎倾骇变乱败伤之衅。孟子之言不为过。又况今欲改易更革。其势非若孟子所为之难也。臣故曰：虑之以谋，计之以数，为之以渐，则其为甚易也。

然先王之为天下，不患人之不为，而患人之不能，不患人之不能，而患己之不勉。何谓不患人之不为，而患人之不能？人之情所愿得者，善行、美名、尊爵、厚利也，而先王能操之以临天下之士。天下之士，有能遵之以治者，则悉以其所愿得者以与之。士不能则已矣，苟能，则孰肯舍其所愿得，而不自勉以为才？故曰：不患人之不为，患人之不能。何谓不患人之不能，而患己之不勉？先王之法，所以待人者尽矣，自非下愚不可移之才^((106))，未有不能赴者也。然而不谋之以至诚恻怛之心，亦未有能力行而应之者。故曰：不患人之不能，而患己之不勉。陛下诚有意乎成天下之才，则臣愿陛下勉之而已。

臣又观朝廷异时欲有所施为变革^((107))，其始计利害未尝熟也，顾一有流俗侥幸之人不悦而非之，则遂止而不敢为。夫法度立，则人无独蒙其幸者，故先王之政，虽足以利天下，而当其承弊坏之后，侥幸之时，其创法立制，未尝不艰难也。以其创法立制，而天下侥幸之人亦顺悦以趋之，无有龃龉，则先王之法，至今存而不废矣。惟其创法立制之艰难，而侥幸之人不肯顺悦而趋之，故古之人欲有所为，未尝不先之以征诛，而后得其意。《诗》曰："是伐是肆，是绝是忽，四方以无拂。"此言文王先征诛而后得意于天下也。夫先王欲立法度，以变衰坏之俗而成人之才，虽有征诛之难，犹忍⁽¹⁰⁸⁾而为之，以为不若是，不可以有为也。及至孔子，以匹夫游诸侯，所至则使其君臣捐所习⁽¹⁰⁹⁾，逆所顺，强所劣⁽¹¹⁰⁾，憧憧如⁽¹¹¹⁾也，卒困于排逐⁽¹¹²⁾。然孔子亦终不为之变，以为不如是，不可以有为。此其所守，盖与文王同意。夫在上之圣人，莫如文王，在下之圣人，莫如孔子，而欲有所施为变革，则其事盖如此矣。今有天下之势，居先王之位，创立法制，非有征诛之难也。虽有侥幸之人不悦而非之，固不胜天下顺悦之人众也。然而一有流俗侥幸不悦之言，则遂止而不敢为者，惑也。陛下诚有意乎成天下之才，则臣又愿断之而已。

夫虑之以谋，计之以数，为之以渐，而又勉之以成，断之以果，然而犹不能成天下之才，则以臣所闻，盖未有也。

然臣之所称，流俗之所不讲，而今之议者以谓迂阔而熟烂者也。窃观近世士大夫所欲悉心力耳目以补助朝廷者有矣。彼其意，非一切利害⁽¹¹³⁾，则以为当世所不能行。士大夫既以此希世⁽¹¹⁴⁾，而朝廷所取于天下之士，亦不过如此。至于大伦大法，礼义之际，先王之所力学而守者，盖不及也。一有及此，则群聚而笑之，以为迂阔。今朝廷悉心于一切之利害，有司法令于刀笔之间⁽¹¹⁵⁾，非一日也。然其效可观矣。则夫所谓迂阔而熟烂者，惟陛下亦可以少留神而察之矣。昔唐太宗贞观之初，人人异论⁽¹¹⁶⁾，如封德彝之徒，皆以为非杂用秦、汉之政，不足以为天下。能思先王之事，开⁽¹¹⁷⁾太宗者，魏郑公一人尔。其所施设，虽未能尽当先王之意，抑其大略，可谓合矣。故能以数年之间，而天下几致刑措⁽¹¹⁸⁾，中国安宁，夷蛮顺服，自三王以来，未有如此盛时也。唐太宗之初，天下之俗，犹今之世也，魏郑公之言，固当时所谓有迂阔而熟烂者也,然其效如此。贾谊[119]曰:"今或言德教之不如法令,胡不引商、周、秦、汉以观之?"然则唐太宗事亦足观矣。

臣幸以职事归报陛下,不自知其驽下[120]无以称职,而敢及国家之大体者,诚以臣蒙陛下任使,而当归报。窃谓在位之人才不足,而无以称朝廷任使之意,而朝廷所以任使天下之士者,或[121]非其理,而士不得尽其才,此亦臣使事之所及,而陛下之所宜先闻者也。释此一言,而毛举[122]利害之一二,以污陛下之聪明,而终无补于世,则非臣所以事陛下惓惓[123]之义也。伏惟陛下详思而择其中,天下幸甚!

【注释】

(1) 备:备位充数,谦词。路,行政区域名称,相当今天的省。

(2) 阙廷:即朝廷。

(3) 孚:信任。

(4) 贰:别的心思和选择。

(5) 谔谔然:惊惧的样子。

(6) 该句谓:难道不是造就人才的方法不适当吗?

(7) 该句意指江南东路的幅员。

(8) 缘之为奸:借朝廷的法令行奸害百姓之事。

(9) 因人情之患苦:顺应人们渴求摆脱苦难的愿望。

(10) 皆非其人:在位的官员都不适合他所担当的职事。

(11) 该句谓按其才能任以职事。

(12) 兔罝之人:猎兔子的人。罝,捕兽的网。

(13) 《兔罝》之诗:《诗经》中的一篇。

（14）周王：指周文王。迈，前往。六师，每师为二千五百人，六师者，言从之者多。

（15）宣王：周宣王姬静。

（16）仲山甫：周宣王的卿士，鲁献公的次子。

（17）辁辁：轻。

（18）该句谓：将仲山甫的美德推而广之，使天下之士皆有美德。

（19）不庭：不来朝廷进贡的诸侯国。

（20）文、武：周文王姬昌和周武王姬发。

（21）美之：赞美他。

（22）学：学校。

（23）教道之官：讲授王道之义的教官。

（24）严其选：严格选择教道之官。

（25）饶之以财：使其财富充足。

（26）制禄：制定分配俸禄的制度。

（27）代其耕：与耕田的收获相当。

（28）以命数为之节：以固定的数目做为分寸。

（29）艺：准则。

（30）帅：遵循。

（31）流：流放，即"屏弃远方终身不齿。"

（32）群饮：聚众而饮。

（33）忍而不疑：忍心去做而不迟疑犹豫。

（34）在左右通贵之人：指天子近边的臣僚、大夫等。

（35）取人：即取士，选拔有德行才干的人。

（36）察：考察，察验。

(37) 丑：类。官的种类很多，故称"亿丑"。

(38) 行能：德行，才能。

(39) 后稷：舜时主农的官。

(40) 狃习：习惯。

(41) 著：明显。

(42) 赴功：致力于事业。

(43) 谬：羞辱。

(44) 比周：结伙营私。

(45) 熙众工：使百工兴旺。

(46) 四凶：共工、驩兜、三苗、鲧。

(47) 稷：舜时农官。

(48) 契：舜帝时为司徒，掌土木水利。音 xiè。

(49) 此句意为：没有什么想做而做不成的事。

(50) 此句意为：仅仅具备了校舍而已。

(51) 讲说章句：即分析古书的章节句读。

(52) 白首于庠序：在学校学到白头。

(53) 师上之教：学习朝廷所颁行的教材。

(54) 处民才：措置百姓当中的各类人才。

(55) 肆：集贸市场。

(56) 无补之学：对国家没有补益作用的学问。

(57) 居：处身于朝廷。

(58) 六官：即天官冢宰、地官司徒、春官宗伯、夏官司马、秋官司寇、冬官司空。

(59) 出：在朝廷之外任职。

（60）六军：古时一万两千五百人为一军。天子掌六军。

（61）宿卫：皇宫中的警卫。

（62）射、御：即攻和防。

（63）伎：通"技"。

（64）强：勉强，强迫。

（65）该句谓：偶尔也用"射"来区分士的德行，就像区分他的行事能力一样。

（66）该句谓：先王不仅仅将"射"的活动看作是一种礼节仪式。

（67）虞：担心，忧虑。

（68）制禄：规定的俸禄数额。

（69）兼农商之利而能充其养者也：敛取农者商人所上缴的利税用来满足官员一家消费。

（70）守选：等候由朝廷吏部量才授官。

（71）待除：等候新的任命。

（72）守阙：等候填补官位空缺。

（73）中人：品行一般的人。

（74）因其欲而利道之：顺着他们的愿望而以利益来引导他。道，通"导"。

（75）贩鬻：即卖官鬻爵。

（76）官冗：官吏过多过滥。

（77）前世：指唐、五代之际。

（78）兵革之具：指战争。

（79）不帅教之刑：针对不服从朝廷教化行为的刑法。

（80）尽所以取人之道：选拔人才的方法很详细。

（81）该句谓：贤良、进士当中当然也偶尔可以发现可以当公卿之任的人。

（82）困于无补之学：被朝廷以"雕虫篆刻"之学取人的制度挡在门外。

（83）百司庶府：各级各类政府机构。

（84）行其意：实现他的抱负与才能。

（85）五经：《诗》、《书》、《礼》、《易》、《春秋》。

（86）该句谓：仅仅懂得了经典文章的宏观意义，也未见到比以前强多少。

（87）明经之选：贡举中专门研究经学的科别。

（88）官人以世：将门阀地位的高低做为能否给予官职的标准。

（89）防闲：暗中察防。

（90）流品：级别。

（91）其所成立：指流外的官员所做的政绩。

（92）高人之意：超过别人的打算。

（93）临人亲职：领导百姓，履行职务。

（94）数徙：多次变动职务。

（95）迎新将故之劳：指由于官员的职位常常变换，手下人便不得不过多地忙于欢迎新官上任和送别离任官员的活动。将，送。

（96）不详：不清楚，不仔细。

（97）张角：东汉末年农民起义军首领。

（98）变置社稷：更换朝代。

（99）该句指由于战乱频仍，百姓多流离失所，死无葬身之地。

（100）宗庙：封建社会以皇族的宗庙代指国家。

（101）趋过目前：只顾眼前享乐而无长远之计。

（102）据史载，自公元313年西晋灭亡，东晋南迁，中原大部为北方少数民族所辖，于五代之际战乱迭起。公元581年隋朝建立，中原始告统一。

（103）惩：引以为诫。

（104）一天下：统一天下。

（105）卒：最后。分析：分割、解析。

（106）下愚：资质低下、愚笨。不可移：难以被教化所改变。

（107）该句概指"庆历新政"。

（108）忍：狠心。

（109）捐所习：去掉了以往的不良习气。

（110）逆所顺，强所劣：即改变各诸侯业已形成而沿习下来的坏习惯、风俗，用力矫正诸侯们平时的劣习。

（111）憧憧如：神意不定的样子。

（112）因于排逐：因于诸侯对他的排斥、驱逐。

（113）非一切利害：（假如）不是事情的方方面面都有利。

（114）希世，迎合世俗。

（115）该句意为朝廷决心为国家兴利除弊，但主管部门只是将法令行于纸笔公文之向，而不能落实。

（116）人人异论：即各执己见，不能统一看法。

（117）开：启发。

（118）几致刑措：甚至达到有刑法而闲置不用的状态。（非有法不用，而是民不违法，致使法无所施）

（119）贾谊：汉洛阳人，文帝时迁太中大夫。主张改正朔、易服色、制法度、兴教化。

（120）驽下：资质低下。谦词。

（121）或：有些地方。

（122）毛举：言列举些许情况。

（123）惓惓：诚恳的样子。

上时政书

年月日，具位臣某昧死再拜上疏尊号皇帝陛下：臣窃观自古人主享国日久，无至诚恻怛忧天下之心，虽无暴政虐刑加于百姓，而天下未尝不乱。自秦以下，享国日久者，有晋之武帝(1)、梁之武帝(2)、唐之明皇(3)。此三帝者，皆聪明智略有功之主也。享国日久，内外无患，因循苟且，无至诚恻怛忧天下之心，趋过目前，而不为久远之计，自以祸灾可以无及其身，往往身遇祸灾，而悔无所及。虽或仅得身免，而宗庙固已毁辱，而妻子固以困穷，天下之民，固以膏血涂草野，而生者不能自脱于困饿劫束之患矣。夫为人子孙，使其宗庙毁辱，为人父母，使其比屋死亡，此岂仁孝之主所宜忍者乎？然而晋、梁、唐之三帝，以晏然(4)致此者，自以为其祸灾可以不至于此，而不自知忽然已至也。

盖夫天下至大器(5)也，非大明法度，不足以维持，非众建贤才，不足以保守。苟无志诚恻怛忧天下之心，则不能询考贤才，讲求法度。

贤才不用，法度不修，偷假岁月⁽⁶⁾，则幸或可以无他，旷日持久，则未尝不终于大乱。

伏惟皇帝陛下，有恭俭之德，有聪明睿智之才，有仁民爱物之意，然享国日久矣，此诚当恻怛忧天下，而以晋、梁、唐三帝为戒之时。以臣所见，方今朝廷之位，未可谓能得贤才，政事所施，未可谓能合法度。官乱于上，民贫于下，风俗日以薄，才力日以困穷，而陛下高居深拱⁽⁷⁾，未尝有询考讲求之意，此臣所以窃为陛下计而不能无慨然者也。

夫因循苟且，逸豫而无为，可以侥幸一时，而不可以旷日持久。晋、梁、唐三帝者，不知虑此，故灾稔⁽⁸⁾祸变，生于一时，则虽欲复询考讲求以自救，而已无所及矣！以古准今，则天下安危治乱，尚可以有为。有为之时，莫急于今日。过今日，则臣恐亦有无所及之悔矣。然则以至诚询考而众建贤才，以至诚讲求而大明法度，陛下今日其可以不汲汲⁽⁹⁾乎？《书》曰："若药不瞑眩，厥疾弗瘳"⁽¹⁰⁾。臣愿陛下以终身之狼疾⁽¹¹⁾为忧，而不以一日之瞑眩为苦。

臣既蒙陛下采擢，使备从官，朝廷治乱安危，臣实预其荣辱，此臣所以不敢避进越⁽¹²⁾之罪，而忘尽规之义。伏惟陛下深思臣言，以自警戒，则天下幸甚。

【注释】

（1）晋武帝：司马炎，西晋的第一位皇帝，265年—290年在位。死后不久，西晋衰亡。

（2）梁武帝：萧衍，南朝梁的第一位皇帝，502年—549年在位。信佛荒政，被叛臣侯景之兵围在南京台城，不久饿死。

（3）唐明皇：即唐玄宗李隆基。712年—756年在位。晚年不理政事，导致"安史之乱"。

（4）晏然：平安和乐的样子。

（5）至大器：最大的器物。

（6）偷假岁月：只图苟安享乐，无长远之计。参见前文注（156）。

（7）高居深拱：即深居于宫禁之内。

（8）稔：酝酿成熟。

（9）汲汲：急切的样子。

（10）该句谓：药物如果不使人头晕目眩，便治不好疾病。

（11）狼疾：致命的疾病。

（12）进越：超越职分。

上五事书

今陛下⁽¹⁾即位五年⁽²⁾，更张改造者数千百事，而为书⁽³⁾具，为法立，而为利者何其多也。就其多而求其法最大、其效最晚、其议论最多者，五事也：一曰和戎，二曰青苗⁽⁴⁾，三曰免役⁽⁵⁾，四曰保甲⁽⁶⁾，五曰市易⁽⁷⁾。

今青唐、洮河，幅员三千余里，举戎羌之众二十万献其地，因为熟户，则和戎之策已效矣。

昔之贫者，举息之于豪民⁽⁸⁾，今之贫者，举息之于官，官薄其息⁽⁹⁾，而民救其乏，则青苗之令已行矣。

惟免役也、保甲也、市易也，此三者有大利害焉。得其人而行之，则为大利，非其人而行之，则为大害；缓而图之，则为大利，急而成之，则为大害。传曰："事不师古，以克永世，匪说攸闻"。若三法者，可谓师古矣。然而知古之道，然后能行古之法，此臣所谓大利害者也。

盖免役之法，出于《周官》所谓府，史胥、徒⁽¹⁰⁾，《王制》所谓"庶人在官"也。然而九州之民，贫富不均，风俗不齐，版籍⁽¹¹⁾之高下不足据，今一旦变之，则使之家至户到，均平如一，举天下之役，人人用募，释天下之农，归于畎亩。苟不得其人而行，则五等⁽¹²⁾必不平，而募役必不均矣。

保甲之法，起于三代丘甲，管仲用之齐，子产用之郑⁽¹³⁾，商君用之秦⁽¹⁴⁾，仲长统言之汉，而非今日之立异也⁽¹⁵⁾。然而天下之人，凫居雁聚⁽¹⁶⁾，散而之四方而无禁也者，数千百年矣，今一旦变之，使行什伍相维⁽¹⁷⁾，邻里相属，察奸而显诸仁⁽¹⁸⁾，宿兵而藏诸用⁽¹⁹⁾，苟不得其人而行之，则搔之以追呼⁽²⁰⁾，骇之以调发⁽²¹⁾，而民心摇矣。

市易之法起于周之司市、汉之平准⁽²²⁾。今以百万缗之钱，权物价之轻重，以通商而贳之⁽²³⁾，令民以岁入数万缗息。然甚知天下之货贿未甚行，窃恐希功幸赏⁽²⁴⁾之人，速求成效于年岁之间，则吾法隳⁽²⁵⁾矣。

臣故曰：三法者，得其人缓而谋之，则为大利；非其人急而成之，则为大害。故免役之法成，则农时不夺，而民力⁽²⁶⁾均矣；保甲之法成，则寇乱息，而威势强矣；市易之法成，则货贿通流，而国用饶矣。

【注释】

（1）陛下：宋神宗赵顼。

（2）即1072年。

（3）书：指朝廷推行新法的各种政令条例。

（4）青苗：即熙宁新政中的"青苗法"。

（5）免役：即熙宁新政中的"免役法"。

（6）保甲：即熙宁新政中的"保甲法"。

（7）市易：即熙宁新政中的"市易法"。

（8）举息之于豪民：向富豪大户借贷。

（9）薄其息：少收利息。

（10）《周官》：即《周礼》。府，管仓库的；史，管文书的；胥，十个差役的差头；徒，差役。

(11) 版籍：即户口登记册。

(12) 五等：为了使役钱负担相对平均，新法采取按家产多少划分户等的办法。一共划分为五等，每年在夏、秋两季按等缴纳免役钱。

(13) 子产：即公孙侨。郑简公时任子产为卿，曾在郑国实行按"丘"征赋的制度。

(14) 商君：即商鞅，卫国人。秦国封他为商君。曾在秦国实行"什伍制"，即早期的保甲法。

(15) 此句意为保甲法不是今天的标新立异而是古已有之。

(16) 凫居雁聚：像野鸭大雁一样群居。

(17) 什伍相维：使居民按照什、伍的组织互相连在一起。

(18) 察奸而显诸仁：清察坏人，以显示朝廷对百姓的仁爱之心。

(19) 宿兵而藏诸用：寓兵于农，以备将来战事之需。

(20) 搔之以追呼：以逼迫、叱责的手段去搔扰百姓。

(21) 骇之以调发：用征调征派的办法来吓唬百姓。

(22) 汉之平准：指汉代曾实行的平衡价格的制度。

(23) 以通商而贳之：贷款给商人，使之有钱做生意，用以流通商品。贳，贷款。

(24) 希功幸赏：希图有功劳和得到奖赏。

(25) 隳：毁坏。

(26) 民力：民众为官府服役的劳动力。

上曾参政书

某闻古之君子立而相⁽¹⁾天下，必因其材力之所宜，形势之所安，而役使之。故人得尽其材，而乐出乎其时。今也，某材不足以任剧⁽²⁾，而又多病，不敢自蔽⁽³⁾，而数以闻执事矣。而阁下必欲使之察一道之吏，而寄之以刑狱之事⁽⁴⁾，非所谓因其材力之所宜也。某亲老矣，有上气疾⁽⁵⁾之日久，比年加之风眩，势不可以去左右⁽⁶⁾。阁下必欲使之奔走跋涉，不常乎亲之侧，非所谓因其形势之所安也。伏惟阁下，由君子之道以相天下，故某得布其私焉。

论者或以为事君，使之左则左，使之右则右，害有至于死而不敢避，劳有至于病而不敢辞者，人臣之义也。某窃以为不然。上之使人也，既因其材力之所宜，形势之所安，则使之左而左，使之右而右，可也。上之使人也，不因其材力之所宜，形势之所安，上将无以报吾君，下将无以慰吾亲，然且左右惟所使，则是无义无命，而苟悦之⁽⁷⁾为可也。害有至于死而不敢避者，义无所避之也；劳有至于病而不敢辞者，义无所辞之也。今天下之吏，其材可以备一道之使，而无不可为之势，其志又欲得此以有为者，盖不可胜数。则某之事，非所谓不可辞之地，而不可避之时也。

论者又以为人臣之事其君，与人子之事其亲，其势不可得而兼也。其材不足以任事，而势不可以去亲之左右，则致为臣而养可也。某又窃以为不然。古之民也，有常产矣，然而事亲者犹将轻其志、重其禄，所以为养。今也仕则有常禄，而居则无常产，而特将轻去其所以为养，非所谓为人子事亲之义也。且某之材，固不足以任使事矣，然尚有可任者，在吾君与吾相处之而已尔。固不可去亲之左右矣，然仕岂有不便于养者乎？在吾君与吾相处之而已尔。

然以某之贱，未尝得比于门墙之侧⁽⁸⁾，而慨然以鄙朴之辞，自通于阁下之前，欲得其所求⁽⁹⁾。自常人观之，宜其终龃龉而无所合也；自君子观之，由君子之道以相天下，则宜不为远近易虑，而不以亲疏改施，如天下无不焘⁽¹⁰⁾，而施之各以其命之所宜，如地之无不载，而生之各以其性之所有。彼常人之心，区区好伎⁽¹¹⁾而自私，不恕己以及物者，岂足以量之邪？

伏惟阁下垂听念焉，使天下士无复思古之君子，而乐出乎阁下之时。而又使常人之观阁下者，不能量也。岂非君子之所愿而乐者乎？冒渎⁽¹²⁾威尊，不任惶恐之至。

【注释】

（1）相：辅佐。

（2）任剧：担当大事。

（3）自蔽：隐蔽自己的实情。

（4）据史载，当时参知政事曾公亮曾举荐王安石可提点某路刑狱。

（5）上气疾：上呼吸道疾病，盖气管炎之类。

（6）去左右：指离开母亲身旁。

（7）苟悦之：一味地讨天子的好。

（8）该句谓自己并没有同别人一样排队在人家门墙之下等候接见。

（9）所求：即不远离老母。

（10）焘：通"帱"，覆盖。即泽被，施恩之意。

（11）忮：嫉妒。

（12）冒渎：冲犯、亵渎。谦词。

上田正言书

其一

正言⁽¹⁾执事：安石五月还家，八月抵官。每欲介西北之邮布一书⁽²⁾，道区区之怀，辄以事废。

扬，东南之吭也，舟舆至自汴者，日十百数。因得问汴事与执事息耗⁽³⁾甚详。其间荐绅⁽⁴⁾道执事介然⁽⁵⁾立朝，无所跛倚⁽⁶⁾，甚盛，甚盛！顾犹有疑执事者，虽安石亦然。安石之学也，执事诲之；进也，执事奖之。执事知安石不为浅矣。有疑焉不以闻，何以偿执事之知哉？

初，执事坐殿庑下，对方正策⁽⁷⁾，指斥天下利害，奋不讳忌。且曰："愿陛下行之，无使天下谓制科⁽⁸⁾为进取一涂耳！"方此时，窥执事意，岂若今所谓举方正者猎取名位而已哉？盖曰行其志云尔。

今联谏官，朝夕耳目⁽⁹⁾天子行事。即一切是非，无不可言者。欲行其志，宜莫若此时。国之疵、民之病亦多矣，执事亦抵职之日久矣。向之所谓疵者，今或痤然(10)若不可治矣；向之所谓病者，今或痼然(11)若不可起矣。曾未闻执事建一言寤主上也。何向者指斥之切而今之疏也？岂向之利于言而今之言不利邪？岂不免若今之所谓举方正者猎取名位而已邪？人之疑执事者以此。

为执事解者，或曰："造辟(12)而言，诡辞而出。疏贱之人，奚遽知其微哉(13)？"是不然矣。传所谓"造辟而言"者，乃其言则不可得而闻也，其言之效，则天下斯见之矣。今国之疵、民之病，有滋而无损焉，乌所谓言之效邪？

复有为执事解者曰："盖造辟而言之矣，如不用何？"是又不然。臣之事君，三谏不从则去之(14)，礼也。执事对策时，常用是著于篇。今言之而不从，亦当不翅三矣。虽惓惓之义，未能自去，孟子不云乎："有言责者，不得其言则去。"盍亦辞其言责邪？执事不能自免于疑也必矣。虽坚强之辩，不能为执事解也。

乃如安石之愚，则愿执事不矜宠利，不惮诛责，一为天下昌言，以寤主上；起民之病，治国之疵，謇謇(15)一心，如对策时。则人之疑不解自判矣。惟执事念之。如其不然，愿赐教答，不宣。某顿首。

其 二

某闻公卿大夫，才名与宠兼盛于世，必有大功以宜之[1]，否则君子拗[2]之。执事姿略颖然[3]出常士之表，应进士中甲科，举方正为第一。将朝车通举刺史事，又入善策，得玺书召。名与宠不已兼盛于世邪？所未较著者功尔。

本朝太祖[4]武靖天下[5]，真宗以文持之，今上[6]接祖宗之成，兵不释鞊者盖数十年，近世无有也。所当设张之具，犹若阙然。重以羌酋梗边[7]，主上方揽众策以济之。天下举首戴目，属心执事者难以一二计。为执事议者曰："朝廷借不吾以宜，且自赞以植显效，酬天下属己之意。矧上惓惓然命之乎？此固策大功之会也"。抑闻之：峣峣者[8]易缺，皎皎者[9]易污。执事才名与宠，可谓易污、易缺者，必若策大功，适足宜之而已，可无茂[10]邪？

恭惟旦暮辅佐天子秉国事，修所当设张之具，复边人于安，称主上所以命之之意，使天下举首戴目者，盈其愿而退[11]，则后世之书，可胜传哉？董仲舒有是才名，顾不获此宠；公孙季有此宠，不成此功。有此宠而成此功者，宜在执事，不宜在它。草鄙之人，不达大谊，辱奖训之厚，敢不尽愚。

【其一注释】

（1）正言：谏官。分为左正言与右正言，相当于唐代左、右拾遗。

（2）介：托付。西北之邮：来自汴京的邮差。扬州位于汴京东南，故称。布一书：寄封信表达我的意思。

(3) 息耗：音讯，情况。

(4) 荐绅：即"缙绅"，古时有一定社会身份地位的人。

(5) 介然：耿直的样子。

(6) 跛倚：偏倚，立不正。谓立身不正。

(7) 对方正策：以方正科上殿与天子对策。方正，汉代选仕科目之一，举荐品行端正不阿的人入仕。宋因其制。

(8) 制科：科举取士的政策。

(9) 耳目：动词，听到，看到。

(10) 痤然：疾病顽固而深重。

(11) 痼然：积久难治的样子。

(12) 造辟：面对君主。

(13) 奚遽知其微哉：哪能迅速了解人家所说的详细内容呢？

(14) 三谏不从则去之：三次进谏而不被君主采纳，就得离开谏官之位。

(15) 謇謇：诚恳的样子。

【其二注释】

(1) 宜之：与之相适应。

(2) 扔：裂开，破裂。

(3) 颖然：突出的样子。

(4) 太祖：宋太祖赵匡胤。

(5) 武靖天下：以武力平定天下。

（6）今上：宋仁宗赵祯。

（7）羌：古时对青海、西藏一带藏族的蔑称。酋：部落首领。梗边：祸害、扰乱西部边境。

（8）峣峣者：高大的事物。

（9）皎皎者：洁白、明亮的事物。

（10）茂：通"懋"，劝勉之意。

（11）盈其愿而退：满足了"策大功"的愿望，便可以抽身引退。

上龚舍人书

闰八月七日，具位⁽¹⁾王某谨白书于安抚谏院舍人：某读《孟子》，至于"不见诸侯"，然后知士虽厄穷贫贱，而道不少屈于当世，其自信之笃、自待之重也如此。是皆出处之义，上下之合，不可苟也。为人上者而不以是，不足与有为，为人下者而不以是，虽有材，不足以有为，其进几于祸矣。在上不骄，在下不谄，此进退之中道⁽²⁾也。某尝守此言，退而甘自处于为贱，夜思昼学，以待当世之求，而未尝怀一刺⁽³⁾、吐一言，以干公卿大夫之门，至于今十年矣。

已而思之，方孟子之时，天下纷乱，诸侯皆欲自以为王，强攻弱，大并小，战伐侵入，无岁无之。此乃存亡得失之秋，所谓得士则兴，失士则亡之时也，故下得以自重，而上下可以不求焉。方今席弈世之基业⁽⁴⁾，治虽未及三代、两汉，然亦可以谓之亡事矣。其选才取士，外则贤良进士诸科之举，内则公卿提转郡守之荐。然皆不自媒绍[5]其所长，以干于当世，然后得充其选，未尝闻公卿大夫能自察其贤而荐之者。则士之包羞冒耻，栖栖屑屑，伺人之颜色，徇时之好尚，以谋进退者，世未尝为辱也。又岂知论出处进退之义者哉？今公卿大夫之取士，无问贤否，而媚于己者好之，今士之进退不以义，而惟务苟合而已。吁！可悲也。

方公卿大夫，据高明之势，外以富贵自尊，内以智能自负，必不欲求于人，欲人之求己，士不欲求于人，如此则上下之合，无时可得矣。某是以翻然[6]改曰："苟一往公卿大夫之门，与之议论，察其为人，可与言则进，不可与言则退，于道宜未为屈也。"由是颇欲虚游于当世公卿大夫之间，以观可否而去就之。方自窜于穷远僻陋之地，其势不得以往也。

比闻天子念东南之民，困于昏垫[7]，辍侍从之臣，亲至其地以劳徕安集之。某私切自喜，以其所谓当世之公卿大夫，将得而见之矣。既而问某者果谁邪？又有以阁下名告之者，而因含笑大喜曰："以阁下之势，方用于朝廷，以阁下之贤，尝闻于天下，则某不待接其议论察其为人，而后知其可以说干[8]之也。"矧[9]阁下官曰谏诤，出宣需泽，当思所以副朝廷待之之意。则天下之利害，生民之疾苦，未宜忽之而不以夙夜疚怀也。傥[10]有意于此，则非夫士君子不可与论焉。然则某之言，可冀其合[11]矣。辄冒尊严，以进其说，阁下其择焉。某再拜。

【注释】

（1）具位：也称"具官"，为书信之类行文之前对自己官职的略称。

(2) 中道:恰当的准则。

(3) 怀一刺:怀中揣着自己的名片去干谒达官显贵。

(4) 席:坐,据有。弈世:如同对弈般错综复杂的天下。

(5) 媒绍:介绍,推荐。

(6) 翻然:一下子领悟的样子。

(7) 昏垫:陷溺,迷茫而无所适从。

(8) 说干:游说,拜谒。

(9) 矧:何况。

(10) 傥:通"倘",假如。

(11) 冀其合:希望我的言语能符合您的想法。

再上龚舍人书

闻八月九日,具位王某再白书于安抚舍人阁下:某前日辄以狂瞽之言(1),有闻于下吏。伏蒙阁下不间疏贱,借之以颜色,接之以从容,使极论而详说之,是其可以吐胸中之有发露于左右之时也。然辞有所未尽,意有所未竭,盖将有以(2)。何哉?前日所与某言者,不过欲计校仓廪,诱民出粟,以纾(3)百姓一时之乏耳。某之所欲言者,非此之谓也。愿毕其说,阁下其择焉。

某尝闻善为天下计者,必建长久之策,兴大来之功,当世之人,涵濡盛德,非谓苟且一时之利,以邀浅鲜之功而已。夫水旱者,天时之常有也。仓廪财用者,国家常不足也。以不足之用,以御常有之水早,未见其能济焉,甚非治国养民之术也。

某不敢远引古昔,止于近者十数年间耳目之所经者论之。顷自庆历八年[4],河北、山东饥;皇祐二年、三年[5],两浙、淮南饥;三年、四年,江南饥;嘉祐三年[6],两浙饥;四年,福建饥;今年[7],淮南、两浙又饥。其川、广、夔、陕、京西、河东,则某闻见所不及,不可得而言也。某窃计之,历年才一纪[8],而岁之空匮,民至流亡殍死,居其太半,卒未闻朝廷有救之之术,岂非政失于苟且[9],而不建长久之策者哉?伏自庆历以来,南北饥馑相继,朝廷大臣,中外智谋之士,莫不恻然不忍民之流亡殍死,思所以存活之。其术不过发常平、敛富民,为馆粥之养,出糟糠之余,以有限之食,给无数之民。某原其活[10]者,百未有一,而死者,白骨已被野[11]矣。此有惠人[12]之名,而无救患之实者也。

某窃谓百姓所以养国家也,未闻以国家养百姓者也。《记》曰:"君者所养,非养人者也。"[13]有子曰:"百姓不足,君孰与足?"[14]此之谓也。昔者梁惠王尝移粟以救饥馑,孟子论而非之,所谓"徒善不足以为政,徒法不能以自行。"若夫治不由先王之道者,是徒善、徒法也。且五帝、三王之世,可谓极盛最隆,亦不能使五谷常登,而水旱不至。然而无冻馁之民者何哉?上有善政,而下有储蓄之备也。

某历观古者以还[15],治日常少,而乱日多。今宋兴百有余年,民不知有兵革,四境之远者至万余里,其间可桑之野,民尽居之,可谓至大至庶[16]矣。此诚旷世不可适之嘉会[17],而贤者有为之时也。今朝廷公卿大夫,不以此时讲求治具[18],思所以富民化俗之道,以兴起太平,而一切惟务苟且,见患而后虑,见灾而后救,此传所谓"毂既破碎,乃大其辐,事已败矣,乃重太息",其云益乎?

某于阁下,无一日之好[19],论其相知,固已疏矣。然自阁下之来,以说干阁下再⁽²⁰⁾矣。某固非苟有觊于阁下⁽²¹⁾者也。某尝谓大丈夫有学术才谋者，常患时之不遭⁽²²⁾也，既遭其时，患言之不用也。今阁下势在朝廷，不可谓时不遭矣；居可言之地，不可谓言不用矣。惟阁下未为之尔。某故感激而屡干于左右者以此。阁下其亮⁽²³⁾之。某再拜。

【注释】

(1) 狂瞽之言：狂妄而不识时务的言语、文字。

(2) 有以：有原因。

(3) 纾：缓解。

(4) 庆历八年：1048 年。

(5) 皇祐二年、三年：1050 年、1051 年。

(6) 嘉祐三年：1058 年。

(7) 今年：即嘉祐五年（1060 年）。

(8) 一纪：即十年。

(9) 苟且：得过且过。

(10) 原其活：挽救、恢复他们的生命。

(11) 被野：覆盖了原野。

(12) 惠人：给百姓以恩惠。

(13) 该句意为：《礼记》说："君主是靠百姓来养活的，而不是养活百姓的。"

(14) 该句意为：有子说："如果百姓吃不饱，君主又怎能吃得饱呢？"有子，孔子的弟子。

(15) 古者以还：自古及今。

(16) 庶：众多。

(17)嘉会：大好时机。

(18)治具：治理国家的措施。

(19)一日之好：即一日之交。

(20)以说干阁下：用言谈来干谒您。再，第二次。

(21)有觊于阁下：即有求于阁下。觊，偷视，希望得到。

(22)遭：逢、遇。

(23)亮：即"谅"。

上邵学士书

仲详足下：数日前辱示乐安公诗石本及足下所撰《复鉴湖记》，启封缓读，心目开涤(1)，词简而精，义深而明，不候按图而尽越绝之形胜(2)，不候入国而熟贤牧之爱民，非夫诚发乎文，文贯乎道，仁思义色，表里相济者(3)，其孰能至于此哉？因环列书室，且欣且庆。非有厚也(4)，公议之然也。

某尝患近世之文，辞弗顾于理，理弗顾于事，以襞积故实为有学，以雕绘语句为精新(5)，譬之撷奇花之英(6)，积而玩之，虽光华馨采，鲜缛可爱(7)，求其根柢济用，则蔑如也。某幸观乐安、足下之所著，譬犹笙磬之音(8)，圭璋之器(9)，有节奏焉，有法度焉。虽庸耳必知雅正之可贵、温润之可宝也。仲尼曰(10)："有德必有言。""德不孤，必有邻。"其斯之谓乎？昔昌黎为唐儒宗(11)，得子婿李汉，然后其文益振，其道益大。今乐安公懿文茂行，超越朝右，复得足下以宏识清议，相须光润,苟力而不已,使后之议者必曰:"乐安公,圣宋之儒宗也,犹唐之昌黎而勋业过之(12)。"又曰:"邵公,乐安公之婿也,犹昌黎之李汉而器略过之(13)。"是则韩、李、蒋、邵之名,各齐驱并骤,与此金石之刻不朽矣。所以且欣且庆者,在于兹焉。

郡庠拘率(14),复偶足下有西笑之谋,未获亲交谈议,聊因手书以道钦谢之意,且贺乐安公之得人也。

【注释】

(1) 心目开涤:谓心目开通,如被洗涤。

(2) 越绝之形胜:越中的形胜。

(3) 表里相济:外在表现与内在蕴含相辅相成。

(4) 厚:此谓私下相许之厚。

(5) 雕绘语句:谓对文章语句着意加以修饰。

(6) 撷:摘取。

(7) 缛:繁密。

(8) 笙磬:两种乐器。古时雅乐中所用。

(9) 圭璋:贵重的玉器。圭上尖下方,为古帝王、诸侯在重大礼仪中所执;璋形似圭,上端斜去一角,形制大小厚薄因所事而有异。

(10) 仲尼：孔子名丘字仲尼。

(11) 昌黎：韩愈，郡望为昌黎，故人或称韩昌黎。儒宗，传承儒家道统的人物。

(12) 勋业：功勋事业。

(13) 器略：才识谋略。

(14) 郡庠：州学。庠，古时学校之名。

上欧阳永叔书

今日造门⁽¹⁾，幸得接余论，以坐有客，不得毕所欲言。

某所以不愿试职者，向时则有婚嫁葬送之故，势不能久处京师。所图甫毕，而二兄一嫂相继丧亡⁽²⁾。于今窘迫之势，比之向时为甚。若万一幸被馆阁之选，则于法当留一年，借令朝廷怜悯，不及一年，即与之外任，则人之多言，亦甚可畏。

若朝廷必复召试，某亦必以私急⁽³⁾固辞。切度宽政，必蒙矜允。然召旨既下，比及辞而得请，则所求外补⁽⁴⁾，又当迁延矣。亲老口众，寄食于官舟而不得躬养，于今已数月矣。早得所欲，以纾⁽⁵⁾家之急，此亦仁人宜有以相之也。

翰林⁽⁶⁾虽尝被旨与某试，然某之到京师，非诸公所当知⁽⁷⁾。以今之体，须某自言，或有司以报，乃当施行前命耳。万一理当施行，遽为罢之，于公义亦似未有害，某私计为得⁽⁸⁾，窃计明公当不惜此。区区之意，不可以尽，唯仁明怜察而听从之。

【注释】

(1) 造门：登门拜访。

(2) 王安石长兄王安仁、次兄王安道相继在皇祐三年、四年去世。

(3) 私急：家中急待处理的事务。

(4) 外补：补任京城以外的职务。

(5) 纾：缓解。

(6) 翰林：指欧阳修，当时任翰林学士。

(7) 知：了解。

(8) 私计为得：个人的打算能够如愿。

上杜学士书

窃闻受命改使河北(1)，伏惟庆慰。国家东西南北，地各万里，统而维(2)之，止十八道。道数千里而转运使独一二人。其在部中，吏无崇卑，皆得按举(3)。虽将相大臣，气势烜赫，上所尊宠，文书指麾，势不得恣。一有罪过，纠(4)诘按治，遂行不请。政令有大施舍，常咨(5)而后定。生民有大利害，得以罢而行之。金钱粟帛、仓庾库府、舟车漕引，凡上之人，皆须我主。信乎是任之重也。而河北又天下之重处(6)，左河右山，强国之于邻，列而为藩(7)者皆将相大臣，所屯无非天下之劲兵悍卒,以惠则恣,以威则摇。幸时无事,庙堂之上,犹北顾而不敢忽;有事,虽天子其忧未尝不在河北也。

今执事按临东南,无几何时,浙江东西四十有五州之吏士民,未尽受察,便宜当行,而害之可除去者,犹未毕也,而卒然举河北以付执事,岂主上与一二股肱之臣,不惟付予必久而后可要以效哉⁽⁸⁾?且以为世之士大夫无足寄以重⁽⁹⁾,独执事为能当之耳。

伏惟执事名行于天下,而材信于朝廷,而处之宜⁽¹⁰⁾,必有补于当世。故虽某蒙恩德最厚,一日失所依据,而释然于心,不敢恨望,唯公义之存,而忘所私焉。

【注释】

(1) 改使河北:即改任河北路转运使。

(2) 维:同"惟",思考。

(3) 据史载,杜衍在此前曾任御史中丞,以纠举弹劾不法为职任。

(4) 纠:举发,矫正。

(5) 咨:询问,征求意见。

(6) 重处:重要地方。

(7) 藩:樊篱,引申为镇守一方以防范外来侵扰的将军、节度使之类。

(8) 主上:指宋仁宗,股肱之臣,即朝廷的辅佐大臣。付予必久而后可要以效,意即任命一位官员,一定要让他在此位上长久任职,然后才能要求他干出政绩来。

(9) 无足寄以重:担不起朝廷付予的重任。

(10) 处之宜:使他处在适宜的位置。

上杜学士言开河书

十月十日，谨再拜奉书运使学士阁下：某愚不更事物之变[1]，备官节下[2]，以身得察于左右，事可施设，不敢因循苟简，以孤大君子[3]推引[4]之意，亦其职宜也。

鄞之地邑，跨负江海，水有所去，故人无水忧。而深山长谷之水，四面而出，沟渠浍[5]川，十百相通。长老言钱氏时置营田吏卒，岁浚治之，人无旱忧，恃以丰足。营田之废，六七十年，吏者因循，而民力不能自并[6]，向之渠川，稍稍浅塞，山谷之水，转以入海而无所潴[7]。幸而雨泽时至，田犹不足于水，方夏历旬不雨，则众川之涸，可立而须[8]。故今之邑民最独畏旱，而旱辄连年。是皆人力不至，而非岁之咎也。

某为县于此，幸岁大穰，以为宜乘人之有余，及其暇时，大浚治川渠，使有所潴，可以无不足水之患。而无老壮稚少，亦皆惩旱之数[9]，而幸今之有余力，闻之翕然皆劝趋之，无敢爱力[10]。夫小人可与乐成，难与虑始，诚有大利，犹将强[11]之，况其所愿欲哉！窃以为此亦执事之所欲闻也。

伏惟执事[12]，聪明辨智，天下之事，小之为无间，大之为无崖岸[13]，悉已讲[14]而明之矣，而又导利去害，汲汲若不足。夫此最长民[15]之利当致意者，故辄具以闻州，州既具以闻执事矣。顾其厌事之详,尚不得彻⁽¹⁶⁾,辄条件其详⁽¹⁷⁾以闻。唯执事少留聪明。有所未安,教而勿诛⁽¹⁸⁾,幸甚。

【注释】

(1) 不更事物之变:阅历短浅,不懂世故。

(2) 备官节下:在您的部下任职。节:节制,统辖。

(3) 孤:通"辜"。大君子,指杜学士。

(4) 推引:推荐、引进。

(5) 浍:田间水道。

(6) 自并:自己组织起来。

(7) 潴:水停蓄的地方。

(8) 该句谓众川不久便可干涸。

(9) 惩旱之数:以大旱曾多次到来为教训。

(10) 爱力:惜力,舍不得出力。

(11) 强:强迫。

(12) 执事:这里指杜学士。

(13) 大之为无崖岸:办大事无边无岸。指对方办事举业能力之大。

(14) 讲:熟习。

(15) 长民:为民之长。

(16) 彻:透彻。

(17) 条件其详:将详细情况逐条逐件呈上。

(18) 教而勿诛:给我以指数而别指责我。

上运使孙司谏书

伏见阁下令吏民出钱购人捕盐⁽¹⁾，窃以为过矣。海旁之盐，虽日⁽²⁾杀人而禁之，势不止也。今重诱之使相捕告，则州县之狱必蕃⁽³⁾，而民之陷刑者将众，无赖奸人将乘此势，于海旁渔业之地摇动艚户⁽⁴⁾，使不得成其业。艚户失业，则必有合而为盗，贼杀以相仇者，此不可不以为虑也。

鄞于州为大邑，某为县于此两年，见所谓大户者，其田多不过百亩，少者至不满百亩。百亩之直⁽⁵⁾，为钱百千，其尤良田，乃直二百千而已。大抵数口之家，养生送死，皆自田出，州县百须⁽⁶⁾，又出于其家。方今田桑之家，尤不可时得⁽⁷⁾者，钱也。今责购而不可得，则其间必有鬻田以应责⁽⁸⁾者。夫使良民鬻田以赏无赖告讦之人，非所以为政也。又其间必有捍⁽⁹⁾州县之令而不时出钱者，州县不得不鞭械以督之。鞭械吏民，使之出钱，以应捕盐之购，又非所以为政也。

且吏治宜何所师法也，必曰："古之君子。"重告讦之利以败俗⁽¹⁰⁾，广诛求之害，急较固⁽¹¹⁾之法，以失百姓之心，因国家不得已之禁而又重之，古之君子盖未有然者也。犯者不休，告者不止，枭盐之额不复于旧，则购之势未见其止也。购将安出哉？出于吏之家而已，吏固多贫而无有也，出于大户之家而已，大家将有由此而破产失职⁽¹²⁾者。安有仁人在上，而令下有失职之民乎？在上之仁人有所为，则世辄指以为师[13]，故不可不慎也。使世之在上者，指阁下之为此而师之，独不害阁下之义乎？上好是物，下必有甚者。阁下之为方尔，而有司或以谓将请于阁下，求增购赏，以励告者。故某窃以谓阁下之欲有为，不可不慎也。

天下之吏，不由先王之道而主于利[14]。其所谓利者，又非所以为利也，非一日之积也。公家日以窘，而民日以穷而怨。常恐天下之势，积而不已，以至于此，虽力排之，已若夫奈何，又从而为之辞[15]，其与抱薪救火何异？窃独为阁下惜此也。在阁下之势，必欲变今之法，令如古之为，固未能也。非不能也，势不可也。循今之法而无所变，有何不可，而必欲重之乎？

伏惟阁下，常立天子之侧，而论古今所以存亡治乱，将大有为于世，而复之乎二帝、三代之隆，顾欲为而不得者也。如此等事，岂待讲说而明？今退而当财利责，盖迫于公家用调之不足，其势不得不权事势而为此，以纾一切之急也。虽然，阁下亦过矣，非所以得财利而救一切之道。阁下于古书无所不观，观之于书，以古已然之事[16]验之，其易知较然[17]，不待某辞说也。枉尺直寻而利，古人尚不肯为，安有此而可为者乎？

今之时，士之在下者浸渍成俗，苟以顺从为得，而上之人，亦往往憎人之言，言有忤己者，辄怒而不听之，故下情不得自言于上，而上不得闻其过，恣所欲为。上可以使下之人自言者惟阁下，其职不得不自言者某[18]也，伏惟留思而幸听之。文书虽已施行，追而改之，若犹愈于遂行[19]而不反也。干犯[20]云云。

【注释】

（1）宋初，朝廷对盐、茶、酒等实行专卖，与百姓争盐茶之利。

购人,即雇人。捕盐,搜捕私自贩盐者。

(2) 日:每天。

(3) 蕃:众、多。

(4) 艚户:有货船的人家。艚,货船,这里指贩盐用的船只。

(5) 直:通"值"。价钱。

(6) 百须:各种需要。

(7) 不可时得:不能够按时得到。

(8) 应责:供应官府的征求。

(9) 捍:抗拒。

(10) 此句意为:重赏告发揭发者,导致败坏民风。

(11) 较固:即"校锢"。校,古时刑具,即木枷。锢:监禁。

(12) 失职:即失业。

(13) 师:可效法的范例。

(14) 主于利:以追逐利润为目标。

(15) 为之辞:为之辩解、开脱。

(16) 已然之事:已经发生、出现过的事。

(17) 较然:明显的样子。

(18) 某:王安石自称。

(19) 遂行:一意孤行。

(20) 干犯:冒犯。

上浙漕孙司谏荐人书

　　某今日遂出城⁽¹⁾以西，度⁽²⁾到润州⁽³⁾必得复望履舄，故不敢造辞以变起居。

　　明州⁽⁴⁾司法吏汪元吉者，其为吏廉平⁽⁵⁾，州人无贤不肖，皆推信其行，喜近文史，而尤明吏事。有《论利害事》一编，今封献左右。伏惟暇日略赐观省，其言有可采者，不以某之言为妄，则傥可以收备从吏役，使有仕进望乎？

　　盖薄恶之俗，士大夫之修行义者少矣，况身处污贱之势，而清议⁽⁶⁾所不及者乎！劝奖之道，亦当先录小善⁽⁷⁾，务以下流⁽⁸⁾之有善者为始。今世胥吏，士大夫之论议常耻及之⁽⁹⁾，惟通古今而明者，当不以世之所耻而废人之为善尔。

【注释】

（1）城：指王安石供职所在的江南东路府署所在地，江宁（今南京市）。

（2）度：估计。

（3）润州：今江苏镇江。

（4）明州：治所在鄞县（今宁波）。

(5) 廉平：廉洁，公正。

(6) 清议：社会上公正的议论。

(7) 录：采取，汲取。小善，点滴美德。

(8) 下流：不入于上流社会的普通人群。

(9) 该句说：士大夫以谈到胥吏为可耻的事。

上人书

尝谓文者，礼教治政云尔⁽¹⁾。其书诸策而传之人，大体归然而已⁽²⁾。而曰"言之不文行之不远"云者，徒谓"辞之不可以已也"，非圣人作文之本意也。

自孔子之死久，韩子⁽³⁾作，望圣人于百千年中，卓然⁽⁴⁾也，独子厚⁽⁵⁾名与韩并，子厚非韩比也，然其文卒配韩以传，亦豪杰可畏⁽⁶⁾者也。韩子尝语人文⁽⁷⁾矣，曰云云，子厚亦曰云云。疑二子者，徒语人以其辞耳，作文之本意，不如是其已也⁽⁸⁾。孟子曰："君子欲其自得之也，自得之，则居之安；居之安，则资之深；资之深，则取诸左右逢其源。"独谓孟子之云尔，非直施于文而已，然亦可托以为作文之本意。且自谓文者，务为有补于世而已矣。所谓辞者，犹器之有刻镂绘画也。诚使巧且华，不必适用；诚使适用，亦不必巧且华。要之⁽⁹⁾以适用为本，以刻镂绘画为之容⁽¹⁰⁾而已。不适用，非所以为器也。不为之容，其亦若是乎？否也。然容亦未可已⁽¹¹⁾也，勿先之⁽¹²⁾，其可也。

某学文久，数挟此说以自治⁽¹³⁾。始欲书之策而传之人，其试于事者，则有待⁽¹⁴⁾矣。其为是非邪？未能自定也。执事正人也，不阿其所好者，书杂文十篇献左右，愿赐之教，使之是非有定焉。

【注释】

（1）礼教治政：礼制、教育和政治。

（2）大体归然而已：大体属于礼、教、治政罢了。归，归属。

（3）韩子：指唐代文学家韩愈。

（4）卓然：不平凡。

（5）子厚：柳宗元，字子厚。

（6）可畏：可以敬畏。

（7）语人文：告诉别人写文章的技巧和道理。语人，告诉人。语，动词。

（8）不如是其已也：不仅仅是这些内容。

（9）要之：关键在于。

（10）容：修饰。

（11）未可已：不可以忽视。

（12）勿先之：不把形式放在首位。

（13）数：多次。自治，研究自己为文之道。

（14）有待：须依赖外在条件。